P. Howard · Ein Seemann in der Fremdenlegion

P. Howard
Ein Seemann in der Fremdenlegion

Roman

Aus dem Ungarischen von
Vilmos Csernohorszky jr.

Elfenbein

Die Originalausgabe erschien 1940
unter dem Titel »Az elátkozott part«
bei Nova, Budapest.

»P. Howard« ist ein Pseudonym von Jenő Rejtő.

Vom selben Autor erschienen bereits die Romane
»Ein Seemann von Welt« (2004)
»Ein Seemann und ein Gentleman« (2008)

Erste Auflage

Druck: Finidr, s.r.o.
Printed in the Czech Republic
ISBN 978 3 941184 17 6

ERSTES KAPITEL

Einige Worte über eine Hose, ein Tischtuch, mich selbst und andere dubiose Elemente

1.

Der Türkische Sultan hat sich seit zwei Tagen nicht mehr auf der Straße blicken lassen, weil ihm jemand seine Hose gestohlen hat. Dieses Kleidungsstück ist unverzichtbar, wenn man spazierengehen will. Welche Lehre zieht man daraus? Ich weiß nicht. Doch ist es ganz gewiss, dass sich hinter der Sache lehrreiche Folgerungen verstecken. Wenn man nämlich dem Sultan seine Hose ließe, oder wenn Delle Hopkins besser auf seine Kleidung achtete, dann entwickelte sich das Schicksal einiger Leute völlig anders – ja, sogar das Schicksal eines kleinen Reiches. Derlei Rätsel verbergen sich zuweilen im Hintergrund einer Hose.

2.

Nun aber und in erster Linie einige Worte über mich, den bescheidenen Helden dieses Romans. Ich bin ein frommer Mann, vielleicht deshalb, weil mein Onkel mütterlicherseits Kantor war und ich schon in früher Jugend die Achtung vor den Gesetzen der guten Moral in mich aufsog. Deshalb kann ich mich nur ganz selten dazu entschließen, am Marthatag zu stehlen. Denn Martha hieß meine Mutter, und folglich hege ich für diesen Tag eine große Ehrfurcht. Wundern Sie sich bitte nicht über meine altmodische Moral, doch haben meine Erfahrungen sonnenklar bewiesen, dass ohne Respekt vor bestimmten Grundsätzen und Überlieferungen alle Wege unseres Daseins sich schwer und holprig gestalten, während wir – wenn wir nur für unsere Ideale und Grundsätze zu Opfern bereit sind – selbst über holprige Wege leicht dahingleiten.

All das vermag ich deshalb so klug und gewandt und gleichzeitig ergreifend auszudrücken, weil ich als Kind selbst Kantor werden wollte. Dass es trotzdem anders kam, liegt an der Überredungskunst meines heißgeliebten Vaters. Er war zwar nur ein einfacher Fischer gewesen, hatte mich aber darum gebeten, Matrose zu werden wie sein Vater, sein Großvater und sämtliche Ahnen, unter ihnen auch sein Urgroßvater. Er beschrieb mir die Schönheiten eines Lebens auf dem Schiff und die privilegierte Stellung des Seemanns, und er erwähnte sogar Lord Nelson, der sich seinerzeit auf den besonderen Mut meines Urgroßvaters berief, um zu verhindern, dass man den Alten pfählte. Die sanfte Überredung meines Vaters wäre jedoch ohne Folgen geblieben, wenn er im Verlauf seiner Argumentation darauf verzichtet hätte, mich mit einem Mast so lange zu schlagen, bis ich mich dem Gewicht seiner Beweisgründe beugte und als Schiffsjunge anheuerte.

Die Sehnsucht aber, den Frieden und die Menschenliebe zu verkünden, wärmt meinen Busen heute noch geradeso wie in früher Jugend, als ich noch nichts vom Leben wusste, mit meinen Kameraden spielte und meinen heiß geliebten Vater zur Sanitätsstation begleitete, wenn ihn die Übermacht des Kneipengeschwerls zu Boden gedrückt hatte …

Meine Belesenheit verdanke ich meiner mütterlichen Linie. Die Geschichte der Genoveva war das erste Buch gewesen, an das ich Hand legen konnte und im Laufe der Jahre mehrere Male las. Später kam mir das »Gil Blas« betitelte Werk in die Hände, und in Sing-Sing habe ich die Historie des Schwanenritters Lohengrin gleich zehnmal überflogen. Diese tiefschürfende Moritat hat mein Denken und Fühlen definitiv geprägt, indem ich die ewiggültige menschliche Moral dieses Werkes begriff: Vergebens machst du ein Geheimnis aus deiner Vergangenheit. Das Weib kommt früher oder später dahinter, und du fliegst wie ein Schwan. Welch weiser und tiefschürfender Gedanke. Auf meine mönchischen Ambitionen führe ich es zurück, dass ich stets gerne in der Zelleneinsamkeit meditiere, und nur wer schon mal Papiertüten klebte, weiß um die tiefe Konzentration, welche dem Tütenkleben innewohnt. So wurde ich der fahrende Verkünder von gegenseitigem Verstehen, Frieden und Liebe. Ich habe einige Prinzipien, an die ich mich unter allen Umständen halte:

1. Meide Zwist und rohe Gewalt.

2. Meide den Streitsüchtigen.

3. Suche, auf deinen Nächsten mit sanfter Überredung einzuwirken.

4. Berufe dich nicht auf Entlastungszeugen, denn was nützt es dir, wenn man deine Bekannten einlocht?

5. Meide den Betrunkenen, und man wird dich in ähnlichem Zustand in Ruhe lassen.

6. Sei nicht eitel und eingebildet, und du wirst klüger und vortrefflicher sein als deine Mitmenschen.

So viel über mich, meinen Charakter, meine Vergangenheit, meine Grundsätze und meine interessante Persönlichkeit.

3.

Der Namenstag meiner Mutter wurde zur Ursache allen Übels. Ich hielt mich gerade im malerischen Oran auf, ohne Anstellung wegen meines gemütsrohen Kapitäns, nachdem ich auf dem Dreimaster namens »Tagesdecke« als zweiter Alkoholschmuggler Dienst getan hatte. Der Kapitän war ein gewalttätiger Kerl, der seine Körperkraft häufig missbrauchte und erbarmungslos zuschlug, ohne zu schauen, wohin. Irgendwann griff mich dieser Unmensch wegen einer Kleinigkeit an und schlug mir mit einer Latte die Nase ein. Denn seine Herzlosigkeit kannte keine Grenzen, wenn er einen quälen konnte. Nur schwer gelang es mir, weiteren Misshandlungen zu entgehen, währenddessen er auf seinem halben Auge blind wurde. Aber seine Rippen rührte ich nicht an. Die brach er sich erst, als er auf der Wendeltreppe in den Schiffsboden stürzte. Dafür konnte ich nichts. Auf anständigen Schiffen bedeckt man Treppenöffnungen mit einer Klappe.

Nach diesem Zerwürfnis konnte ich nicht mehr in Dienst bleiben, und so stand ich dann da mitten in der malerischen Üppigkeit des ausgehungerten Oran, ohne einen Cent, als armer Matrose. Papiere hatte ich auch keine. Meine alte Widersacherin, die Bürokratie, hatte mich dieser wichtigen Seemannsutensilie beraubt. Zum Glück weilten einige meiner Geschäftsfreunde gerade auf freiem Fuß in der Stadt und wohnten als große Verehrer antiker Bildung in einer Zisterne punischen Ursprungs gleich hinter den Außenbezirken. Das erfuhr ich von Delle Hopkins, nachdem wir uns bei einem befreundeten Hehler getroffen hatten. Delle Hopkins war gedrungen, aber nicht dick, und anlässlich einer Meinungsverschiedenheit war ihm etwas ins Gesicht geschleudert worden, so dass seine Nase winzig wurde und ganz rot. Seine Stimme knarrte, als ob er ständig eine ganze Kompanie unter sich hätte, und seine Melone schob er in den Nacken, rauchte außerdem ganz knappe Zigarren, sicher aus zweiter Hand, und war außerordentlich krummbeinig.

Er hatte mich zuerst bemerkt, als ich direkt vor ihm durch

den Menschenstrom watete, und schlug mir freundlich auf die Schulter, half mir dann aber wieder auf und klopfte mir den Staub ab.

»Grüß dich, Keule!«

»Delle!«, rief ich hocherfreut. »Dich habe ich gebraucht. Habe keine Wohnung, und für das Ölzeug des Kapitäns hat man mir nur zehn Francs bezahlt.«

»Macht nichts, mein Sohn! Keine Bange, Kopf hoch«, sagte er laut und breit, da er immer zuversichtlich war. »Gar kein Problem!«

»Kann ich auf dich zählen?«

»Bist du blöd? Unter Freunden ist das keine Frage.«

»Also?«

»Wir vertrinken deine zehn Francs, und alles andere wird sich geschichtlich entwickeln. Komm!«

So ein Mensch war er. Ein treuer Freund und durch und durch opferbereit. Außerdem ein richtiger Herr. Er heuerte nie als Matrose an, schmiss mit dem Geld um sich und verehrte überaus die Frauen. Von Beruf bereiste er als Privatier die ganze Welt, nachdem ein übereifriger Kommissar wegen seiner Vergangenheit eine ausgedehnte Korrespondenz mit den Behörden der ganzen Windrose geführt hatte. Wir vertranken die zehn Francs und wollten gerade aufbrechen.

»Du! Von den zehn Francs haben wir ja gar nichts für Essen ausgegeben.«

»Pfeif drauf, Kumpel, solange ich bei dir bin. Pass mal auf! Wir gehen zum Türkischen Sultan und essen was.«

Über den Türkischen Sultan habe ich schon anfangs verlauten lassen, dass er seit zwei Tagen nicht mehr auf der Straße war, weil man ihm die Hose gestohlen hatte. Von diesem Umstand ließ uns Delle profitieren. Der Türkische Sultan, der seinen Namen der großen Nase und den überlangen Armen verdankte, lag halbtot in seinem Zimmer, auf einem Schleppkahn. Das Boot war für das Trockendock bestimmt, und um zu verhindern, dass es schon vorher Planke für Planke gestohlen wird, hatte man den Türkischen Sultan als Wächter angestellt. Dafür ließ man ihn dort wohnen und stellte ihm zweihundert Francs in Aussicht. Aber vor zwei Wochen war er so betrunken, dass ihm, während er schlief, die Hose gestohlen wurde, so dass er sich seitdem nur nachts in der Stadt sehen lässt: in ein buntes Tischtuch eingewickelt, wie Harun Al Raschid, der Kalif.

Dem Türkischen Sultan machte Delle Hopkins das folgende Angebot: Er sei bereit, ihm seine Hose zur Verfügung zu stellen, und zwar auf der Tarifgrundlage maschinenbetriebener Fahrzeuge, das heißt für einen Franc fünfundvierzig Centimes die Stunde, oder aber für sieben Francs während des Nachmittags und ein Abendessen für zwei Personen.

Der Sterbende zündete eine Zigarette an.

»Teuer«, sagte er. »Vier Francs kannst du haben, aber nur, wenn du auch dein Hemd hergibst.«

Reden wir jetzt nicht von Delles Hemd. Die Bitte des Türkischen Sultans wird erst durch den Umstand nachvollziehbar, dass er gar kein Hemd besaß.

»Für acht Francs leihe ich dir auch noch das Hemd. Wenn nicht, dann nicht.«

Nach einigen auffallend rohen Ehrenrührigkeiten einigten sie sich auf sechs Francs vierzig, später zu zahlen. Delle übergab die Hose und das beinahe vollständige Hemd. Einen Ärmel, der sich selbständig gemacht hatte, steckte er in seine Manteltasche. Die Hose war überaus weit und kurz. Der Türkische Sultan eilte davon. Danach setzten wir uns auf das Deck des Kahns. Delle sah mit seinem Tischtuch wie ein Häuptling aus, und so warteten wir.

»Bist du sicher, dass der Türkische Sultan zurückkommt?«, fragte ich.

»Da kannst du Gift drauf nehmen.«

»Ist er so anständig?«

»Das … glaube ich nicht …«, antwortete er nachdenklich. »Aber er wird trotzdem zurückkommen. Er hat eine Wohnung hier, und ein Zimmer trägt sich bequemer als eine Hose.«

Traurig, dass sich selbst so kluge Leute wie Delle Hopkins irren können. Über dem Lärm des Hafens von Oran dämmerte es langsam, aber der Sultan kam nicht wieder. Delle betrachtete angewidert die Tischdecke auf seinem Bauch. Er machte den Eindruck eines sorgengeplagten Tisches.

»Ob ihm etwas zugestoßen ist?«, ventilierte er.

»Hm … wenn er nach Geld Ausschau hielt und auf frischer Tat ertappt wurde, dann kann es sogar sein, dass er schon einsitzt …«

»Meine Hose!«, rief mein Freund verbittert.

Schon bald zog sich der dunkle Himmel sein Sternenkostüm an, der Mond erschien – und auch noch eine Wachtruppe mit Bajonetten.

»Dieser Gauner kommt nicht.«

»Vielleicht doch noch.«

»Ach was! Dieser Frechdachs hat sein ständiges Domizil gekündigt. Nicht die Hose schmerzt mich. Seine Garderobe kann man immer irgendwie auffrischen, aber die Mannesehre … Der Türkische Sultan stiehlt meine Hose. Ich hatte schon mit vielen Gaunern zu tun, und du bist auch ein guter Freund, aber wir haben uns noch nie übers Ohr gehauen … Eine traurige Geschichte.«

»Was sollen wir tun?«, fragte ich Delle.

»Kein Problem, mein Alter«, antwortete mein Freund. Und er saß da wie die Kreuzung aus einem Indianerhäuptling und einem Küchentisch.

»Schließlich geht das Leben weiter, und ich werde nicht

in dieser Tischdecke alt werden. Zu Hause in der Zisterne wohnen meine alten Mieterfreunde. Du gehst hin und bringst mir eine Hose.«

»Es kann aber auch sein, dass der Sultan noch kommt...«

»Der nicht. Ich habe eine Hose und einen guten Freund für immer verloren. Um die Hose ist es jammerschade, keine sieben Jahre alt. Aber egal. Nicht die Kleidung macht den Mann. Ich werde mich mit einer schlechteren zufrieden geben.«

Wenn Sie je seine Hose gesehen hätten, dann würden Sie sich jetzt vor seiner Genügsamkeit verbeugen.

»Aber ... wenn du mir deine Hose leihen würdest«, sagte Hopkins, »könnte ich in einer halben Stunde zu einer Hose kommen.«

Von dieser Idee war ich gar nicht begeistert.

»Sieh mal... ich möchte meinen Freund und meine Hose behalten ...«

»Du zweifelst also an meiner Anständigkeit?«, sagte er mit schneidend kaltem Spott. »Ausgerechnet du, mit dem ich zwei Jahre in Sing-Sing verbrachte? Mit dem ich das bittere Brot der Gefangenschaft teilte?«

Seine Worte rührten mich sehr, denn sie beruhten auf Tatsachen.

»Delle, mein Herz blutet, aber ich werde mich nicht nackt in die Tischdecke setzen...«

Jemand klopfte gegen die Plankendecke: Es war ein barfüßiger Bursche mit einem Brief.

»Stammt von einem Irren«, sagte er. »Er wurde von jedermann angestarrt, da er bis zu den Knien in einem Elefantenleder steckte... Polizisten mussten die Ordnung wiederherstellen...«

Aus dem Gesagten war klar: Das war der Türkische Sultan, in Delles Hose.

»Was hat er uns zu sagen?«

»Ich musste ihn zu einem Bekleidungsgeschäft begleiten, wo er die Hose gegen eine rote Pluderhose eingetauscht hat.«

Delle heulte auf.

»Was?!«

»Ja. Eingetauscht. Er sagte, er zahlt drauf, als er aber die Pluderhose anhatte, drohte er dem Besitzer mit Prügel und gab ihm kein Geld … Dann schrieb er diese Notiz und schickte mich damit hierher. Man würde mir hier fünf Francs geben und Schnaps …«

Als wir den Jungen verscheucht hatten, rissen wir den Umschlag auf. Folgendes schrieb uns der Türkische Sultan:

Liebe Junks!
Leider habe ich euch unvorhergesehen ein kleinwenig übers Ohr gehauen. Man muss vom Schiff abhauen. Die Besitzer haben nämlig nachts eine große Kiste gebracht. Als ich die stehlen wollte, wo die schon weg waren, die Besitzer, sah ich, dass in der Kiste eine Leich wohnte. Wegen der Bolizei. Das tut mir aber von Herzen leid. Mit einer ganz ausgezeichneten Hochachtung an euch.

Der türkischer

Brenzlige Sache. Eine Leiche auf dem Schiff.

»Renn«, sagte Delle. »Wenn du nicht in einer Stunde zurück bist, springe ich ins Wasser, und ohne Hose kann ich nie wieder an Land.«

Das Vorgehen des Türkischen Sultans war aus mancherlei Hinsicht verständlich, in Anbetracht seiner verzweifelten Lage, aber es war doch gemein von ihm, uns mit einem Toten zurückzulassen.

»Ich gehe …«

»Durch die Avenue Maréchal Joffre, wo du auf jedem

Kotflügel die Straße zum Friedhof erreichst. Dahinter liegen die Zisternen.«

»In Ordnung.«

»Hinter der Post kannst du eventuell ein Auto stehlen, so kommst du schneller voran.«

Entsetzt wies ich es zurück:

»Heute? Es ist doch Marthatag?«

»Ja, stimmt. Du bist schwachsinnig … Das heißt, egal, nur mach schnell.«

Ich rannte.

ZWEITES KAPITEL

Delle Hopkins bekommt eine Hose, aber sie ist noch schäbiger. Oberlehrer Kwaste verabreicht erste Hilfe, was aber einer mehrstündigen Vorbereitung bedarf. Inzwischen entfernt sich der Tote

1.

Unter den Zisternen hinter dem Friedhof fand ich bald die Wohnung meiner Freunde. Die Altmieter hielten sich gerade zu Hause auf. Es waren Alfons Nobody und zwei seiner ständigen Mittäter. Über Alfons Nobody nur so viel, dass er aus sämtlichen Staaten der Welt für immer ausgewiesen war, so dass er sich seit längerer Zeit nur insgeheim auf Erden aufhalten konnte. Vor allem nachts. Laut Delle war er ein Däne, aber ein Giftmischer aus Guatemala schwor, dass er ein Spanier war, und er selbst bekannte sich als »geburtslandlos«, da ein Eingeborenenkanu seine Wiege gewesen war – in der Nähe von Colombo, und keiner der Anrainerstaaten war bereit, das Kind standesamtlich einzutragen. Getauft wurde er auf einem armenischen Dampfer, doch gibt es den betreffenden Staat gar nicht mehr. Fachleute der Polizei sind der Ansicht, man müsse ihn auf dem Verwaltungsweg auf einen anderen Planeten verfrachten. Ein hübscher Junge ist er, schlank – fast wie eine Frau, mit vornehmen Manieren und großer Kultur. Aber nur wenige benützen das Messer wie er, und sein Kinnhaken verhalf unlängst einem Finanzbeamten aus Suez zu mehrjährigem Schulterzucken, was einige medizinische Fachzeitschriften längerer Artikel würdigten.

Alfons Nobody und seine ständigen Mittäter hatten die Zisterne gemütlich eingerichtet. Einem Wanderzirkus hatten sie gegen bescheidenes Entgelt und unter großen Mühen den Vorhang abgeluchst, womit sie den kalten Steinboden bedeckten. Sie schliefen zu dritt auf dem Fahrgestell eines Lastwagens.

»Was gibt's Neues, Keule?«

»Delle Hopkins erwartet euch sehnlichst auf einem Schleppkahn, vom Scheitel bis zur Sohle in eine Tischdecke gehüllt.«

Ich erzählte ihnen unsere traurige Geschichte. Alfons Nobody fluchte leise vor sich hin. Die beiden ständigen Mittäter lästerten laut.

Der Türkische Sultan wird noch draufzahlen, wenn er denen begegnet.

»Gibt mir schnell was zum Anziehen«, drängte ich.

»Ja, was denn? Hältst du uns etwa für Filmstars? Wer hat hier schon zwei Anzüge?«

»Es kann aber auch nicht sein, dass Hopkins in seiner Tischdecke alt wird!«

»Das wollen wir auch gar nicht. Wir werden jemanden um einen Anzug bitten.«

»Kinder«, ermahnte ich sie sanft, »das muss aber auf anständige Art sein, denn heute ist der Namenstag meiner Mutter.«

»Gut! Wir lassen jemanden vollaufen«, sagte einer der ständigen Mittäter, doch sagte der andere, es sei billiger, den Betreffenden zu züchtigen. Dabei sind sie dann verblieben.«

Zum Glück fanden sie in der Hütte der Straßenarbeiter ohne jede Gewaltanwendung eine zerlöcherte Kutte mit Ölflecken. Wir eilten zum Kahn. Es war schon spätabends, gegen elf Uhr. Es lungerte kaum jemand durch die Dunkelheit.

»Welches ist es denn?«, fragte Alfons und zeigte auf die Schiffe.

»Das da, hinter dem Kohlefrachter.«

»Ihr steht hier Wache«, befahl er seinen ständigen Mittätern. »Wenn was ist, gebt ihr ein Zeichen. Komm mit, zeig den Weg.«

Als wir oben waren, meldeten wir uns mit einem scharfen Pfiff. Ruhe … Vielleicht war er eingeschlafen, verbittert in seiner Tischdecke … Wir kamen zu der Stelle, wo ich zusammen mit Hopkins gewartet hatte. Es lag nur die Tischdecke auf dem Boden.

»Es ist unwahrscheinlich, dass er sich davongemacht hat. Er ist nicht der Mann, der ohne Kleidung in einer Großstadt loszieht.«

»Das ist wahr, Hopkins gibt was auf sich. Deshalb gehen wir jetzt nach unten. Vielleicht hat er eine bessere Decke gefunden und ist eingeschlafen.«

Nach kurzem Herumtasten fanden wir den Treppenaufgang, dem ein salziger Fischgeruch entströmte. Alfons Nobody leuchtete mit einer Lampe auf die morschen Rippen des Kahns.

»Da steht die Reisekiste«, sagte ich. »Da ist angeblich eine Leiche drin.«

»Na und?«

»Was weiß man, ob so ein Toter nicht was bei sich hat?«

»Ausgeschlossen, dass er was bei sich hat.«

»Wieso?«

»Sobald du nämlich weg warst, ist Delle nach unten zu der Leiche gegangen, um nachzuschauen. Wenn der Tote noch Kleider angehabt hatte, dann hat Hopkins sie sich angezogen.«

»Das ist trotzdem unwahrscheinlich«, bemerkte ich.

»Wieso?«

»Wenn sich die ausgeschaltete Person in Kleidern befunden hätte, dann hätte der Türkische Sultan nicht in der Tischdecke auf uns gewartet.«

»Das stimmt auch wieder.«

»Dann schauen wir mal nach.«

Wir tappten nach unten, und Alfons knipste seine Lampe an. Ich griff nach meinem Stemmeisen, aber es war überflüssig. Der Deckel hob sich leicht, sie war nicht verschlossen. Alfons leuchtete in die offene Kiste, dann schrie er auf und ließ seine Lampe fallen. Ich selbst dachte, ich verliere den Verstand ...

Delle Hopkins lag in der Kiste!

Tot!

»Carràmba!«

Alfons Nobody fluchte. Großen Aufregungen setzte er leise Flüche entgegen, aber es ist irrig zu meinen, dass man daraus auf seine Herkunft schließen könnte. Er fluchte selten zweimal in derselben Sprache. Aufgrund seiner Flüche hätte ihn jedwede Nation für sich beanspruchen können. Aber das ist nur ein theoretisches Beispiel, denn man war nicht so scharf auf ihn.

»Du«, flüsterte er. »Keule ! ... Was ... meinst du?«

Ich konnte nichts sagen. Ich stand nur da. Meine Güte ... armer ... Delle, der feine, fidele Kumpan ...

Alfons leuchtete wieder hin. Der Tote war entkleidet. Er war voller Blut, doch war ihm keine Wunde anzusehen; erst als wir ihn auf die andere Seite drehten, bemerkten wir die Schusswunde in seinem Nacken.

»Wir finden heraus, wer das war«, sagte ich.

»So ist es ...«

»Und wir werden es ihm heimzahlen.«

»Jawohl ... mit allen gesetzlich angemahnten Zinsen ...«

Wir standen sehr traurig da. Es gab wenige so wirklich gute, lustige Kumpel auf der Welt wie Delle Hopkins.

»Jetzt wollen wir den Armen erst mal auf anständige Matrosenart bestatten.«

»Ruhe!«, sagte Alfons, und griff nach meinem Arm.

Ein Geräusch, aber nicht so, wie wenn eine Ratte auf ein Brett springt.

Alfons leuchtete in die Ecke, und … Zwei Sprünge … Ein Schatten läuft auf der Treppe. Hinterher. Alfons fällt um, da wir gleichzeitig springen. Es ist stockdunkel. Die Stufen dröhnen, bevor jedoch der Flüchtende die Klapptür erreicht, erwische ich einen Knöchel, und ich werde wieder in die Tiefe gerissen, wir rollen zusammen, ich greife nach seinem Hals, und als wir unten ankommen, gebe ich ihm einen Faustschlag auf den Schädel, dass es nur so kracht.

Ich bin ein sanfter Mann, aber meine linken Geraden werden auch schon mal an Räuberstammtischen gern und ausführlich erörtert.

»Die Lampe!«, keuchte ich. Das Licht ging an.

Unsere Erschütterung war noch größer als eben.

Mit blutigem, aufgeplatztem Gesicht, halb ohnmächtig, saß der Türkische Sultan vor uns auf dem Boden. In roter Pluderhose!

2.

»Jetzt bringt ihr mich natürlich um?«, fragte der Sultan.

»Das ist sicher«, sagte ich, aber nur deshalb, weil ich niemanden gern in die Irre führe.

»Es kann aber auch sein«, sinnierte Alfons, »dass wir vorher noch hier und da etwas von dir abschneiden. Ein Ohr, eine Nase und ähnliche Dinge, nachdem es in diesem Fall kaum eine angemessene Strafe wäre, einfach nur zu sterben.« Der Türke zündete sich eine Zigarette an.

»Es ist so«, sagte er leise, obwohl er ein durch und durch unwirscher Mann war. »An eurer Stelle würde ich auch nichts anderes tun.«

»Hör zu, Türkischer Sultan«, sagte Alfons Nobody, »wer seinen Kumpanen auszieht, später zurückkommt und ihn umbringt, der ist für mich ein größerer Mistkerl als ein Kannibale.«

Und er spuckte ihn an. Dann trat er ihm die Zigarette aus der Hand.

»So geht es auch«, sagte der Sultan und rauchte nicht weiter. Seltsam, dass der laute Türke, der vor nichts Angst hatte, alles gleichmütig über sich ergehen ließ.

»Bevor wir dich töten, musst du uns nur das eine sagen: Warum hast du Delle umgebracht? Hast du ihn gehasst?«

»Ihr würdet mir doch nicht glauben, wenn ich die Wahrheit sage.«

»Raus damit!«

»Ich habe ihn nicht umgebracht!«

Ich gab ihm einen Tritt, dass er auf den Rücken fiel.

»Du feiger, hinterhältiger Mörder!«

Er stützte sich auf und sprach weiter:

»Deshalb wollte ich es nicht sagen. Ich wusste, ihr glaubt es doch nicht. Ich würde es auch nicht glauben. Dass ich aber so feige wäre, habt ihr bis jetzt nicht erlebt.«

Das war richtig. Eine dumme Situation.

»Dann erzähle uns die Sache, wie du sie für wahr hältst.«

Und er begann:

»Ich brachte Delle etwas zum Anziehen, weil ich inzwischen bereut hatte, dass er so hier zurückgeblieben war. Ich fand den Armen aber nicht an Deck. Ich dachte mir, der ist hier heruntergekommen, um Leichenschau zu halten. Ich kam auch herunter und fand ihn in der Kiste, so wie ihr. Zur Flucht hatte ich keine Zeit mehr. Ihr wart schon auf dem Anmarsch. So war es.

»Wo ist der Anzug, den du geholt hast?«, sagte Alfons Nobody.

Der Sultan erhob sich, ging in eine Ecke und zeigte ihnen einige Kleidungsstücke.

»Das ist eine Uniform!«, rief Nobody, der das sogar im Dunkeln erkennen konnte.

»Stimmt. Aber es gab nichts anderes. Wozu hätte ich sie geholt, wenn ich nur gekommen wäre, ihn umzubringen?« Und er zündete sich eine Zigarette an.

Wer sollte das wissen! Schwer zu glauben, dass er Delle Hopkins erschossen hatte. Ein Mörder raucht nicht so gelassen im Schatten des Todes, von Alfons Nobody konnte er keine Gnade erhoffen, und ich muss gestehen, dass trotz meiner Sanftmut nicht viele überlebten, wenn ich mal zu Recht entrüstet war. Dieser Alfons Nobody wurde auch schon ein bisschen unentschlossen.

»Man müsste beweisen, was du sagst«, antwortete Alfons nach kurzem Zögern und stellte die Lampe auf eine Kiste, »denn sonst muss ich davon ausgehen, dass wir dich doch noch umlegen.«

Der Sultan warf seine Zigarette weg, und die Glut sprang in weitem Bogen davon. Dann zuckte er die Achseln:

»Ich spucke auf euch.«

So ein Junge war das. Mit einer Hakennase, grauen Haaren und unglaublich langen und mageren Armen. Seine kalten Fischaugen blickten mit verächtlicher Frechheit in die Welt. Was kann ich dafür, dass ich solche Leute mag und schwer töten kann.

»Was regst du dich so auf, was!«, schrie ihn Alfons Nobody an.

»Du …«, sagte ich, »ich glaube nicht, dass es der Türke war.«

»Ich glaub's auch nicht. Aber wenn wir uns irren?«

»Was hast du hier unten gemacht, als wir kamen?«, fragte ich.

»Ich war entschlossen, Hopkins zu rächen, und war jemandem auf der Spur.«

»Auf wessen Spur?«

»Des Mörders.«

»Du kennst den Mörder?«, fragte Nobody.

»Ich kenne ihn.«

»Wer ist es?«

»Das kann ich nicht sagen.«

»Und wenn ich dich erwürge?«, erkundigte sich mein Freund.

»Dann sage ich es erst recht nicht. Ihr dürft mich nur antasten, wenn ich Delle umgebracht habe. Wenn ich es nicht getan habe, dann gehe ich euch nichts an.«

Da steckte eine Menge Wahrheit drin.

»In Ordnung«, sagte ich. »Ich glaube dir.«

»Ich auch«, nickte Alfons Nobody.

»Demnach bin ich kein Gefangener?«, fragte der Sultan.

»Nein.«

»Warum hast du mir dann eben«, wandte er sich an Alfons, »einen Tritt auf den Kopf gegeben?«

Und sein langer Arm schwang heraus und schlug meinem Freund so ins Gesicht, dass jeder ausgewachsene Mann halbtot umgefallen wäre. Doch Nobody antwortete auf der Stelle mit einem Kinnhaken.

Da begann eine entsetzliche Schlägerei. Ich denke, Alfons Nobody hätte leicht gesiegt, war er doch der Tollste von allen, die ich im Laufe meiner Weltreisen getroffen hatte, aber er wollte den Türken nicht völlig fertigmachen. Sie fielen um. Vier harte Fäuste sausten in ununterbrochener Folge. Ich störte sie nicht. Es war eine Privatangelegenheit von Gentlemen. Ich betrachtete meinen verstorbenen Freund. In der Kiste. Seine geschlossenen Augen … Der arme Hopkins … Wie friedlich und ruhig sein Gesicht aussah …

Aber was war das?!

Ich sah deutlich, dass sein Gesicht zuckte. Neben der Nase. Heiliger Strohsack! Wir hatten ja gar nicht nachgeschaut, ob er noch lebte!

»Halt!«, rief ich den beiden Streithähnen zu und gab Nobody ein paar rege Fußtritte, um ihn zu beruhigen, denn er war gerade dabei, den Kopf des Türken gegen den Boden zu hämmern, wobei er ihn an beiden Ohren festhielt.

»Kinder! Ich glaube, ich sah ein Zucken auf Delles Gesicht. Schauen wir ihn uns an, es könnte doch sein, dass er noch am Leben ist …«

»Hast du sein Herz nicht untersucht?«, fragte Alfons Nobody den Türken.

»Ich hatte gedacht …«, keuchte dieser.

Wir rannten zu Hopkins und legten ihn auf den Boden. Alfons presste sein Ohr an sein Herz. Wir warteten aufgeregt.

»Na?«

»Ich höre nichts …« Aber er presste sein Ohr weiter an die Brust unseres toten Kumpels. Dann sagte er endlich: »Könnte sein … manchmal glaube ich, ein Pochen … Und kalt ist er auch nicht … ganz …«

Er zog einen Flachmann aus der Tasche und goss einige Tropfen Rum zwischen die Zähne des bewegungslosen Hopkins, dem ich inzwischen die Brust rieb. Wenn er noch lebte, so verdankte er das nur der Schwere seiner Wunde. Jawohl, genau so war es! Ein Polizeiinspektor aus Singapur erzählte mir einmal, dass kein Mensch bei tiefer Bewusstlosigkeit verblute, da das Blut dann sehr langsam fließe, an der Wunde gerinne und sie so verschließe.

Nach einigen Minuten konnten wir in langen Abständen ein leises Pochen hören …

»Er braucht einen Arzt«, sagte der Türke. »Und zwar einen sehr guten.« Wir legten Hopkins auf ein paar leere Säcke. Dann rannten wir nach einem Arzt … Die beiden ständigen Mittäter wachten geduldig neben dem Schleppkahn.

»Ihr könnt gehen«, sagte Alfons. »Den Rest erledigen wir schon zu dritt.«

3.

Im Hafen von Oran stand uns ein eigener Arzt zur Verfügung: Fedor Kwastitsch, der einmal auf dem russischen Kreuzer »Kronstadt« gedient hatte. Nach der Revolution verschlug es ihn nach Oran, wo er dank Alkohol und Kartenspiel immer mehr herunterkam. Wegen eines Delikts verbrachte er sogar ein Jahr hinter Gittern. Nach Abbüßung seiner Strafe fand Dr. Kwastitsch im Hafen eine Anstellung als Arzt und Morphinist. Hier leben keine Bürokraten. Ein Diplom ist Nebensache; was zählt, ist das Wissen. Und Kwastitsch wusste eine ganze Menge! Vor allem wusste er, wie man seinen Mund hält. Es ist ja allgemein bekannt, dass einer der wichtigsten Grundsätze der Heilkunst die Verschwiegenheit ist. Wer heute eine Revolverkugel entfernt, der sollte die Behandlung auf keinen Fall mit den Polizeiberichten in der Zeitung in Verbindung bringen, und wenn er den eingetretenen Tod festgestellt hat, möge er sich jedwede Sorge um den letzten Ruheplatz seines Patienten aus dem Kopf schlagen. Das alles nennt sich ärztliche Verschwiegenheit.

Kwastitsch las viel, trank viel, und nebenberuflich war er Barpianist in der Vergnügungsstätte »Zur Vierhörnigen Katze«. Er spielte nämlich recht schön Klavier. Die großen, weißen Hände dieses riesenhaft aufgedunsenen Mannes liefen mit wunderbarem Feingefühl über die Tasten.

Wir beeilten uns. Die »Vierhörnige Katze« verbarg sich in einer nahen Gasse.

»Wo ist der Türkische Sultan?«, fragte plötzlich mein Freund. Der Türke war nicht mehr zu sehen! Das ist doch ...!

»Jetzt ist sicher, dass er was ausgefressen hat!«, rief Nobody.

»Das wäre nicht so schlimm. Keiner von uns sollte hungrig bleiben. Aber heute hat er uns schon das zweite Mal übers Ohr gehauen ...«

»Gauner! Ich werde ihn erwürgen!«

»Wir sollten aber vorher noch zu Kwastitsch.«

Der Doktor spielte gerade Klavier, seine Augen glänzten feucht zwischen den tiefen Spalten seiner Lider. Als er uns so in Eile kommen sah, schloss er das Klavier, nahm seinen Hut und sagte zu den Gästen:

»Ich muss zu einem Schwerkranken ... Verzeihen Sie bitte.« Und er kam mit. So ein Mensch war das.

»Messer?«, fragte Kwastitsch.

»Nein.«

»Kugel?«

»Im Nacken.«

»Nichts zu machen.«

Fast rannten wir auf der verlassenen Straße.

»Wo ist Ihre Tasche?«, fragte ich.

»Bei Hehlmann.«

»Wir holen sie.«

»Zweihundert Francs.«

»Wir holen sie trotzdem.«

Hehlmann war ein Spottname, zurechtgedrechselt aus der Berufsbezeichnung des Hehlers. Der Mann war auch Pfandleiher, und die Tasche des Doktors befand sich mit allem drum und dran bei ihm. Wir stöberten Hehlmann auf. Dieser alte Hehler mit gebeugtem Rücken und grauen Haaren wohnte allein in einem ebenerdigen Häuschen.

»Wir brauchen die Tasche von Dr. Kwastitsch.«

»Zweihundert Francs.«

»Haben wir nicht.«

»Bedaure.«

»Armer Kerl.«

Da zog er einen Revolver hervor und richtete ihn auf uns.

»Du bist ein Hund, Orlov!«, sagte ich.

»Was soll ich machen? Die Doktortasche akzeptiere ich stets als Pfand, weil sich immer ein Sterbender findet, für den man sie auslöst. Das ist das Geschäft. Wenn ich sie auch nur einmal gratis herausgebe, dann ist es aus mit den zweihundert Francs.

»Woher sollen wir die nehmen?«

»Es ist zwölf Uhr. In einer halben Stunde könnt ihr leicht irgendwo einbrechen.«

»Inzwischen stirbt Hopkins.«

»Was soll ich machen? Komm nicht näher, sonst schieße ich!«

»Komm!«, sagte Nobody. »Warten Sie hier, Kwastitsch. Wir kommen sofort zurück.«

Wir gingen in die Nacht hinaus. Aus einem der Docks griff ein langer Hafendamm ins Meer hinaus, und ein Schiff glitt gerade daran vorbei.

»Eine hübsche kleine Jacht.«

»Was?«

»Wir können es versuchen ...«

Wir gingen auf die Mole hinaus. Die Passagiere der Jacht stiegen gerade aus.

»Pass auf!«

Wir versteckten uns hinter einigen Fässern. Ein riesenhafter, grauhaariger Mann in der Uniform eines hochrangigen Offiziers kam mit einem jüngeren Mann. Zwei Matrosen folgten ihnen.

»Der Hauptmann wird reden«, näselte der Alte.

»Und wenn er nicht kommt?«, fragte der Offizier. »Er hätte sich schon melden können.«

Ihre Stimmen und Schritte verhallten ... Wie der Blitz schlichen wir auf die Jacht zu und hatten sie bald erreicht. Es werden sich doch wohl ein Paar lumpige Hundertfrancsscheine auf so einer vornehmen Jolle finden? Nur ein, zwei Lämpchen leuchteten oben ...

»Du gehst von der anderen Seite ...«, flüsterte Alfons, und griff gebückt nach der Reling der Segeljacht ... Ich schlich zum Achterdeck. Ich besitze einen kurzen, verbleiten Stock, mit Leder bezogen, und ich habe ihn immer dabei ... Als ich mich an Deck gehievt hatte, zog ich ihn hervor ... Das Achterschiff war dunkel. Vorsichtig ging ich um eine Kabine und blickte hinaus. Da stand eine bewaffnete Wache. Ein Matrose mit einem Bajonettgewehr. Er stand bei der anderen Kabine. Von dort sollte Alfons Nobody kommen. Ein anderer Matrose kam jetzt aus dem Bootsinneren herauf, brachte ein zusammengewickeltes Leinen und summte ein Lied. Der bewaffnete Wächter wurde unruhig, als hörte er etwas. Wie eine gewaltige Katze erschien Nobodys schlanke Gestalt neben ihm und schlug ihn auch schon nieder.

Er hatte genau die Kinnlade des Wachmanns getroffen. Man hörte nur ein leises Knacken, und schon fiel er um. Alfons fing ihn auf, damit er keinen Lärm machte ... Der andere hatte nicht einmal so viel Zeit, um zu verstehen, was geschehen war, als der Eisenstock auch schon auf seinen Schädel niedersauste. Mit einem leisen Schrei brach er neben der Reling zusammen. Nobody hatte bereits die Waffe des bewusstlosen Wächters an sich genommen.

»Binde sie fest ... Ich schaue nach, ob sich unten noch jemand befindet ...«

Mit dem Bajonett im Anschlag schlich er nach unten ...

Mit der Schnur vom Leinenbündel fesselte ich schnell die beiden Seeleute und trat in die dunkle Kabine. Plötzlich ging das Licht an, und ich war für wenige Sekunden geblendet.

»Hände hoch!«

Eine leuchtend blonde, schöne junge Frau stand vor mir und richtete ihre Pistole auf mich.

4.

Aus dem Bisherigen wird jedermann leicht festgestellt haben, dass ich konservativen Auffassungen anhänge und die Überlieferungen sowie moralische Formen unbedingt achte. Somit habe ich auch den Damen gegenüber stets die Sitten altmodischer Gentlemen befolgt. Indem ich also dem entschiedenen, aber nicht kränkenden Wunsche nachgab, hob ich die Hände und verbeugte mich tief.

»Ich heiße John Fowler, aber meine Verehrer nennen mich nur Keule.«

»Was suchen Sie hier?«

»Die Unterstützung seitens einer großherzigen Dame.«

»Und deshalb haben Sie die Wachleute mit einem Totschläger niedergehauen?«

»Ich fühlte, dass es keinen Sinn gehabt hätte, ihnen mit Argumenten zu nahen. Es gibt heutzutage nicht mehr viele verständnisvolle Mitmenschen.«

Soweit ich.

Die Frau musterte mich mit unsicheren Blicken. Ich sah

genau, welch tiefen Eindruck meine Worte auf sie machten. Denn ich rede schön. Ich habe ja zu Anfang dieser Abhandlung erwähnt, dass ich einst Kantor werden wollte … Dann … also, ich war ein Junge von gutem Auftreten, und das müssen Sie mir glauben, auch wenn es unbescheiden klingt. In alten Personenbeschreibungen haben Fachleute festgestellt, dass die gute Erscheinung mein besonderes Kennzeichen ist. Um die junge Dame vollends zu beruhigen, fügte ich mit einem gelassenen Lächeln und einer ermutigend warmen Stimme hinzu:

»Sie dürfen sich in Sicherheit fühlen, schöne Dame, und ich kann Sie sogar notfalls gegen jeden Angreifer verteidigen.«

So ich.

»Sie brauchen sich nicht blöd zu stellen! Wenn Sie ihre Hände nicht oben lassen, schieße ich durch Sie hindurch!«

So sie.

Wo sind die poetisch angehauchten Damen vergangener Tage? Sie verehrten die Ritterlichkeit und legten gepresste Blumen in ihre Poesiealben, während sie sich in geheimnisvolle Fremde meines Kalibers verliebten …

»Antworten Sie! Sie sind allein?«

»Ja.«

Lügen ist etwas Hässliches, aber eine Dame, die sich der Poesie verweigert, darf nichts anderes als Lügen erwarten.

»Treten Sie zur Seite … Hierher, wo ich jetzt stehe, und halten Sie zwei Schritte Abstand. Eine Bewegung, und ich schieße Sie …«

»Hindurch … Das habe ich mir gemerkt. Ich bin hergekommen, weil ein Freund von mir im Sterben liegt, schwer verletzt, und wir brauchen zweihundert Francs, um einen Arzt zu besorgen … Er liegt nämlich auf einem Schleppkahn …«

Ein kaum hörbares Geräusch ... Die Frau drehte sich um: Alfons Nobody überraschte sie von hinten, griff nach ihrem Handknöchel, und sie ließ das Schießeisen sofort fallen.

»Keinen Muckser, oder ich ...«, zischte mein Freund und griff sie am Hals. Da stieß ich ihn zur Seite.

»Ein solches Vorgehen dulde ich Damen gegenüber nicht! Bitte merk dir das!«

Für einen Augenblick zogen sich seine glänzenden Raubtieraugen zusammen. Dieser Mann fürchtete sich vor niemandem, auch nicht vor mir. Die Frau stand keuchend neben uns und wagte sich nicht zu rühren.

»Na bitte!«, sagte Nobody und lachte. »Ein Gentleman hat Respekt vor dem Hirnleiden seines Freundes.«

»Er trat vor die Frau und verbeugte sich. »Erlauben Sie, dass ich mich vorstelle. Ich heiße Alfons Nobody und bitte Sie höflichst, nicht zu schreien, weil ich Sie sonst töte.«

Die Frau blickte uns träumerisch an.

»Ich sehe«, fuhr Nobody fort, »dass Sie uns für blöd halten, was bis zu einem gewissen Grade von guter Menschenkenntnis zeugt.«

Lächelnd setzte er sich vor der Frau in einen Lehnstuhl und zündete sich eine Zigarette an.

Ich habe schon erwähnt, dass ich in jenen Tagen niemanden kannte, der ein gefälligeres Äußeres gehabt hätte als ich. Ich glaube jedoch, dass dieser Alfons Nobody sogar mich übertrumpfte. Auf seinem Kopf trug er nach spanischer Mode ein buntes Tuch, und er bevorzugte farbige Seidenhemden. Er lächelte unablässig und ließ dabei seine glänzend weißen Zähne hervorblitzen. Jede seiner Bewegungen war federnd leise und ließ das Zusammenspiel wohlproportionierter Muskeln ahnen.

»Ich bitte Sie ... Mein Freund hat es schon erwähnt«,

begann er, als ob er nur fein plaudern wollte. »Wir hätten zweihundert Francs nötig… Das ist alles.«

»Und dann lassen Sie mich frei?«

Und ob wir sie freilassen! Was denkt sie von uns?

»Selbstverständlich«, antwortete ich. »Wenn Sie auf unser ehrerbietiges Ansinnen eingehen, entfernen wir uns sogleich voller Ehrfurcht…«

»Seltsame Gestalten… sind Sie…«, sagte sie. »Sie schleichen sich auf ein Schiff, schlagen die Matrosen krankenhausreif…«

»Und den Koch«, unterbrach sie Nobody. »Ein tölpelhafter Bursche ist das! Von hinten sprang er mich an… ich glaube, er wird aber am Leben bleiben…«

»Sie brechen ein, wollen mich ausrauben… und…«

»Und bleiben trotzdem Gentlemen«, verhalf ich ihr zum richtigen Ausdruck.

»Bitte…« Sie nahm ihre Handtasche vom Tisch. Ich gebe Ihnen vierhundert Francs… lassen Sie mir bitte den Rest…«

»Ich bitte Sie! Ich kann Ihnen versichern, dass wir mit zweihundert Francs zufrieden sind. Das reicht, um für unseren kranken Freund sorgen zu können.«

»Und… Ich gehe jetzt…«

»Erlauben Sie uns, dass wir Sie durch den dunklen Teil des Hafens begleiten. Eine Menge Gesindel treibt sich hier nachts herum.«

»Ist mir gleich… Halten Sie aber Abstand… Und ich danke Ihnen, dass Sie mich so ritterlich…«

»Nicht der Rede wert…«

Wir folgten der Frau auf zwanzig Schritt Abstand. Nachdem sie aber um eine Ecke gebogen war, und wir diese erreicht hatten, war sie nicht mehr zu sehen. War sie weggelaufen oder hatte sie sich in einem Hauseingang versteckt?… Egal.

Es war höchste Zeit, den Doktor und seine Instrumente bei Hehlmann abzuholen.

»Eine wunderschöne Frau«, platzte es aus mir heraus.

»Und wir haben ihr einen großen Gefallen erwiesen.«

»Inwiefern?«

»Insofern wir die Wache vor ihrer Tür entfernt haben. Sie war eine Gefangene.«

Tatsächlich! Ich bin nicht gerade dumm, doch erwies sich jetzt Nobody als der Schlauere. Es dämmerte schon, als wir Hehlmanns Hütte erreichten. Herr Doktor Kwastitsch schlief tief auf einem schäbigen Kanapee. Hehlmann saß mit einem Revolver vor der Tasche.

»Wir haben nur hundertfünfzig Francs besorgen können«, sagte Alfons. »Ist das schlimm?«

»Überhaupt nicht! Die fehlenden fünfzig werdet ihr nun spielend ranschaffen.«

»Zum Henker mit dir!«

Wir knallten ihm das Geld vor die Nase und bekamen die Tasche. Den Arzt übergossen wir mit kaltem Wasser, gaben ihm ein paar Tritte, bis er zu sich kam, dann nichts wie weg.

»Wohin wollen Sie ihn legen?«, fragte Kwastitsch.

»Was?«

»Liegen muss er irgendwo. In einer Zisterne kann er sich unmöglich von einem Kopfschuss erholen.«

»Wo wohnen Sie?«

»Jeden Tag von vier bis sechs auf dem Klavier. Aber abends kann er da nicht liegen. Er braucht ein Krankenhaus.«

»Wir werden auch dieses Geld auftreiben. Schauen wir mal nach, ob er noch lebt.«

»Ein Nackenschuss ist was Schlimmes. Es gibt eine Menge wichtiger Nervenzentren im Halsbereich. Sehr verletzliche Sache, das Hinterhaupthirn: *Medulla oblongata*. Oder das

Gelenk: *Epistropheus*. Dann hat er den Löffel abgegeben. *Exitus letalis*.

Wir waren am Kahn angelangt. Alles war ausgestorben und still. Auf dem Deck lag die Tischdecke. Nichts wie hinunter. Vorne geht Alfons. Am Ende der Treppe knipst er das Licht an und schreit auf.

Wir sind ihm dicht auf den Fersen. Ich spüre, wie meine Fersen kalt und taub werden. Da steht die offene Kiste, die Säcke, eine leere Kanne. Und der Verletzte nirgendwo. Delle Hopkins ist verschwunden!

5.

»Was …?«

»Der Teufel treibt heute Nacht sein Spielchen mit uns«, sagte Alfons.

»Was ist passiert?«, fragte Kwastitsch neugierig.

»Der Patient ist weg.«

»Auf eigenen Füßen konnte er sich nicht fortbewegen, denn solche Verletzungen wirken sich störend aufs Gleichgewichtsgefühl aus. Ein Kosakenkapitän, den ich zwei Jahre lang mit einem Kopfschuss behandelte, konnte nur im Kreis laufen. Da hat man ihn pensioniert.«

Damit setzte sich der Arzt auf die Treppe und schlief ein.

»Der Türke …«, murmelte Alfons.

»Was denkst du?«

»Er hat ihn doch erschossen. Und jetzt hat er Angst gekriegt, dass Hopkins gesund wird, und alles ans Licht kommt. Also hat er sich zurückgeschlichen und schmiss ihn ins Wasser.«

»Das klingt wahrscheinlich. Aber wer weiß … Der Türkische Sultan ist ein anständiger Junge …«

»Du bist blöd! Man darf nicht mal Leuten unseres

Schlags unendlich vertrauen. Wieso ist er wieder geflohen? Was?«

Da fiel eine Antwort, die den Türken entlasten konnte, schwer.

»Hör zu, Keule, mich interessieren keine Erklärungen mehr. Der Türkische Sultan ist ab sofort ein toter Mann.«

»Wenn ich ihn treffe, dann braucht er schon gewichtige Beweise, wenn er am Leben bleiben will.«

Wir drückten uns die Hand. Delle Hopkins durfte auf seinem Schlammbett unter Wasser in Frieden ruhen. Sein Tod würde nicht ungesühnt bleiben.

DRITTES KAPITEL

Nach getaner Arbeit schmeckt die Flucht am süßesten

I.

Ich bezog Delle Hopkins' leer gewordenes Zisternenappartement. Es folgten nun karge Zeiten. Eine Stelle fand ich nicht, obwohl ich doch vor allem Matrose bin und am liebsten anständig auf irgendeiner Schmuggelbarkasse arbeite.

Aber vergebens! Meine alte Widersacherin, die Bürokratie, hatte mich jeglicher Aussicht auf Arbeit beraubt. In Orans Hafen waren zu dieser Zeit nur solche Schiffe zu sichten, die sich mit dummen Äußerlichkeiten abgaben. Derlei Fahrzeuge huldigen widerlichen Formalitäten. Sie verlangen vom Seemann alle möglichen Papiere. Es genügt ihnen nicht, dass man ganz allein das Gaffelsegel hissen kann, und zwar zusammen mit dem Großsegel; es ist ihnen auch völlig egal, ob ich das Schiff mit geschlossenen Augen von Oran bis Tokio bringe (denn ich bin dazu fähig!); sie interessieren sich dafür, was für Papiere ich habe und ob ich in einem schäbigen Wälzer auftauche, dem »Schifferbuch« nämlich.

Natürlich komme ich im Schifferbuch vor, aber man hat meinen Namen durchgestrichen. Und warum? Weil das Hafenamt von San Francisco abgebrannt war.

Nicht war, sie lachen auch. Ich bin ein Matrose und kein Feuerwehrmann. Hätten sie doch die Feuerwehr verurteilt, weil sie zu spät dran war, oder den Hilfsbeamten, der weggelaufen war. Doch was will man von mir, der ich dem rabiaten, streitsüchtigen Hafenkapitän lediglich klarzumachen suchte, dass der eingeborene Schiffsjunge keine Beriberi hatte, stattdessen in einen Nagel getreten war und davon das geschwollene Bein hatte. Deshalb bin ich noch nicht verpflichtet, die gelbe Flagge zu hissen und in Quarantäne zu laufen. Das werden Sie doch verstehen.

Dieser Grobian aber schrie, dass er einen Polizisten kommen und mich einsperren lasse. Gelassen bat ich ihn, nicht zu schreien wie ein wahnsinniges Rindvieh. Da wurde er gewalttätig und verlangte, ich sollte in seiner Stube auf die Wachmannschaft warten, er werde es mir schon zeigen. Ich sagte ihm ausweichend, er solle den Mund halten, weil er sonst draufzahlt, und wollte mich entfernen. Da griff er nach meinem Arm. Ich versuchte immer noch, ihn mit Sanftmut zu verscheuchen. Ich scheuchte ihn gegen die Glastür. Die Petroleumlampe warf ich ihm erst hinterher, als er seinen Revolver zog. Meine humane Empfindung gab mir daraufhin ein, den brennenden Hafenkapitän in die Sickergrube zu werfen.

Damit habe ich ihm das Leben gerettet. Meinen Sie, man ist dankbar für so was? Sie irren sich. Er hat mich angezeigt, man strich mich aus dem Schifferbuch und ließ nach mir fahnden.

Nach Oran kam kein einziges Schiff, auf dem die Eignung mehr galt als die Formalitäten. Dabei gibt es solche Fahrzeuge. Während der Woche bekamen wir kaum eine Chance. Dr. Kwastitsch gab uns manchmal was zum Laden. Der gelehrte Mann beschäftigt sich nämlich auch mit der Medikamenteneinfuhr des Landes.

Beim Fischerhafen kamen hin und wieder Kisten mit Kokain und Ähnlichem an. Alfons Nobody (mit seinen beiden ständigen Mittätern) handelte auch schon mit Autoersatzteilen. Die Karosserie und das Fahrgestell vergruben sie immer.

Wir hatten viele Pläne, aber die hellen Nächte hinderten

uns an der Ausführung. Das widrige Schicksal bestimmte ausgerechnet den Namenstag eines lieben Verwandten dazu, dass etwas Nebel aufkam, quasi als Botschaft eines auf offener See tobenden Orkans.

Einer der ständigen Mittäter empfahl, uns umzuschauen.

Ich verwies auf den Namenstag meiner Mutter.

Sie titulierten mich mit ungezogenen Beinamen.

Endlich beschlossen sie, die unfreundliche Nacht zu benützen. Ich konnte mich nicht raushalten. Schließlich gingen wir durch dick und dünn, aber eher durch dünn, und die Freundschaft ist nicht zu verachten.

Die trübe Nacht war auf unserer Seite, und wir ließen einen Schlepper voll Rasierseife mitgehen. Den Wächter verstauten wir vorher unter einigen Wollsäcken.

Wir hatten das Schiff schon seit Tagen beobachtet, nachdem es mit seiner Fracht irgendwo aufgelaufen war. Man stellte eine Wache auf und ließ das Schiff einige Kilometer vor dem Hafen stehen. Wir trafen eine Vereinbarung mit Hehlmann und begaben uns dann zu dritt zum Kahn.

Später besorgte Alfons Nobody aus der Umgebung der Sudankaserne einen Lastwagen mit zwei bewusstlosen Mechanikern, und wir begannen mit dem Ausladen.

Alles ging wie geschmiert, als wir aber mit dem vollgeladenen Lastwagen losfuhren, wurden wir mit unerwarteten Umständen konfrontiert.

Eine Hundertschaft der Sudaner näherte sich im Laufschritt.

Wozu sich mit denen abgeben? Unkultivierter Soldatenpöbel … Der Klügere gibt nach. Nicht wahr?

Alfons Nobody bog in einem kühnen Bogen um die Ecke und rief nach hinten:

»Wirf die Ladung runter! Schnell!«

Und er beschleunigte. Hastig stießen wir die schweren

Kisten von der Ladefläche, und nicht anders erging es den beiden Mechanikern. Einer der beiden ständigen Mittäter wurde getroffen und folgte einer Seifenkiste. Der Wagen brauste durch die Palmenallee.

»Es gibt Ärger«, sagte der andere ständige Mittäter.

In der Ferne leuchtete ein Reflektor. Die Alarmbereitschaft!

»Am Namenstag seiner Lieben soll man nicht arbeiten«, zog ich als Lehre aus der Sache. »Daher der ganze Ärger.«

»Und auch die Menge Soldaten hinter uns«, fügte Alfons Nobody hinzu.

Wir bogen nach rechts, um dem nahenden Lichtpunkt zu entgehen.

»Am Stadtrand werde ich bremsen, ihr springt runter und sucht das Weite.«

Kreischend griff die Bremse. Ich sprang. Doch bei der nächsten Kreuzung …!

Unglückliche Sache … Ein Polizist mit Motorrad und Beiwagen ist mir auf den Fersen … Neben dem Gehsteig steht eine verschlossene kleine Holzbude, ich stemme mich dagegen, die Bude fällt um und legt sich über die Gasse.

Ein Schuss … eine Kugel pfeift …!

Stolpernd renne ich über steinige Felder und lasse die Stadt hinter mir. Linkerhand fallen nicht weit von mir ebenfalls Schüsse. Die sind gar nicht hinter mir her. Eine riesige, schwarze Katzengestalt rennt, ja fliegt beinahe durch die Luft, wenn sie sich vom Boden abstößt … Immer wieder fällt sie hin, dann rennt sie weiter.

Alfons Nobody.

Ich bin ein berühmter Läufer, aber dieses windschnelle Tempo, und wie er einer Feder gleich vom Boden hochschnellt und davonschießt, das ist schon eine übermenschliche Geschicklichkeit. Der übertrifft sogar mich.

Wir rennen um unser Leben! Denn in diesen Gegenden schießt man den Gauner lieber über den Haufen, als dass man ihn verhaftet. Man erachtet solche Leute keiner Akte wert.

Zum Glück gelingt es, die Sandhaufen der nahen Wüste zu erreichen. Ein gutes Gelände für Flüchtige. Jede Menge Erhebungen. Ich lasse sie links und rechts liegen, und es wird immer stiller hinter mir, wie sich der Lärm der Verfolger entfernt. Aber lange hält man das nicht durch. Morgen früh erwischen sie mich hier leicht.

Und als sich jetzt der Mondschein regt, erspähe ich auf einem kleinen Hügel vor mit das Fort St. Thérèse.

Die Legion!

Hurra! Ich nehme Anlauf. Das habe ich noch nie versucht. Kann nicht schlimmer sein als der Taifun oder die Quarantäne, von widerlichen chinesischen Haftanstalten gar nicht zu reden …

Der Posten lässt mich ohne ein Wort durch. Nach fünf Minuten bin ich in einem Büro, in dem es nach Tabak riecht. Ein Sergent mit großem Schnauzbart rasiert sich in Hemdsärmeln.

»Was wollen Sie?«

Ich keuche.

»Was schnaufen Sie so. Nehmen Sie ein Eintrittsformular vom Tisch und füllen Sie es genau aus.«

»Du brauchst eine Verschnaufpause. Ich mache das mit dem Formular.«

Alfons Nobody sitzt in der Stubenecke und schreibt.

2.

Die Polizei geht wegen der Räuber selbstverständlich zur Legion.

Verhör. Zwei Rekruten, die sich in der fraglichen Nacht gemeldet haben, stehen vor dem Kapitän stramm.

»Sie haben sich zu einer ungünstigen Zeit aufnehmen lassen«, sagt der Kapitän.

Wir schweigen.

»In der betreffenden Nacht wurde ein Raub verübt.«

Wir staunen.

»Woher sind Sie zum Fort St. Thérèse gekommen?«

»Ich? Aus einer Schenke.«

»Und Sie?«

»Ich wollte in der Wüste übernachten, dann habe ich es mir anders überlegt.«

»Kennen Sie sich?«

»Ich habe diesen Kameraden nie in Zivil gesehen.«

»Behaupten Sie das auch?«

»Ja.«

»Was wissen Sie vom Raub?«, wandte sich der Offizier an Alfons Nobody.

»Raub ist eine Art der Vermögensbeschaffung, mit der eine oder mehrere Personen versuchen, das rechtmäßige Eigentum anderer sich mit Gewalt anzueignen und zu besitzen!«

Der Kapitän unterdrückt ein Lächeln.

»Was wissen Sie von diesem Schleppkahn? Es wurden mehrere Kisten Rasierseife geraubt.«

»Ich habe nichts davon gehört.«

»Und Sie?«

»Ich rasiere mich nicht selbst. Ich brauche überhaupt keine Rasierseife«, antwortete ich klug.

»Sie wissen also nichts über den Vorfall, Sie haben die Nacht getrennt voneinander verbracht und haben sich nicht zusammen gemeldet, sondern einer nach dem anderen?«

»Oui, mon commandant.«

»Unterschreiben Sie das Protokoll.«

So geschieht es.

»Ich hoffe, Sie werden gute Soldaten. Sie können gehen.«

So geschieht es.

Damit ist die Angelegenheit abgeschlossen. Die Tore der Legion öffnen sich leicht, schließen aber fest.

3.

»Nummer 27, Nummer 9, Nummer 45 und Nummer 8.«

Wir treten vor den Sergent. Alfons ist Nummer 9, ich die Nummer 45.

»Sie melden sich bei der Wache im Gouverneurspalast. Die kleinste Schweinerei kostet drei Woche *cellule*. Rompez!«

Damit ließ er uns stehen.

»Was ist das für eine Wache?«, frage ich Nummer 8, einen alten Burschen.

»Furchtbar. Strammstehen auf der Treppe, die Waffe in die Hand gestützt, drei Stunden lang. Sich rühren oder reden ist verboten. Die Abteilungen wechseln sich alle drei Stunden ab.«

Wir waren seit sechs Wochen dabei, galten also nicht mehr als Rekruten. Auf Ehrenwache waren wir aber noch nie gewesen. Sie schien nicht zu den volkstümlicheren Vergnügungen zu zählen.

Alfons Nobody beschloss, sich krank zu melden, wurde aber von den Erfahreneren davon abgebracht, und zwar mit der Begründung, im Einzelarrest sei es feucht und übelriechend.

Aus allem, was ich bisher geschrieben habe, wird jeder einsehen, dass ich mild und anspruchslos bin. Trotzdem bedeutete die Legion selbst für meine weisheitsgetränkte Psyche eine schwere Prüfung.

Chef Potrien, so hieß der Sergent, achtete mit besonderer Sorgfalt darauf, dass wir keine einzige angenehme Minute in der Legion hatten.

Auf mich hatte er es ganz besonders abgesehen. Dabei war alles reiner Zufall, nachdem ich jede Art von Rache ablehne. Es begann damit, dass wir auf dem Feld exerzierten, neben der Festungsmauer. Er unterrichtete den Paradeschritt, was bei ihm außerordentlich wichtig ist. Als wir uns aufgestellt hatten, führte er mit einigen verbindlichen Worten in die Zusammenarbeit ein.

»Hört zu, ihr Gauner«, begann er ganz objektiv, »jetzt werden wir den Paradeschritt üben. Merkt euch, dass der Paradeschritt des Legionärs die wichtigste Sache auf der Welt ist. Wenn eure verwöhnten Sohlen den Boden berühren, müssen die Mauern des Forts erbeben. Habt ihr Strolche verstanden?«

Dies war die erste Einweisung, die uns zur Grundlage dienen musste. Dann ging er zur Praxis über und gab seine Kommandos.

»Gaaa...wu!«

Dieses unheilschwangere Gebrüll war das verdichtete »Gardez vous!« und erinnerte nicht nur an den Todesschrei eines ins Herz getroffenen Mannes, sondern konnte auch die Tierwärter im Zoo von Oran in Panik versetzen, weil sie meinten, ihr bengalischer Tiger hätte sich befreit und marodierte in der Stadt.

Rasselnd erstarrte die Reihe und stand wie ein Pflock.

Da folgte das kurze Schnauben eines aus dem Schlaf geschreckten Leoparden:

»A...osch!«

Dies war das »À gauche«, doch abgekürzt und umgewandelt in eine lebensgefährliche Drohung. Eigentlich hieß es nur: »Links um!«

Wir gehorchten.

»E...rt...wan... Möschh!«

Der Sergent würde dies so schreiben:

»En route... En avant marche!«

Wir marschierten.

»A graaa...prd!«

Paradeschritt. Geschrieben: »En grande parade.«

Er läuft neben uns und schaut zu. Sein rotes Gesicht mit einem langen, schmalen, zweigeteilten pinselartigen Schnurrbart sowie einem Ziegenbart betrachtet uns mit einer unbeschreiblich spöttischen Verachtung.

»Was ist das?... Wollt ihr etwa ein Ballett demenzkranker Nashörner aufführen?...« Und er nickt mit einem väterlich freundlichen Lachen, während die Rosetten auf seinen breiten Schultern erzittern. Mit den Händen auf dem Rücken gibt er mit einem Stock den Takt an, wobei er hin und wieder leicht in die Knie geht, als ob er ritte. Sein glühendes Gesicht legt sich in tausend Furchen, und er lacht gutgelaunt, so dass man seine zigarrenbraunen Zähne sehen kann, und sich die Pinselspitzen leicht nach oben biegen.

Und wir marschieren. Unsere nach rechts gewandten Köpfe sitzen starr auf dem Hals, eine in der Hitze schwimmende Staubwolke reizt Augen und Nase, aber der Hals ist unbeweglich, und aus der Höhe sausen die brettgeraden Beine nach unten und schlagen mit gestreckten Sohlen auf dem Boden auf...

»Auf mein Wort«, bemerkt er voller Mitleid, »man hat euch hinters Licht geführt. Ihr meint wohl, ihr seid hier zur Mastkur...«

... Hals steif, Beine steif, Sohle brennt, und bei jedem Niedersausen schlagen neue Staubwolken hoch... Eins... zwei... eins... zwei...

»Ist das für euch ein Paradeschritt? Wenn der Oberst das

sieht, wird er zu mir sagen: ›Mon chef Potrien … wo schleicht denn diese Kompanie so geräuschlos hin?‹«

Dem Sergent fallen solche vorausgeahnten Dialoge mit dem Oberst oft ein. Der gutgläubige Oberst wird in diesen erdichteten Unterhaltungen häufig das Opfer von Missverständnissen, was das Exerzieren der Kompanie betrifft, deren Natur ihm mitunter ein wenig geheimnisvoll bleibt.

»›Sagen Sie, lieber Potrien‹, wird er staunend fragen, ›wer sind diese betagten Waschweiber in Uniform? …‹«

Da sieht unser Wohltäter, Sergent Potrien, auch schon voraus, was er zu unserer Verteidigung vorbringen wird.

»Das sind Rekruten, mon commandant, sie sind aber rein zufällig hier, nachdem ihnen ihr Hausarzt weisgemacht hat, das Fort St. Thérèse sei eine Idiotenanstalt …«

Der Oberst pflegt in solchen Fällen (und Potrien sieht es immer genau voraus) lange zu überlegen, betrachtet die bummelnde Kompanie und schlägt vor, die Unglücklichen der Stadt zu überlassen, damit sie Pferde pflegten oder Blinde führten.

Doch in Potriens Brust schlägt ein gutes Herz. Er verspricht uns, sich nicht in diese Schande fügen zu wollen.

»Ersparen wir ihnen dieses Elend, mon commandant. Ich will mich noch eine Weile mit ihnen plagen, aber dann ihr Leid abkürzen: Ich lasse sie über den Haufen schießen.«

Den Oberst rühren die väterlichen Töne des Sergent, und er spricht die versöhnlichen Worte:

»Nun denn, wie Sie meinen, Potrien, seien Sie aber sparsam mit der Munition.«

Dies sieht auch der Sergent ein und ist mit der Notlösung einverstanden: Er lässt alle in der Sonne fesseln, bis sie an der Faulheit sterben. Das ist billig und lehrreich.

Während er spricht, marschieren wir, dass es nur so donnert.

Der Nacken wird starr, die Beine steif, die Sonne brennt, der Sand sticht, und der Sergent vergisst über seinem Monolog, dass wir schon seit Minuten in Paradeschritt laufen.

Aber es fällt ihm ein neuer Dialog ein, diesmal zwischen ihm und dem Präsidenten der Republik Frankreich. Anlässlich der Jahrestagsfeier der Kolonie schießt Mendoza, der rote Spanier, während der Kampfspiele nicht auf die Zielscheibe, sondern auf den Pinscher des im Hafen lustwandelnden Feuerwehrkommandanten und erledigt mit einem Schuss dessen Ordnungsnummer.

»›Sagen Sie, Potrien‹, fragt der Staatspräsident, ›hat diese Kompanie schon mal getroffen?‹« Potrien stellt sich dann stolz hin: »Oui, mon excellence! Dieser rote Rekrut hat mit zwei aus zehn Schüssen und auf nicht ganz fünf Schritte Entfernung das achtstöckige Gebäude des neuen Zollhauses getroffen.‹ ›Bravo!‹, wird der Präsident sagen. ›Man mag ihm so etwas kaum zutrauen …‹«

Und es ist auch nicht wahr, denn Mendoza würde auf fünf Schritte nicht einmal das Zollgebäude treffen, aber Potrien kann das dem Präsidenten nicht eingestehen, weil sonst die Legion auf der Stelle aufgelöst würde.

Und er schmunzelt, er lacht, schiebt die Mütze in den Nacken und …

Und bekommt ohne jeden Übergang einen schweren Nervenanfall. Nach einem unheilschwangeren Kreischen bricht er mit blutrotem Gesicht in schmetternde Klagerufe aus, lässt entsetzliche Drohungen, Flüche und Beleidigungen über uns niederprasseln, ballt die Faust, wirft den Stock zu Boden und tritt ihn in den Staub. Schließlich winkt er unregelmäßig atmend:

»Genug! Genug! Ihr Abschaum … aufhören mit diesem … Ballett, ihr Herumtreiber, Schleicher … Na, wartet … wartet … ihr Kalmäuser! …«

Er hat keinen Atem mehr. Wir auch nicht. Der Sergent und die Kompanie stehen keuchend da.

Jetzt erscheint ein Bursche auf der Festungsmauer, setzt sich rittlings darauf und greift sich aus dem Hof einige dampfende Näpfe.

»Halt!«, schreit Potrien. »Stellen Sie die Suppe sofort wieder hin. Noch ist nicht Mittag! Zur Vorspeise Paradeschritt!«

Und es beginnt ... Der Nacken stemmt sich, die Beine steif ...

Jetzt ist Potrien ein ganz anderer Mensch. Einem beutegierigen Geier oder Luchs gleich folgt er mit seinem Blick unseren Beinen, in Kniehöhe.

»Haaa ...«, brüllt er entsetzlich und zeigt auf einen Soldaten. »Spion! Vaterlandsverräter, Spion! Ich habe ihn entlarvt! ... Du hast dich verkleidet! Das ist eine alte Araberin! Ganz sicher! Kein Mann marschiert so, dass jedem, der zuschaut, die Tränen kommen! ... Fest auftreten, du Flasche! Fest auftreten, sonst reiß ich dir den Kopf ab ... Eins ... zwei! Eins ... zwei! ...«

Mit gebeugtem Oberkörper läuft er auf die andere Seite, um sich die Knie vorzunehmen. Man muss aufpassen, dass man ihn nicht gegen die Wand drückt.

Einer wird ohnmächtig. Man schleppt ihn zur Seite.

Der Sergent schüttelt den Kopf.

»Sacrebleu ... Das soll ein Soldat sein ... Los, Paradeschritt! ... Vorwärts ...«

Da beugt er sich hinunter und fängt an zu laufen.

Zwischen Mauer und Marschkolonne schaut er auf die Beine. Na, jetzt bin ich dran.

»He! Sie unglückliches, abgerittenes, rheumatisches Kamel. Aus der Reihe treten! Na stehen bleiben, Sie fauler Betrüger, Sie kautschukbesohlter Blödmann!«

Das sagte er zu mir.

Dann wurde seine Stimme sanft, aber auch voll schneidenden Spottes.

»Sagen Sie mal, Rekrut, wissen Sie, was der Generalleutnant zu mir sagen wird, wenn er Sie in Paradeschritt laufen sieht?«

»Ich weiß es.«

Da war er ein bisschen verdutzt. Dann wandte er sich mit dem Lächeln einer zu Frohsinn abgerichteten Hyäne an mich.

»Soo? … Nun, was wird seine Exzellenz über Sie sagen? Nur zu, ich höre.

Ich antwortete mit der gebührenden Achtung.

»Ich melde gehorsamst, mon sergent, dass seine Exzellenz Folgendes sagen wird: ›Ich verstehe nicht, Potrien, was diese vornehme Kalle bei uns zu suchen hat.‹«

Das Gebrüll, welches nun erschallte, lag uns noch nach Jahren in den Ohren.

»Canaille!«

Ich stand ruhig. Ich bin ein friedliebender Mann, aber keineswegs feige. Seine Stimme wandelte sich unerwartet zu herziger Tändelei.

»Hm … so … na gut! So ein witziger Junge sind Sie? Haben das Maul nicht im Sack, was? … In Ordnung … Ich habe es zur Kenntnis genommen. Von nun an werde ich mich mehr mit Ihnen beschäftigen: erst mal Paradeschritt! Riemen!«

Will er mich schlagen?, dachte ich. In diesem Fall verkürzt sich der Dienst gewaltig, weil man mich vors Kriegsgericht stellen wird.

Aber es kam anders. Den Riemen band er mir um den Fuß, er nahm das Ende, und wir marschierten … Er beugte sich weit vor, und sobald ich meinen Fuß gegen den Boden schmetterte, riss er mit beiden Händen am Riemen, dass meine Sohle mit entsetzlicher Gewalt aufschlug. Ich dachte, mein Fuß bricht …

Dieses Bajonett war verhext … Die Spitze verfing sich in einem der Näpfe oben auf der Mauer, und die warme Suppe ergoss sich über den breiten Rücken des Sergent.

Der Aufschlag war nur schmerzhaft, aber von der Suppe sah er aus wie eine Feldmaus bei Hochwasser.

»Zugführer!«

Die ganze Kompanie wurde bleich wie Kalk. Es war uns klar, dass ich nach allem, was vorgefallen war, sterben musste.

Der Zugführer trat vor.

»Diesen Raubmörder von einem Gauner empfehle ich zum Verhör, zu fünf Tagen *salle de police*.«

Danke. Wenn er fünf Tage empfiehlt, dann fügt der Kapitän zehn hinzu, der Major acht, und bis das Protokoll wieder beim Unteroffizier ankommt, stehen da dreißig Tage drin, dass es nur so kracht.

»Marsch! Verschwindet zum Mittagessen … Rams! …«

Das bedeutet so viel wie: »Rompez!«

O ja, meine Freunde. Was wisst ihr schon, wie grausam es ist, wenn man sich in Afrika an den härtesten Dienst der Welt für die geringste Besoldung der Welt gewöhnen muss.

Juvel war ein Zahntechniker aus Tarascon, wurde aber in späteren Jahren Dokumentenfälscher, um in der Mundhöhle operieren zu können. Er galt als Kulturmensch und gab an, von einem Konsulatsbeamten, dessen Zahn er plombierte, erfahren zu haben, dass nur der Legionär weniger Sold erhält als der chinesische Soldat. Es gilt jedoch zu bedenken, dass die chinesische Armee auf Feldzügen zu ausgiebiger Privatbetätigung befugt ist, während der Legionär schon wegen einer verschwundenen Ziege irgendeines befriedeten Araberstammes vors Kriegsgericht kommt. Folglich müssen wir doch einsehen, dass so ein Chinese es besser hat.

Nicht zu reden von der Übung des Laufschritts bei fünfundvierzig Grad Hitze und vollem Marschgepäck. In dampfend heißen Tanks durch die Wüste fahren, unter acht verschiedenen Schutzimpfungen stöhnen, bei fünf Minuten Pause alle drei Stunden bis zum Abend marschieren ... Die Landstraße von Oran pflastern, im Atlasgebirge Pfade anlegen, im Arabergefängnis Boden schrubben, und alles verrichten, was uns nichts angeht: die Bahnlinie ausbauen, das Flussufer auffüllen, außerdem unsere Wäsche machen, und mit täglich zwei Stunden Arbeit dafür sorgen, dass Riemen, Knöpfe, Schuhe, Uniform vor Sauberkeit blitzen. Und schließlich sich in Indien und Madagaskar auf legendäre Weise für Frankreich schlagen, aber wenn es sein muss, auch für Island, steht doch auf dem Banner keineswegs »Für Vaterland und Ehre«, sondern nur so viel: »Für die Ehre.«

Wir haben kein Vaterland.

Besucht einmal das Kasernenmuseum in Oran. Wir kämpften auf der Krim und wurden neben Kaiser Maximilian von Mexiko zum Mythos. Wir waren bei Sadowa, Sedan und an der Marne und überall. Wofür?

Das alles hat seinen geheimnisvollen Grund.

Von den französischen Soldaten unterscheidet uns der blaue Gürtel. Einen solchen haben nur wir.

Und auf allen Paraden marschiert vor dem gesamten französischen Heer der Legionär.

Dafür alles. Darauf sind wir stolz. Zu Späßen aufgelegt und tollkühn schmeißen wir mit dem Geld um uns, wenn wir es uns irgendwo bitter verdient haben. C'est la légion.

Aber die dreißig Tage *salle de police* sind trotzdem entsetzlich. Man darf nicht in die Kantine, und man darf das Fort nicht verlassen, es sei denn, man hat Wachdienst. Die Waffe in der Hand zwei mal drei Stunden lang an einer Treppe haftend.

Es ist Abend. Wir laufen hinter dem Zugführer auf der kurzen Wüstenstraße zum Wachdienst in die Stadt.

»Wir können rauchen«, sagt der gutmütige russische Unteroffizier.

Er heißt Jaroslavski. Ein guter Junge. Hat eine tiefe Cellostimme. Er redet selten und wenig.

»Der wird dir erlauben«, sagt neben mir Alfons Nobody leise, »die Stunde der Wachablösung in der Stadt zu verbringen. Du hast es nötig. Du bist ja schon düster wie ein Grabstein.«

»Meinst du … dass ich es versuchen soll?«

»Ganz ruhig. Der Russe ist ein guter Junge. Er passt gar nicht in die Legion. Schon viel eher in eine Missionsstation.«

Keine schlechte Idee. Als wir die Wache neben dem Palast erreichen, werden gerade die Lampen angezündet. Wir legen das Gewehr ab. Das Abendessen wird gebracht.

»Sagen Sie, Herr Gefreiter, wann ist Wachwechsel?«

»Elf.«

Der spart aber auch an jeder Wortart.

»Entsetzlich, dieser Kasernenarrest«, sagte ich. Seit zwanzig Tagen habe ich mich kaum bewegt, und wir haben bald eine Stunde Pause …«

Er schaut mich an. Mit seinen großen, traurigen, klugen, grünen Augen.

»Sie können gehen.«

»Danke.«

»Pünktlich!«

»Versprochen.«

Wenn ich nicht zurück bin, bekommt er Schwierigkeiten. Der Leutnant steht in der Tür:

»Gardez! À mon commandant.«

»Mannschaftsstärke: sechs Soldaten, ein Gefreiter!«, meldet der Russe.

»Ich übergebe.«

»Oui, mon adjutant.«

»Zwei Männer zum Haupteingang, einer an der Seitentreppe bei der rue Lavoisier.«

»Oui, mon adjutant.«

Der Leutnant geht weg.

»Aux armes!«

Auf geht's. Wir, Alfons Nobody und ich, stehen vor dem Haupteingang, zu beiden Seiten der obersten Stufe, und zwar volle drei Stunden im blendenden Licht der Tausend-Watt-Leuchten, und fühlen uns, als ob wir aus Wachs wären.

VIERTES KAPITEL

Eine Leiche taucht wieder auf, in verhältnismäßig guter Farbe

I.

Ein Luxusauto nach dem anderen fährt vor den Gouverneurspalast. Hochrangige Soldaten, Diplomaten in grünem Papageikostüm, Damen in Duftwolken. Die Juwelen verwandeln die Lichtstrahlen der Lüster in ein märchenhaftes Gleißen von Rot und Violett …

Die schwüle Hitze vermischt sich mit den Gaswolken der Fahrzeuge.

Der Flügeladjutant steht im Tor, um die Gäste zu empfangen. Immer wieder schlägt er die Hacken zusammen:

»Rittmeister Biron … Herzlich willkommen, Madame … Rittmeister Biron, servus … Rittmeister Biron, schön, Sie zu sehen, Eure Exzellenz.«

»Ah … ah … mein lieber Biron … was sagen Sie zu diesem Vorfall neulich … Gut, was?«

Ein Bote.

»Befehl an Herrn Hauptmann Corot. Vom Hauptquartier.«

»Bring's hin … Rittmeister Biron, wie ich mich freue, Marquis …«

Danach ereignete sich die Überraschung, die mich fast ohnmächtig von der Treppe stieß. Unter einigen Botschaftern und Fürstinnen erschien auf den Stufen, Arm in Arm mit einem grauhaarigen Grafen, mit dem er sich bestens zu verstehen schien …

Delle Hopkins!

Es war ein Wunder des militärischen Drills, dass ich nicht das Gewehr fallen ließ, sondern auf meinem Posten stehen blieb …

Delle Hopkins trug eine Hauptmannsuniform mit vielen Auszeichnungen, und trotzdem … kein Zweifel …

Ein wenig bleich und etwas magerer. Doch alle Zweifel zerstreuen sich, als er näher kommt, den alten Grafen am Arm. Er sagt:

»Kopf hoch, lieber Graf … Pass mal auf! … Es gibt gar kein Problem.«

Da verliert man den Verstand.

Jetzt erblickt er uns. Er zuckt nicht mit den Wimpern.

»Eine schöne Wache … Zwei brave Jungs. Die gehören eigentlich in den Blauen Saal.«

»Wieso … meinst du?«, fragte der Graf.

»Weil es ein hübscher Raum ist, und dazu beim linken Flügel. Jeder kommt leicht die kleine Treppe hinauf … Ich halte mich gerne dort auf und habe immer das Gefühl, da gehört eine Wache hin …«

»Bitte den Eingang freimachen …«

»Ja, ja … Also, pass mal auf, Graf …«

Und er geht weg. Mit dem Grafen! Wenn ich es recht verstanden habe, wollte er Alfons und mir zu verstehen geben, dass er im Blauen Saal auf uns wartet, da kommt man leicht hinein …

Aber was ist das überhaupt? … Wir haben ihn doch neulich gleich zweimal für tot gehalten … Was ist geschehen? Und wie kommt er in Hauptmannsuniform hierher?

Verstohlen blickte ich aus den Augenwinkeln auf Alfons Nobody.

Er stand starr da.

Es waren drei schwere Stunden. Nicht wegen des harten

Wachestehens, sondern weil man von diesem Geheimnis zu platzen drohte!...

Vor dem Eingang ist längst alles still. Die Feier ist voll im Gange, mehr Gäste kommen nicht mehr. Nur wir beide stehen starr da.

2.

Ich bin nicht abergläubisch. Meine aufgeklärte Erziehung ließ die Irrungen eines an Hexen und Gespenster glaubenden Menschen gar nicht erst aufkommen. Ich bin nicht ein bisschen abergläubisch, obwohl ich in einer Nebelnacht den Schwarzen Tom, den kopflosen Kapitän, auf seinem Schiff gesehen habe. Mit diesen meinen Augen sah ich ihn, er hat mich sogar gegrüßt, mir mit seinem Kopf auf dem Handteller höflich zugenickt, und trotz alledem bin ich nicht abergläubisch.

Aber jetzt... Dieser Anblick... Hopkins als Hauptmann, von den Toten wiedergekehrt: Er rief die furchtbare Erinnerung an die alten und lächerlichen Gespenstergeschichten wach.

Wenn ich mich nur bewegen könnte, um in den Blauen Saal zu gehen... Aber die Zeit vergeht so langsam...

Endlich! Stiefel knirschen im Schnee... Die Patrouille kommt!

Ablösung. Wir gehen in die Wachstube zurück.

»Hast du ihn gesehen?«, flüstere ich zu Alfons, als wir die Waffen abstellen.

»Bin ich denn blind!«, brummt er und zündet sich nervös eine Zigarette an. Alfons Nobody und Nervosität! Dazu muss schon etwas ganz Bedeutendes vorfallen!

Wir sprachen nicht mehr von ihm. Wenn man hier erfährt, was es mit Hopkins auf sich hat, dann wird er gehängt. Das ist eine militärische Angelegenheit... Der Gefreite kommt.

»Gehen Sie?«, fragt Jaroslavski und blickt auf die Uhr.

»Ja.«

»Pünktlich!«, sagte er mahnend und blickte wieder hinauf zur Uhr.

»Sie können beruhigt sein, Herr Gefreiter. Ich werde pünktlich hier sein.«

Ich gehe. Alfons schaut mich nicht an. Obwohl er ahnt, dass ich jetzt versuchen werde, in den Blauen Saal zu gelangen...

... Ich schleiche in den riesigen, dichten Gouverneurspark: ein von Lianen durchzogener, künstlicher Dschungel aus prächtigen Rhododendronbüschen, unwahrscheinlich üppigen Mimosenhecken, seltsamen, zwergenhaften Jack-Bäumen und dreißig Meter hohen Palmyrapalmen. Ihren schweren, feuchten, berauschenden Duft verströmte die dunstnasse, lauwarme Erde mit einer solchen Gier, dass er sich dem nächtlichen Spaziergänger beinahe um den Hals wand. Der Nebenweg mündete an einen toten, glatten See. Gewaltige, hellgrüne Blätter lagen auf ihm, und lebhaft gefärbte, große Kelche.

Es war eine geheimnisvolle Nacht. Ich sagte ja schon, dass ich nicht abergläubisch bin; obwohl an dem Tag, als mein Onkel in Southampton verstarb, ein Stück Kalk von der Wand meiner New Yorker Zelle fiel.

Trotzdem bin ich nicht abergläubisch und glaube, dass es seltsame, drückende Nächte gibt, in denen man ahnt, dass... etwas geschehen wird!

Still huschte ich über die Nebenwege, um erst auf der anderen Seite des Gebäudes das Dickicht zu verlassen.

Vor der riesigen Mondscheibe zogen durchsichtige Wolkenstreifen wie schneller Rauch vorbei, und das weiße Licht verwandelte sich durch dieses sonderbare Wolkenprisma in horizontale Linien.

All das beschreibe ich deshalb so ausführlich, weil ich versuchen möchte, alle Eindrücke dieser mysteriösen Nacht wiederzugeben. Stellen Sie sich den wildnisartigen Park mit seinen unwahrscheinlichen Mondlichtbüscheln vor, und plötzlich erschien hinter einer Biegung der Fremde vor mir!

Es war wie auf einer riesigen Ansichtskarte. Ganz unwirklich. Ein Rasenausschnitt des Parks, mitten darin ein riesiges, braunes Marmorbecken, daneben wie eine Statue ein bewegungslos schlafender Flamingo, und vorne am Weg steht, gegen eine Platane gelehnt, der Fremde.

Wie soll ich diesen unbekannten Menschen beschreiben? Blass war er, und über seiner intelligenten, hohen Stirn fiel das ungepflegte, graue Haar seitlich auf die Schläfen. Er trug eine komische, ungebügelte, gestreifte Leinenhose, ungeschlachte, weiße Schuhe und ein nachlässig offen gelassenes Hemd. Ich weiß nicht, warum, aber sofort spürte ich, dass ich einem Herrn gegenüberstand. Das bewiesen seine Kopfhaltung und das düstere, ruhige Antlitz, aber etwas war mit ihm los, denn er schien heruntergekommen oder krank.

Mit einem seltsamen, schmerzvollen, nachdenklichen Gesicht starrte er auf die Fenster … Ich machte einen Schritt. Der sonderbare Mann drehte sich sofort zu mir um.

»Wollen Sie mich holen?«, fragte er leise.

»Nein«, antwortete ich ruhig. »Was tun Sie hier?«

»Ich weiß nicht.«

»Wer sind Sie?«

»Warum fragen Sie?«

»Ich gehöre zur Wache!«

Er blickte mich mit verschränkten Armen an.

»Wo ist Ihre Waffe?«

»Ich bin gerade abgelöst worden.«

»Wie konnten Sie es wagen, ohne Erlaubnis die Wachstube zu verlassen!«

Was? Muss ich hier noch Rechenschaft ablegen?

»Das geht Sie nichts an. Sagen Sie, wie Sie hierherkommen?«

»Ich bin beim Exerzierplatz über die Mauer gestiegen.«

»Wozu?«

»Ich weiß nicht.«

Sein hartes, ruhiges Gesicht wandte sich mir mit lebloser Kühle zu. Trotz seiner wenigen grauen Strähnen konnte er nicht alt sein, sicher keine vierzig Jahre. Aber es lief einem kalt über den Rücken, wie er dastand.

»Nun? Wünschen Sie etwas? ...«

»Ich will wissen, wer Sie sind.«

»Ich sage es nicht.«

Er glaubt wohl, dass er mir Angst machen kann. Ich trat vor ihn hin.

»Machen Sie keine Scherze, sonst werden Sie es bereuen. Wenn Sie aus irgendeinem Grund nicht zur Polizei wollen, dann verschwinden Sie von hier. Verstehen Sie? Ich bin kein böser Junge, aber Scherze mag ich nicht!«

»Es ist mir gleich, was Sie mögen«, antwortete er traurig.

Ich stellte mich dicht vor ihn hin und griff nach seinem Arm. Besser gesagt, ich hätte danach gegriffen ...

Aber plötzlich wurde mir dunkel vor Augen. Dabei hatte er mich nur am Hals gepackt und den Arm gedrückt. Aber seine Hand war unglaublich hart.

Nun, Sie hatten bereits Gelegenheit festzustellen, dass ich trotz meines Sanftmuts kein gewöhnlicher Junge bin, wenn mich streitsüchtige Leute dazu zwingen. Der Sträflingsarzt von Sumbawa hat einen Fachaufsatz über meinen Brustkorb und meine Muskulatur geschrieben, aber ich gestehe, dass ich in der Hand des unbekannten Nachtschwärmers das Gefühl hatte, als ob ich ein Stück schmelzender Butter wäre, die er sich in aller Seelenruhe aufs Brot schmieren kann.

Ruhig und langsam ließ er mich los. Ich nahm tief Atem wie ein Perlentaucher, der wieder an die Oberfläche kommt.

»Wenn Sie wollen, können Sie mich jetzt verhaften«, sagte er. »Ich verteidige mich nicht. Nur zu.«

»Ich bin kein Detektiv. Sie haben wohl etwas angestellt und sind auf der Flucht?«

»Morgen früh wird man mich zu Tode verurteilen.«

»Weshalb?«

»Wegen Landesverrats und Mordes in zweiundzwanzig Fällen.«

Der geneigte Leser hat sicherlich schon bemerkt, dass ich gegenüber Verbrechern keinen besonders starren Standpunkt hinsichtlich der Moral einnehme. Aber das hier war doch ein bisschen zu viel …

»Scherzen Sie etwa?«

»Nein. Morgen früh wird man das Todesurteil fällen, und übermorgen wird es vollstreckt. Es gibt keine Aussicht auf Begnadigung …«

»Aber wenn Sie doch hier sind, kann man das Urteil nicht vollstrecken!«

»O doch, denn ich werde zurückgehen. Ich bin nicht geflohen, sondern habe ein paar Stunden Urlaub.«

Der ist verrückt! Mir will er etwas über ein Zuchthaus vormachen!

»Schauen Sie, ich kann Ihnen helfen. Wozu erzählen Sie solche Dinge?«

»Passen Sie auf, was Sie sagen! Ich bin kein Lügner! Jemand hat mich für einige Stunden aus dem Gefängnis gelassen, damit ich mich für eine kurze Zeit frei bewegen kann, bevor ich sterbe.«

»Und … gehen Sie zurück?«

»Natürlich.«

»Wer sind Sie?«

»Kapitän Laméter.«

Heiliges Kanonenrohr!

Kapitän Laméters Name ging gerade in diesen Wochen um die ganze Welt. Welchen Klang hatte er in meinen Ohren, der ich in Oran weilte, ohne Arbeit, wegen der verflixten Bürokratie.

»Und … Sie gehen zurück, weil … Sie Ihr Wort gegeben haben?«, fragte ich voller Zweifel.

»Der Mann, der mich aus dem Gefängnis ließ, ist ein früherer Konstabler, der im Krieg unter mir gedient hatte. Heute ist er Chefaufseher.«

»Und Sie … Herr Laméter, wollen sterben.«

Er seufzte.

»Ich sollte weiterleben, mein Freund … Aber dann würde Konstabler Barres schwer bestraft werden. Haben Sie eine Zigarette?«

»Bitte. Wissen Sie … wenn man bedenkt, dass Sie ein Verräter und mehrfacher Mörder sind, ist Ihr Herz gar nicht so hart.«

Zu dumm! Dieser Kapitän hatte etwas, dass man gehorchen musste. Als ob er die Seele seines abgefallenen Goldkragens um den bloßen Hals hätte …

Er zog tief an der Zigarette. Dann musterte er mich. Er schien zu überlegen, was er wohl von mir erwarten konnte.

»Sie sehen wir ein anständiger Kerl aus …«

»Ich glaube, der bin ich auch …«

»Ich habe nicht viel Hoffnung. Ich darf nur wenige Stunden auf freiem Fuß sein … Aber ich denke, wenn ich mit jemandem sprechen könnte, der sich jetzt im Gebäude befindet …«

Er hielt inne und dachte nach.

»Hören Sie zu«, sagte ich. »Ich kenne die Details nicht. Wer weiß, was wahr ist? Aber so viel ist sicher, dass Sie mir gefallen … Also, wenn ich etwas für Sie tun kann …«

»Das können Sie. Wenn ich in den Palast reinkomme, kann ich mir vielleicht helfen, oder ich sterbe wenigstens beruhigt. Ich muss mit jemandem reden.«

»Ich darf Sie nicht reinlassen.«

»Aber wenn Sie mir Ihre Uniform geben, dann komme ich rein.«

»Wie?«

»Ich sage der Wache am hinteren Tor, dass ich Befehl für einen Offizier habe.«

»Es ist aber gleich Wachablösung …«

»Bis dahin bin ich wieder hier. Aber wenn Sie fürchten, Schwierigkeiten zu bekommen, dann lassen Sie es sein.«

Ich mich fürchten!? Sofort nahm ich den Hosenriemen ab und knöpfte die Uniform auf. Über das bleiche, harte Gesicht lief ein zufriedenes Lächeln.

»Auch Sie gefallen mir, mein Freund«, bemerkte er.

… Der Flamingo war inzwischen verschwunden, und auch der Mond ruhte nicht mehr auf der Lichtung. Wir wechselten die Kleidung.

Wie er in Uniform vor mir stand, musste ich feststellen, dass ich noch nie einen Soldaten mit einem so guten Auftreten gesehen hatte. (Mich selbst eingeschlossen.)

»Wenn ich wegen unerwarteter Umstände nicht rechtzeitig mit Ihrer Uniform zurückkommen sollte, dann sagen Sie, dass ich Sie mit Gewalt ausgezogen habe. Das kann mir nicht schaden, denn ich werde übermorgen auf jeden Fall erschossen.«

Das sagte er so, als ob er mitteilte, dass er sich nachher ohnehin rasieren müsse.

»Und … besteht keine Hoffnung, dass Sie heute Nacht mit jemandem reden … einem Entlastungszeugen?«

»Nein. Das ist nicht der Grund, warum ich Ihre Kleider angezogen habe.«

Zum Abschied drückte er mir hart die Hand.

»Wie heißen Sie? Ich möchte wissen, wer der großartige Kamerad war, den mir das Schicksal zum letzten Geschenk gemacht hat.«

»John … Fowler … die Keule.«

Hat man so etwas schon gesehen. Etwas kratzt mir im Hals …

»John Fowler! Ich danke dir!«

»Herr Kapitän. Kann es nicht sein … dass das Gericht doch noch anders urteilt?«

»Nein. Morgen werden sie noch mehr Gründe haben, mich hinzurichten. Denn heute Nacht bringe ich jemanden um.«

»Sie bringen … jemanden um?«

»Ja. Einen kriminellen, dicken Hauptmann, der mit Kopfschüssen hochstapelt.«

»Was?«

Er verschwand hinter den Bäumen.

»He, Kapitän! Bleiben Sie stehen! … Hören Sie bitte zu …«

Ich sah ihn nirgendwo mehr … Zwei-, dreimal knirschten seine Schritte aus der Ferne, das Dickicht saugte ihn auf, und er verschwand zwischen den Schatten. Dann herrschte tiefe Stille …

3.

O weh ... So ein Mist. Der geht und bringt Delle Hopkins um. Das macht er gewiss, wenn er es sagt. Der ist so. Kein Zweifel, dass er Delle meinte.

Man muss etwas tun. Ich kann Delle nicht im Stich lassen. Ein wenig Vorteil habe ich, da ich weiß, dass sich Hopkins im Blauen Saal aufhält, während der Kapitän ihn suchen muss.

Anderseits kommt er in meiner Uniform leicht ins Gebäude. Ich aber, so wie ich jetzt aussehe, ein bisschen schwer.

Schnell lief ich ums Gebäude. Bei der hinteren Tür erblickte ich Juvel, den Zahntechniker.

Augenblick. Auf den Versuch kommt es an. Ich stand unter den dunklen Bäumen und rief ihm zu:

»Juvel!«

Er erkannte meine Stimme!

»Was willst du?«

»Die Wache hat Befehl, alle fünf Minuten die Mauer zu inspizieren! Man hat eine verdächtige Gestalt im Garten gesichtet!«

»Gut ...«, brummte er in einem Ton, mit dem man sich mit einer überflüssigen Wichtigtuerei abzufinden pflegt.

Ich zog mich zurück ... Nach fünf Minuten machte Juvel eine vorschriftsmäßige halbe Drehung und ging von seinem Platz los. Als er den Weg, der zur Mauer abbog, betrat, huschte ich durch das kleine Tor.

Ich schlich eine Wendeltreppe hinauf und kam so zum Dienstbotenflur. In der Biegung erblickte ich eine Passage, die zu einer halb abgedunkelten Galerie mit rotem Teppich führte ... Zweifellos befanden sich dort die Privatgemächer des Gouverneurs.

Wenn ich nur rechtzeitig unter den Gästen bin ... Vorsichtig schlich ich an der Wand entlang ...

Ein Lakai erscheint auf der Treppe. Gleichzeitig öffnet sich rechter Hand eine Zimmertür, durch die ein eleganter Herr in weißem Smoking herauskommt. Sein blendendes Hemd wird vom rosaroten, breiten Band einer Auszeichnung durchkreuzt. Und im Knopfloch das Abzeichen der Ehrenlegion …

Na so etwas …! Also wirklich …

Alfons Nobody!

»He … mein Freund«, ruft er dem Diener zu. »Ich habe mich in diesem Zauberschloss verirrt.«

»Nach rechts bitte … immer nach rechts«, sagt der Lakai und geht weg.

Mit vier schnellen Sprüngen bin ich ihm auf der Spur.

»Alfons!«

Wie ein Kreisel dreht er sich. Dann legt er das Monokel ins Auge und sagt mit einiger Verachtung:

»Überaus seltsam, wie du dir die Abendrobe eines feinen Herrn vorstellst.

Das ist er. Ich erkenne ihn! Eine zu tödlichem Sprung bereite Drehung. Dann kaltblütiger Spott.

»Hör zu … Du kannst dir denken, dass es sich um etwas Bedeutendes handelt, wenn ich so hereinkomme …«

»Nimm wenigstens eine Krawatte. Bitte schön, da drin findest du alles …«

»Es geht um Delles Leben …«

»Hm … hat er denn überhaupt so etwas?«

Das war wirklich eine verworrene Geschichte.

»Sieh mal, ob er tot ist oder lebt, ist einerlei. Aber eines ist sicher: Man will ihn töten.«

Schnell erzählte ich ihm alles. Einige Sekunden lang spielte er nervös mit dem Monokel.

»Ich verstehe. Hör jetzt zu. Ich gehe voraus. In diesem Zimmer hier befinden sich alle möglichen Sachen. Zieh dir etwas an, damit du mir nachkommen kannst. Ich warte im Blauen Saal auf dich.

»Wo liegt er?«

»Ich weiß nicht.«

»Ich werde da sein.«

Im erwähnten Zimmer war es dunkel, aber von der Straße her leuchtete eine Laterne durch den Vorhang.

Ich eilte sofort zum Schrank. Leider hingen dort nur Uniformen. Mit den Rangabzeichen eines Feldzeugmeisters.

Nein! Dafür werde ich erschossen. Wozu soll Alfons Nobody lebenslang allein sitzen? Denn so viel ist uns auch für Erscheinen in zivil sicher, wenn man uns erwischt.

Ich hab's! In der Ecke liegt ein glänzender, dünner Gummimantel, wie sie von Offizieren über der Uniform getragen werden. Das und ein Paar lange Reitstiefel, in meiner Hand die Mütze… Dort eine Aktentasche … Auf geht's…

Möglichst schnell und mit einem sturmgepeitschten Gesicht voran! Keinen Augenblick stehenbleiben.

Die Richtung kannte ich bereits. Nach rechts, immer nach rechts!

Eine leise Musik wird lauter, während ich mich auf dem langen, roten Teppich einer glänzenden, riesigen Glastür nähere… Meine Hand auf der Klinke.

Na, Keule, was hast du? Etwa Angst? Voran!

Ein riesiger Saal, ein gleißender Kronleuchter, Marmorsäulen und eine parfümgeschwängerte Luft…

Schnell gehe ich mit harten Schritten weiter… Das Licht ist von einem milden Rosa, überall grüne und violette Diwane: ein Raucherzimmer…Auf geht's!

»Bleib doch stehen, bitte!«

»Man muss stehenbleiben.«

Ein hochgewachsener Feldzeugmeister mit heiterem Antlitz, riesigen Orden und …ja, bin ich deppert…

Das heißt, ich war ein wenig betreten.

Der Gouverneur! Und neben ihm ein bärtiger, langer Generalleutnant… Wo habe ich ihn schon einmal gesehen?

Ich stehe stramm…

Die Jacht! Dieser Generalleutnant war der bärtige Passagier. Der von der Jacht kam! Danach fanden Alfons und ich dort eine gefangene Frau! Alles das schoss mir wie ein Blitz durch den Kopf. Der Generalleutnant kommt auch schon freundlich lächelnd auf mich zu…

»Herzlich willkommen! Ich bin Generalleutnant Rouban.«

Der Oberkommandierende!… Mir stockt der Atem.

»Szbrzni«, murmele ich schnell irgendetwas.

»Von wo?«, fragt er lächelnd.

Ich schlage die Hacken zusammen.

»Division Goumont…«

Diesen Ausdruck hatte ich im Kompaniebüro gehört.

»Du suchst den Marquis De Surenne?«

»Jawohl, Exzellenz!«

»Hier entlang, bitte. Er ist im Kuppelsaal.«

Ich schlug die Hacken zusammen… Bin davongekommen. Aber jetzt kann ich in keine andere Richtung mehr gehen. Also Generalleutnant Rouban hielt die schöne Frau gefangen…

Auf den Kuppelsaal folgte ein stiller Flur, wo sich ein mongolisch anmutender Herr in Frack und Turban mit zwei Damen unterhielt. Eine der Damen blickt auf mich.

Was ist heute los?! Diese Frau war die Gefangene der Jacht! Die Frau, der wir auf so entschiedene Art und Weise zweihundert Francs abnahmen, als ich zusammen mit Alfons Nobody die Heilbehandlung von Hopkins betrieb.

Vor einer Minute Generalleutnant Rouban, der sie bewachen ließ, und nun sie, die in der Nacht davonlief!

Sie kommt geradewegs zu mir und drückt mir ein bisschen kräftig die Hand … wie um ein Zeichen zu geben.

»Wen suchen Sie?«

»Einen Hauptmann.«

»Mit einem Kopfschuss?«

»Ja …«

»Gehen Sie in den Blauen Saal. Hier entlang …«

Und sie zeigte mir die Richtung.

»Gehen Sie ruhig. Ich komme auch gleich.«

Ich verstand nicht. In solchen Situationen ist es immer angeraten, die Hacken zusammenzuschlagen. Die Frau lächelte.

»Ein Freund von Ihnen, der irrtümlich in weißem Smoking zum Gouverneursdiner erschienen ist, erwartet Sie bereits!«

Das konnte nur Alfons sein …

Ich schlug die Hacken zusammen und begab mich unverzüglich in den Blauen Saal.

Ohne anzuklopfen, öffnete ich die Tür.

Alfons Nobody stand gegen einen Bücherschrank gelehnt. Ihm gegenüber hatte sich Delle Hopkins im behaglichsten Sessel breitgemacht, mit der größten Zigarre, vor sich eine Flasche feinsten Napoleons und ein geschliffenes Kristallgläschen, letzteres jedoch ohne Verwendung, da Delle von Zeit zu Zeit einen bedeutenden Schluck aus der Flasche nahm.

»Servus, Keule«, sagte der Hauptmann lässig.

»Delle, wie zum …«

»Durchhalten«, fiel mir Alfons ins Wort. »In zwanzig Minuten müssen wir zur Wache. Keine Zeit für eine Märchenstunde. Was Delle über sich selbst weiß, und zwar ziemlich wenig, erfährst du noch von mir. Wir werden jetzt in fünfzehn, zwanzig Minuten kurz und schnell nur das Notwendigste besprechen.

»Das Notwendigste ist, dass wir gute Laune haben. Kopf hoch, Jungs ...«, erklärte Hopkins heiser und goss den Rest der Flasche in seine Kehle ...

»Wo ist der Kapitän?«, fragte ich.

»Noch nicht hier«, antwortete Alfons und zog einen »Tigerring« aus der Tasche hervor.

Kennen Sie dieses charmante Instrument? Ein Stahlring, den man sich über die Hand zieht. Wenn man ihn zusammendrückt, treten fünf feine, gekrümmte Klingen hervor. Wer damit zuschlägt, kann Verletzungen zufügen, die erst im Jenseits zuheilen.

Nett sah der Junge aus, wie er mit dem Tigerring auf seiner Hand dastand. Auf seinem dichten, schwarzen Haar glänzte das Licht. Alfons kämmte sich mit großer Sorgfalt. Sein Haar und seine Zähne strahlten um die Wette.

»Ich möchte nicht, dass diesem Kapitän etwas zustößt«, sagte ich. »Ist ein sympathischer Junge.«

»Ich bin aber auch ganz nett«, bemerkte Hopkins. »Und ich will nicht, dass er mich umbringt. Falls der Kerl solche Absichten hegt, schlage ich ihm den Kopf ein. Auch ohne Alfons.«

»Dieser Kapitän ist aus Eisen. Du wirst nicht mit ihm fertig, Hopkins. Und du hast auch nicht viele Chancen, Alfons Nobody. Ich denke jedoch, dass hier irgendein Irrtum vorliegt.

»Ganz und gar nicht«, antwortete Hopkins. Ich würde ihn auch töten, wenn die Sache umgekehrt stünde. Ich wurde als Entlastungszeuge vernommen und habe mich natürlich an nichts erinnert. Ich sagte, ich hätte einen Kopfschuss. Ich hätte nie gedacht, wie nützlich das mitunter sein kann. Ich bedaure, ihm damit geschadet zu haben. Anderseits, wenn ich die Wahrheit sage, dass ich kein Hauptmann bin und nicht weiß, wie ich ins Militärkrankenhaus gelangt bin, und von Haus aus Delle Hopkins heiße, dann hätte das einige Jahre bedeutet.«

Das Mädchen kam herein, ohne anzuklopfen. Das Mädchen von der Jacht.

»War er hier?«, fragte sie Alfons.

»Noch nicht.«

»Oh doch.«

Der Kapitän! Er war hinter dem Vorhang an der Balkontür gestanden und plötzlich hervorgetreten, in meiner Uniform.

Man sah, wie Alfons in seiner Hosentasche den Ring spannte. Hopkins hielt die Flasche am Hals fest, saß aber sonst ruhig da und kaute an seiner Zigarre. Ich machte einen Schritt.

Der Kapitän sah uns drei an. In seinem Gesicht schien sich so etwas wie Anerkennung wiederzuspiegeln.

»Viktor …«, flüsterte das Mädchen und ging zu ihm.

Der Kapitän blickte sie lange an.

»Dieser … Mann … hat gerade gesagt …« Sie zeigte auf Alfons.

»Seltsame Leute«, wandte sich der Kapitän zu uns. »Was Ihre Besorgnis betrifft, so dürfen Sie beruhigt sein. Ich habe hinter dem Vorhang gelauscht. Ich hatte mich auf dem Balkon des anderen Raumes versteckt und sah diesen komischen Hauptmann herkommen. Ich stieg auf diesen Balkon um, denn ich wollte ihn erledigen. Nun aber weiß ich, dass dieser Mann nicht der ist, für den ich ihn gehalten hatte. Alles ein dummer, unglücklicher Zufall, aber er hat meiner Sache nicht geschadet. Wenn der echte Hauptmann Mander nicht hier ist, dann ist es vergebens.«

»Fliehen Sie?«, fragte das Mädchen.

»Nein. Ich habe einige Stunden Urlaub.«

»Aber warum … fliehen Sie nicht?«

»Es geht nicht, und ich will auch nicht… Sagen Sie ein Wort… Lucy: Glauben Sie es?«

»Nein!«, antwortete das Mädchen sofort und hart.

Der Kapitän umarmte sie.

»Das war wichtig. Danke.«

»Bitte…«, unterbrach sie Alfons. »Hier stehen drei Männer, die zu den größten Desperados der Welt gehören… Können wir nichts tun?«

»Nein, mit mir ist es aus.«

»Gehen Sie zurück ins Zuchthaus, Herr Kapitän, und wir verhelfen Ihnen zur Flucht«, bot ich begeistert an.

»Danke. Ich glaube, Sie wären vielleicht sogar dazu fähig. Ich kann aber zwischen den Begriffen von Leben und Ehre keinen Trennungsstrich ziehen.«

»Erstaunlich«, wunderte sich Delle Hopkins und hielt den Flaschenhals vor sein linkes Auge, wobei er ohne jede Hoffnung wie beiläufig hineinschaute.

Das Mädchen blickte uns erschrocken und verzweifelt der Reihe nach an.

Über das blasse Gesicht des Kapitäns lief ein Lächeln.

»Lebt wohl, Jungs. Möglich, dass ihr nicht zur anständigen Gesellschaft gehört; trotzdem seid ihr mutige, ritterliche, entschlossene, gutherzige Kerle. Du gefällst mir auch, unverschämter Dicker, und ich bin dir nicht böse. Nun aber müssen wir uns beeilen. In fünf Minuten muss man Wache stehen. Danke.

»Viktor…«

»Es ist vorbei, Lucy. Diese zwei Männer stellt man vors Kriegsgericht, wenn sie die Wachablösung verpassen, und ich muss auch ins Gefängnis zurückkehren.«

»Ich… halte zu dir, Viktor. Ich gehe zum Präsidenten der Republik…«

»Das darfst du nicht. Du musst an deinen Vater denken.

Mir kannst du nicht helfen, und du würdest nur dem Marquis De Surenne zum Erfolg verhelfen … Sie vierschrötiger Gauner, retten Sie Ihre Haut, denn wenn es Krach gibt, kommen Sie nicht ohne Kugel davon …«

Mein Hals wurde so eng, wie von einem Schiffstau umschlungen, als der Kapitän und das Mädchen sich die Hand gaben und einige Sekunden lang in die Augen blickten.

Dann ging das Mädchen hinaus.

»Gehen wir.«

»Halt!«

Sergent Potrien stand in der Tür.

FÜNFTES KAPITEL

Wir verschwören uns

1.

Der Sergent bekam ganz dicke Augen, als wollten sie aus ihren Höhlen springen. Von Alfons Nobodys Eleganz war er am meisten angetan.

»Wie kommen Sie hierher, Sie …«

Alfons Nobody stellte sich vor ihm auf. Seine Tasche war wulstig.

»Was schreien Sie hier … Sie … Sergent! Ich bin Botschaftssekretär Raverdan!«

»Was?! Sie glauben, dass Sie mit diesem …«, sagte der Unteroffizier um Worte ringend. »Man wird Sie erschießen …«

»Gardez vous!«

Das war Delle. Er stand entrüstet vor Potrien.

»Warum salutieren Sie nicht?! Wie stehen Sie überhaupt da?!«

Der Sergent stand wie ein Pflock.

»Ich melde Herrn Hauptmann … diese beiden Männer sind geflohen … hierher … von der Wache …«

»Sind Sie wahnsinnig?! Wie reden Sie von Marquis Raverdan?«

»Ich melde gehorsamst, auf der Wache … ich glaube …«, stotterte er. »Die Herren …«

»Jetzt kommen Sie … Zusammen wollen wir die Posten kontrollieren. Warten Sie hier auf mich, lieber Marquis, und Sie auch«, sagte er zu mir. »Kommen Sie, Sergent.«

Als sie draußen waren, rannten wir auch schon …

Ich musste nur mit Laméter die Kleider wechseln, Alfons aber hatte seine Uniform an anderer Stelle versteckt!

Wie ich später erfuhr, hatte die Wachinspektion durch Hopkins und Potrien damals folgenden Verlauf genommen. Der Hauptmann verließ den Blauen Saal, hinter ihm Potrien. Hopkins hielt sich in jedem Raum für einige Worte auf.

Der Sergent stand wie auf glühenden Kohlen. Der Hauptmann aber verspeiste am Büfett einige belegte Brote, bat dann im Treppenhaus den Sergent, ihm die Melodie von »Susi war die blondeste von allen ...« ins Gedächtnis zu rufen. Der Sergent kannte das Lied nicht.

In der Halle trat ein General nervös von einem Fuß auf den anderen ... Seine Brille hatte er auf dem Büfetttisch liegengelassen.

Hauptmann Delle wies den vor Ungeduld halb wahnsinnigen Potrien an:

»Holen Sie sofort die Brille.«

Potrien rannte und stieß mit einem Leutnant zusammen.

»Halt!«

»Entschuldigung, mon adjutant.«

»Wie bewegen Sie sich hier auf der Treppe? Was?! Glauben Sie, das ist eine Reitschule?!«

Kurze Unterweisung über den augenscheinlichen Unterschied zwischen einer Reitschule und einem Gouverneurspalast.

Fünf Minuten.

Er rennt weiter. Das Büfett ist von verschiedenen Herren umlagert. Hier kommt er nicht weiter. Man muss stehen wie ein Pflock, bis er endlich durchkommt.

Endlich! Wieder zurück mit der Brille. Nur der Hauptmann steht dort.

»Schnell in die Kabinettskanzlei. Der Herr General telefoniert dort. Bringen Sie ihm seine Brille.«

Der Herr General führt ein Ferngespräch mit Toulon, man muss warten.

Zehn Minuten ... endlich kommt er.

»Die Brille, mon commandant.«

»Merci, mon chef.«

... Bis er unten ankommt, ist die Wachablösung fertig.

Das geht doch nicht mit rechten Dingen zu! Die zwei Männer stehen dort auf den Stufen wie zwei Statuen, die Gewehrkolben in der Hand.

Kann sein, dass sie sich umgezogen haben ... Sie sind auf einem anderen Weg heruntergekommen. Aber was haben sie da oben nur gemacht? Zwei Soldaten, von der Wache, auf der Gouverneursgala.

So etwas hat es noch nicht gegeben. Er rennt zur Wachstube.

»Gefreiter!«

Der verträumte Russe stellt sich vor ihn hin.

»Meldung!«

»In Ordnung.«

Das Wort »alles« hat er sich gespart.

»Wo waren die abgelösten Wachen?«

»Hier.«

Drei Männer stehen auch jetzt in Reih und Glied vor der Bank. Auf dem Tisch ein Schachbrett, die Zeitung und ein Samowar, der gleich überläuft, wenn Potrien mit dem Inspizieren nicht fertig wird.

»Rompez! ... Gefreiter! Sind Sie sicher, dass die erste Wache nicht das Zimmer verlassen hat?«

»Sicher.«

»Waren Sie hier?«

»Ja ...«

Der Sergent knöpft sich den Rockkragen auf, denn er ist vor Zorn wie aufgedunsen.

2.

Die Wache hatte einen unruhigen Tag. Sie waren keine halbe Stunde gesessen, als der Gefreite rief:

»Sarm!«

Worunter man zu verstehen hat: »Aux armes!«, das heißt: »Zu den Waffen!« Ein untersetzter Hauptmann kam.

»Alles in Ordnung? Alles in Ordnung? Na, ruht euch nur aus … Was ist das für ein Rum? Man darf keine Spirituosen aus dem Ausland einführen …«

»Diese hier ist französisch, mon commandant.«

»Na, na … Das will ich kontrollieren …«

Er kostete eine halbe Flasche.

»Ja, französisch. Es gibt hier also keinen englischen Rum?«

»Keinen Tropfen …«

»Schade. Aber nicht so schlimm … Wo ist die Ausrüstung der Wache? … Was?«

»Hier sind die Rucksäcke, mit der Arbeitskleidung.«

Der Hauptmann inspizierte jeden Rucksack gründlich und ging weg.

Niemand sah, wie er einen Brief zwischen Nobodys Sachen steckte.

Das hatte sich während unserer Wache ereignet.

3.

Dann kam um drei nach Mitternacht der letzte Wachwechsel, und wir kehrten auf die Wachstube zurück. Wir begannen, unsere Paradeuniform auszuziehen, und holten die weißen, groben Arbeitsröcke hervor.

»Sieh mal …«

Alfons fand einen Brief und ein blaues Zettelchen.

»Kommt sofort zur Vierhörnigen Katze. T. H.«

Ein Teil des Zettels war bedruckt.

»Sarm!«

Der Sergent. Er steht hier vor uns. Seine Augen starren uns wie zwei spitze Nadeln an, seine Bartpinsel zittern bedrohlich.

»Wo wart ihr vor dem Wachwechsel?«

»Hier in der Stube, mon chef.«

»Ja … Wer hat die Wache angewiesen, spazieren zu gehen … Was?« Und er schaute mich an.

»Ich weiß nicht, mon sergent.«

»Sie kommen mit.«

Alfons warf sich in Habacht.

»Geht nicht, mon sergent.«

»Waaas? …«

»Wir haben etwas Wichtiges zu erledigen.«

Er zeigte den blauen Zettel.

Die Soldaten Nr. 9 und Nr. 45 melden sich bei unserer Kompanie unverzüglich zum Dienst und erwarten weitere Direktiven auf der Wache. *Bataillonskommandant.*

Unterschrift, Stempel …

Potrien holte tief Atem. An diesem Tag erlebte er mehr Überraschungen als während seiner ganzen Soldatenlaufbahn zusammen.

»Geht … ihr, ihr … Wir sprechen uns noch …«

Der gute alte Potrien ahnte gar nicht, dass der »Hauptmann« während des Balls ein Gespräch mit dem Stadtkommandanten führte und diesen bat, ihm die zwei abgelösten Posten zu einer nächtlichen Stadtbesichtigung mitzugeben, weil erstens niemand sonst zur Verfügung stand und weil er zweitens wegen seines Kopfschusses nicht allein herumlaufen wollte.

Zwei Stunden waren vergangen, als Alfons Nobody und ich die Straße erreichten.

»Nun erzähle«, sagte ich.

»Was soll ich erzählen?«

»Wer ist die Frau?«

Alfons machte ein finsteres Gesicht.

»Die Frau ist Generalleutnant Frédéric de la Roubans Tochter.«

Ich pfiff zwischen den Zähnen. So sind sie also zum Galadiner gekommen. Frédéric de la Rouban war in der ganzen Kolonie ein bekannter Name. Er war der Motor der riesigen Militärmaschinerie von Französisch-Afrika.

»Ich bin schon länger in Oran als du und kenne auch Laméters Angelegenheiten. Dieser Kapitän Laméter ist mit Generalleutnant Frédéric de la Roubans Tochter Lucy de la Rouban verlobt. Das wusste ich bereits, als du mir davon dort im Gang erzähltest. Ich ging, um Delle beizustehen, wenn ihn dieser Kapitän anfällt. Ein Schritt, und sie stand vor mir: die schöne Frau, die wir vom Schiff befreiten. Damals hatte ich noch keine Ahnung, wie bedeutend ihr Vater ist. Du kannst dir aber denken, wie peinlich mir das war. Sie war ganz aufgeregt und machte mir Vorwürfe: ›Also … Sie haben gelogen. Sie sind vom Dienst, Marquis De Surennes Komplize. Sie haben mich freigelassen, damit ich meinen Vater kompromittiere! Aber Sie haben sich geirrt …‹ ›Mademoiselle‹, antwortete ich, ›leider liegt der Fall anders. Ich stand Wache am Tor und habe mich hier in einer familiären Angelegenheit hereingeschlichen. Ich bin ehrlich, da ich Sie für eine ritterliche Dame halte und keine Angst habe, dass Sie mich verraten, nachdem mein Freund und ich Sie so taktvoll behandelt haben.‹«

»Du hast wirklich großartig gesprochen«, stellte ich aufrichtig fest, da ich jeden Rhetor überaus verehre.

»Ich weiß nicht, warum, aber ich vertraute diesem Mädchen, und habe alles offen erzählt. Als sie hörte, Laméter sei hier, in deiner Uniform, ist sie beinahe ohnmächtig geworden. Dann führte sie mich in den Blauen Saal. Den Rest kennst du.«

»Und wie ist das Mädchen aufs Schiff gekommen?«

»Ihr Vater hielt sie gefangen, weil sie vor aller Welt ihren Bräutigam schützen wollte. Das wäre in der Tat eine dumme Heldentat gewesen. Nachdem wir sie befreit hatten, konnte ihr Vater sie doch noch umstimmen.«

»Wie ist aber Hopkins in solch gute Gesellschaft geraten? Mit seinen Umgangsformen?«

»Das weiß er selbst nicht. Er saß auf dem Kahn und wartete auf dich, damit du ihm Kleider von uns bringst. Er hörte einen Knall, spürte einen Schlag, und ist erst im Bett zu sich gekommen, als sich ein Militärarzt über ihn beugte und zu ihm sagte: ›Geht es Ihnen besser, Herr Hauptmann?‹ Er befand sich im Garnisonslazarett. In seiner Tasche lag ein Ausweis, ausgestellt auf Hauptmann Mander. Nachdem ihm Kost und vornehme Behandlung zusagten, erfand er das Märchen mit dem Kopfschuss … Ein schlauer Kerl.«

»Was ist das für ein Märchen?«

»Delle ist ja nicht so kultiviert wie ein Hauptmann, und wenn er irgendeinen Unsinn redete, befühlte er seinen Nacken und sprach von einem Kopfschuss. Er erinnerte sich nicht an seinen Namen und wusste nicht, woher er den Kopfschuss hatte. Man wandte Strom und andere Heilmethoden an, doch vergebens. Schließlich kam man überein, dass die Kugel einen wichtigen Nackennerv berührt hatte, wodurch sowohl sein Erinnerungsvermögen als auch seine guten Manieren beeinträchtigt waren.«

»Aber welches Problem hatte Kapitän Laméter mit ihm?«

»Sobald er wieder gesund war, ließ ihn der Staatsanwalt verhören, weil man diesen Hauptmann Mander schon seit Wochen aus Südwestafrika erwartete. Dieser war ein wichtiger Zeuge in der Sache Laméter. Delle sagte wieder, dass er sich an nichts erinnerte. Laméter behauptet nun, dass eine organisierte Hetze gegen ihn läuft, womit er sicher Recht hat, und dachte, dass sich der Hauptmann in seiner Aussage von irgendwelchen Leuten beeinflussen ließ. Seine letzte Hoffnung war nämlich, dass ihn dieser Hauptmann entlasten würde. Als er hörte, dass dem nicht so war, kam sein ganzer verzweifelter Zorn zum Überlaufen und er hätte Delle beinahe aus der Welt geschafft.«

»Jetzt sind wir endlich alle mitten in einer Affäre, die wir nicht verstehen und mit der wir nichts zu tun haben.«

»Wir werden sehen, was daraus wird. Im Augenblick ist alles in Ordnung.«

»Nur dass Delle in einem schönen Schlamassel steckt.«

»Für den ist das kein Problem.«

Wir liefen durch eine enge, kurvige, lange Gasse, tief im Hafenviertel.

Hier befand sich die Schenke »Zur Vierhörnigen Katze«, wo er uns ein Stelldichein gegeben hatte.

4.

Kwastitsch, der große, aufgedunsene Arzt, spielte Klavier, wobei er schlief. Darin war er sehr geübt.

Der Wirt zeigte, als wir eintraten, auf den Vorhang hinter dem Regal:

»Dort …«

Es lag dort ein kleines Séparée, in dem unsere Komplizen, Hehler und andere Geschäftspartner an Wochentagen mit uns verhandelten. Jetzt wartete dort Delle und …

Lucy de la Rouban!

Trotz der schäbigen Fetzen ihres Zimmermädchens, die sie sich angezogen hatte, passte sie nicht zu dieser Umgebung, so wie auch Delle Hopkins in all seiner Uniformpracht dennoch deutlich von den Gästen auf dem glänzenden Parkett des Gouverneurspalastes zu unterscheiden war. Hopkins nahm übrigens mit seinem gewohnt vernachlässigten Äußeren an der Gesellschaft teil: den abgetragenen Hut im Nacken, eine verglommene Zigarre im Mundwinkel, ein Seiltrikot auf seinem entsetzlichen Brustkorb, die Jacke über eine Schulter geworfen und eine grüne, dreieckige Ausbesserung auf der karierten Hose. Für Geckenzeug wie Strumpf oder Schnürsenkel hatte er nur Verachtung übrig. Er stützte sich auf seinen dicken, nackten Unterarm und starrte auf ein Wasserglas voll Schnaps.

»In Kürze«, sagte Alfons. »Zum Wecksignal müssen wir zurück sein, sonst lässt uns Potrien über den Haufen schießen.«

»Um was geht es?«, bemerkte ich, damit nicht immer nur Alfons Nobody redete.

»Darum, ob wir Teilhaber an einer Diamantmine von unvorstellbarem Wert werden sollen. Wenn man nur wüsste, wo sie ist«, antwortete Delle und trank sein Glas Schnaps leer. »Was mich betrifft, bin ich dabei. Die Minenbesitzer habe ich immer beneidet, da sie gut verdienen.«

Das ließ ich anheimgestellt.

»Ich weiß nicht, was ich von Ihnen erwarte«, sagte das Mädchen. »Sie wurden aber auf so seltsame Art und Weise mit meinem Leben verbunden, und ich habe niemanden, von dem ich auf Verständnis und Hilfe hoffen dürfte …«

»Ich versichere Ihnen, Fräulein, wir drei stehen für Sie ein als Ihre Ritter und demütigsten Diener.«

Das war er. Alfons Nobody. Er redete wie ein wahrer Schwanenritter.

»Ich glaube«, warf ich ein, »Kapitän Laméter sagte, dass er morgen zum Tode verurteilt wird. Ist das wirklich wahr?«

Das Mädchen seufzte, und ihr Mund zuckte.

»Das ist wahr …«

»Man muss ihm zur Flucht verhelfen!«

»Ah … wenn Viktor zu so etwas bereit wäre, dann könnte er nach Fongi … um die Gauner zu entlarven. Er würde der verschwundenen Expedition auf die Spur kommen … Er würde das große Blutvergießen verhindern …«

Hopkins zuckte die Achseln.

»Ja, dann werden wir ihn befreien.«

»Aus dem … Militärgefängnis?«

»Das Gebäude ist Nebensache … Wir werden uns etwas ausdenken … Nur Kopf hoch, ist nicht schlimm, der Onkel Hopkins erledigt alles.«

Er leerte ein weiteres Glas Schnaps und schluckte den Zigarrenstummel hinunter.

»Ich glaube, das Beste wäre, wenn Sie uns alles der Reihe nach erzählen«, sagte Alfons.

SECHSTES KAPITEL

Die Lawine ist los

I.

»Laméter war der Kapitän des Kreuzers ›Général du Négrier‹, eines der beiden Schlachtschiffe der Legion. Dem jungen Offizier hatten alle eine schöne Zukunft vorausgesagt. Er hatte die höchsten Qualifikationen, war der jüngste Kapitän. Vor sechs Monaten feierten wir unsere Verlobung. Und gerade das schien unser Unglück heraufzubeschwören, denn damals begann Viktors Leidensweg. Lord Peevbrock reiste zur Jagd in den Senegal. Da er bereits seit zwei Monaten kein Lebenszeichen mehr von sich gab, benachrichtigten wir die Garnison in Timbuktu, um nach ihm zu forschen. Endlich stießen sie in einem Krankenhaus von Gambia auf ihn, wo er mit Typhus darniederlag. Wie auch sein Jagdgefährte, Hauptmann Mander.«

»Das ist der Mann«, bemerkte Delle, und zog einen neuen Stummel aus der Tasche, »mit dem man mich verwechselte.«

»Genau. Persönlich kennt ihn hier niemand. Vom Hörensagen weiß man, dass er ein untersetzter, seltsamer Mann ist, und damit zufällig an Sie erinnert. Vor zehn Jahren ließ er sich wegen einer untreuen Frau in den Ruhestand versetzen, gab seinen Dienst in Madagaskar auf und lebte fortan ganz allein in der Wildnis von Westafrika. Außer mit seinem Jagdgefährten Peevbrock hatte er keinen Kontakt. Wegen einer Frau.«

»Da hört die Ähnlichkeit zwischen uns auf«, sagte Delle.

»Bei mir wäre es die Frau gewesen, die sich in die Wildnis flüchtet … Garçon! Eine Erfrischung … Darf auch Rum sein …«

»Lord Peevbrock und Hauptmann Mander sind hernach genesen. Aus ihrem Bericht geht hervor, dass sie auf einen riesigen Schatz gestoßen waren. Jenseits der Hauptstadt des Eingeborenenstammes der Fongi, im Norden von Tamaragda, liegt eine reiche Diamantenmine. Das ist auch für die Behörden eine ungeheure Neuigkeit. Die Mine gehört dem Staat. Der Entdecker erhält nur einen Anteil. Privatleute dürfen nicht nach Rohdiamanten schürfen, noch mit ihnen handeln. Die ›Général du Négrier‹ wurde angewiesen, eine gut ausgerüstete, mit Experten und geeigneten Geräten ausgestattete Expedition an Bord zu nehmen und den Senegal hinaufzufahren, soweit es der Wasserstand erlaubt, und dort zu warten, bis die Gruppe ihr Ziel erreicht. Laméter wurde deshalb beauftragt, weil die ›Général du Négrier‹ schon einige Male auf dem Senegal gefahren war und er selbst mit dem Fongistamm gut befreundet war, besonders mit Mimbini, dem Häuptling. Aus diesem Grund ist dieses Gebiet nie erobert worden. Mit Diplomatie und gutem Willen nämlich konnte die Kolonialverwaltung am Mittellauf des Flusses, wo der friedliche Fongistamm lebt, gut zurechtkommen. Inzwischen wurde ein Spion gefasst, bei dem man einen rätselhaften Brief mit folgendem Inhalt fand: *›Wir haben den Kapitän gekauft. Mimbini wird die Expedition vernichten.‹* Nach einer Woche kehrte das Schiff zurück, und Laméter behauptete, eine Funkmeldung erhalten zu haben, in der Hauptmann Mander mitteilte, ans Ziel gelangt zu sein, und darum bittet, mit dem Schlachtschiff umzukehren, weil es die Eingeborenen beunruhige. Laméter wurde sofort in Gewahrsam genommen, da in der Zwischenzeit aus dem Senegal gemeldet wurde, dass die Gruppe nie in Tamaragda angekommen war, dass die Flieger ihre Spuren nicht fanden, dass sie keine Funkrufe beantworteten. Wahrscheinlich sei die Expedition zugrunde gegangen. So wurde der Brief des Spions zum furchtbaren Beweis gegen Laméter.«

»Aber der Funker musste doch wissen, ob eine Nachricht gekommen war oder nicht?«

Das Mädchen seufzte.

»Im Senegal wimmelt es von Krokodilen, und der Funker war ins Wasser gefallen, zwei Tage vor der Rückkehr. Man glaubt, dass er umgebracht wurde … Und es scheint, dass auch Viktor unter Verdacht steht.«

Draußen spielte eine Zither.

»Jetzt wird man Laméter …«, das Reden fiel ihr immer schwerer, »zum Tode verurteilen … Eine Strafexpedition wird gegen den Fongistamm entsandt … Damit wird ein Lebensziel meines Vaters zunichte. Er befürwortet eine Kolonialherrschaft ohne Blutvergießen … Man wird ihm nicht verzeihen, dass er Fongi nie besetzen wollte.«

»Da werden wir etwas tun«, sprach Hopkins ermutigend. »Die Sache ist nicht so gefährlich. Nur Kopf hoch, bitte schön …«

»Wenn ich recht verstehe«, fragte Alfons Nobody, »versteht sich der Kapitän gut mit dem dortigen Häuptling, und wenn er freikäme, könnte er das Rätsel lösen?«

»Dessen bin ich sicher!«

»Dann wird er freikommen«, sagte Alfons nach kurzem Zögern.

2.

So ein Junge war er.

»Ich erhoffe … nichts … Sie sind gutherzige und ritterliche Männer, Messieurs, aber was können wir gegen die ganze Welt tun … zu dritt?«

»So begabt ist diese Welt nicht, als dass nicht drei gescheite Leute sie übers Ohr hauen könnten«, sagte ich mit meiner gewohnten Kultiviertheit.

»Wenn das Geheimnis gelöst würde, dann bekämen Sie eine große Belohnung … Ist doch auch eine Diamantmine verlorengegangen … Der Anteil der Finder wäre ein Vermögen wert.«

»Wir versuchen es«, nickte Alfons Nobody. »Sie gehen jetzt nach Hause, und wir retten morgen den Kapitän vor dem Todesurteil. Ich habe einen fertigen Plan. Ohnegleichen in der Kriminalgeschichte.«

Die Augen des Mädchens sprachen von Hoffnung, Trauer, Zweifel und Freude, während sie ihre drei grimmigen Ritter der Reihe nach anblickte.

»Mein Gott … wenn es nur so wäre …«

»Es wird so sein. Jetzt lassen wir einen Wagen für Sie kommen.«

Als wir zu dritt zurückblieben, folgte eine kurze Besprechung. Später zogen wir Professor Kwastitsch hinzu, vom Klavier weg.

Am Morgen waren wir zum Wecksignal am Tor des Forts St. Thérèse, und wir begaben uns unausgeruht, aber zufrieden zum Appell.

Wir haben den Kapitän gerettet.

SIEBTES KAPITEL

Ich rücke in die höhere Diplomatie auf

1.

»Der Vorsitzende eröffnete die Verhandlung, und die Namen der Zeugen und der Experten wurden verlesen.«

So stand es anderntags in der Zeitung. Vor mir liegen die schmutzigen, zerrissenen Zeitungen, die ich alle aufbewahrt habe. Zeugen, Zeugen, und nochmals Zeugen … Lauter unbedeutende militärische und geografische Fachfragen …

Es kommt der Angeklagte, der degradierte Kapitän …

»Viktor Laméter! Wollen Sie bis zum letzten Augenblick leugnen?«

»Ich habe nur die Wahrheit gesagt. Ich bin unschuldig.«

»Erzählen Sie die Geschichte der angeblichen Funknachricht. Im Zusammenhang.«

Der Angeklagte hielt kurz inne.

»… Es war eine stickige Nacht. Das Schiff lag auf dem Senegal vor Anker. Die Expedition war bereits seit vier Tagen unterwegs zum Fongi-Land … Vom Meere her dringt der Schirokko oft zum Flussland und bleibt unter den Bäumen stecken … Ich bin in solchen Perioden nervös, matt und niedergeschlagen. So war es auch an jenem Tag. In der Windstille ergoss sich die höllisch heiße Weströmung … Ein feuchter Dunst lag über dem Fluss …«

»Es wurde Ihnen auch sonst übel im Schirokko?«, fragte der Staatsanwalt.

»Ja. Der Schiffsarzt kann es bestätigen.«

»Fahren sie fort.«

»Dann geschah das Unglück. Ein Schrei war zu hören, und wir sahen noch, wie Rolf, der Funker, in einem wirbelnden Wellenring unter zuckenden Schuppenpanzern versank.«

»Wo waren Sie zu dieser Zeit?«

»Vor meiner Kajüte.«

»Wurden Sie unmittelbar vor Rolfs Tod gesehen?«

»Nein … Als Rolf aus dem Wasser rief, erreichte ich die Stelle, von wo er gestürzt war, zusammen mit dem Steuermann Mathias, dem ersten Offizier und zwei Matrosen.«

»Weiter.«

»In der Nacht strömte der Schirokko mit stärkerem Druck. Die übelriechende Ausdünstung des Flusses, die Dämpfe des Uferdschungels krochen auf das Schiff, die Lampen schienen tief in ihrem Lichthof zu schlafen. Ich lag mit entsetzlichen Kopfschmerzen in meiner Kajüte, trank Kognak, aber er schmeckte schlecht, und mir wurde noch übler …«

»Haben Sie viel getrunken?«

»Ich war nicht betrunken.«

Gemurmel. Der Verteidiger des Kapitäns wirft seine Notizen lustlos übereinander. Der Angeklagte macht die mildernden Umstände selber zunichte.

»Ich war nicht betrunken«, wiederholt er mit Härte. »Ich war matt und benommen, erinnere mich aber an alles.«

»Fahren sie fort.«

»Um Mitternacht klopfte der erste Offizier. Er hatte seinen Rundgang beendet und machte danach Meldung …«

»Wiederholen Sie dieses Gespräch Wort für Wort, wenn Sie sich daran erinnern«, sagte der Vorsitzende.

»Bitte. Higgins meldete:

›Herr Kapitän! Ich habe die Inspektion um zwölf Uhr zwanzig beendet. Alles in Ordnung …‹

›Ist gut, Higgins … Seit wann sind Sie in Dienst?‹

›Seit zwölf Stunden … Herr Kapitän.‹

›Ruhen Sie sich aus.‹

›Übernehmen Sie, Herr Kapitän, den Funkdienst?‹

›Selbstverständlich.‹

Ich stand auf, aber es war mir ein wenig schwindelig …

›Erlauben Sie, dass ich Sie hinaufführe‹, sagte Higgins. Der tiefe Nebel über dem Schiff war zum Ersticken. Seit Tagen hatte es nicht geregnet, und dennoch war alles tropfnass. Ich torkelte herum … Keinen Schritt weit konnte man sehen … Ohne Higgins hätte ich die Kajüte nicht erreicht. Der Offizier öffnete die Tür, und ich trat ein.

›Gute Nacht, Higgins.‹

›Gute Nacht, Herr Kapitän … Wünschen Sie kein Chinin?‹

›Danke …‹

Ich blieb allein und schlief ein. Ich weiß nicht, wie spät es war, als ich aufwachte. Mit fürchterlichem Kopfweh. Das Funkgerät, das ständige Verbindung mit der Expedition hielt, begann zu senden: ›Négrier … Négrier … Négrier.‹ Das war unser Signal.

›Négrier …‹, antwortete ich.

›Hauptmann Mander … Die Expedition ist in Fongi. Unsere Kundschafter haben die Mine gefunden … Alles in Ordnung. Ihr Schiff soll mit der Meldung nach Oran zurück. Die Eingeborenen sind wegen des Kreuzers beunruhigt. Verstehen Sie?‹

›Ich verstehe … Ich fahre morgen los … Hier *Kapitän* Laméter …‹

›Warum spricht nicht der Funker?‹

›Er ist tot.‹

Mander diktierte kurze Notizen über die benötigten Dinge.«

»Ist es das hier?«, fragte der Richter.

Laméter blickte auf die Schriften.

»Ja. Das ist meine Handschrift.«

»Fahren Sie fort.«

»Ich habe nichts zu sagen. Am nächsten Tag lichtete ich den Anker, wir fuhren zum Meer hinab, und ich kam zu Hause an.«

»Möchte der Herr Staatsanwalt Fragen stellen?«

»Haben Sie Hauptmann Mander gekannt?«, fragte der Staatsanwalt.

»Er fuhr nicht auf der ›Général du Négrier‹. Zusammen mit Lord Peevbrock wartete er auf die Expedition in Fongi.«

»Haben Sie ihn gekannt, ja oder nein?«

Kurze Pause.

»Ich … kannte ihn …«

»Warum sagten Sie, er sei ein Hochstapler, als er keine Aussage zu Ihren Gunsten machte?«

»Ich verweigere die Aussage.«

»Waren sie sich durch irgendeinen Umstand sicher, dass es Mander war?«

»Ja. Aber darüber sage ich nicht aus.«

»Würden Sie Hauptmann Manders Stimme erkennen?«

»Ich weiß nicht.«

»Es war also nicht seine Stimme, die Ihnen Gewissheit gab, sondern eine Mitteilung privater Natur.«

»Ja. Aber darüber sage ich nicht aus!«

»Setzen Sie sich.«

Der Angeklagte ging an seinen Platz. Es trat nun Hauptmann Mander in den Zeugenstand. Ein interessanter Mensch. Etwas dicklich, und er blinzelt ununterbrochen.

»Hauptmann Mander?«

»Jawohl … ich glaube …«

»Haben Sie einen Kopfschuss?«

»Jawohl.«

»Erinnern Sie sich an die Umstände Ihrer Verletzung?«
»Ich erinnere mich nicht …«
»Sie wissen aber, dass Sie Hauptmann Mander sind …?«
»Todsicher bin ich nicht … Denn …«
Er betastet seinen Kopf.
»Kennen Sie den Angeklagten?«
Er blickt auf den Kapitän.
»Ich erinnere mich nicht.«
»Erinnern Sie sich an nichts …?«
Er reibt sich die Stirn …
»Ich sehe eine Waldlichtung … Jemand greift mich am Arm … er droht … Aber das ist auch verworren …«
Der Kapitän erhebt sich verwundert.
»Der Angeklagte soll sich wieder setzen!«
Gemurmel. Alle fühlen, dass etwas Außerordentliches geschieht.
»Strengen Sie Ihren Kopf an … Mit wem waren Sie auf der Lichtung? Haben Sie kein Gesicht vor sich gesehen?«
»Ganz verschwommen …«
»Einige Reminiszenzen!«
»Was … bitte … Was wollen Sie?«
»Schildern Sie Ihre Impressionen.«
Der Zeuge schluckt …
»Bitte … Ich habe einen Kopfschuss …«
Der Staatsanwalt erhebt sich unerwartet. Bis jetzt hatte er sich flüsternd mit jemandem unterhalten.
»Ich wurde soeben verständigt, dass sich heute Nacht etwas Unerwartetes ereignet hat. Die Polizei hat aufgrund einer anonymen Anzeige einen Mann in Gewahrsam genommen, dessen Vernehmung ich beantragen möchte. Es handelt sich um den ehemaligen Schiffsarzt Fedor Kwastitsch. Wegen eines Delikts darf er seinen Beruf nie mehr ausüben.

»Er soll vernommen werden«, verkündete der Vorsitzende. »Herr Hauptmann Mander, gehen Sie bitte wieder in die Zeugenbank.«

Es kam Professor Kwastitsch. Schläfrige Augen, riesige Statur, graues Haar: eine bekannte Persönlichkeit der Unterwelt. Neben ihm ein Polizeioffizier.

»Ihr Name?«

»Fedor Kwastitsch.«

»Geboren?«

»1886 in Riga.«

Nachdem die Daten aufgenommen waren, wandte sich der Vorsitzende an den Polizeioffizier.

»Warum haben Sie diesen Mann verhaftet?«

»Gegen Morgengrauen rief jemand in der Zentrale an«, begann der Polizist, »und teilte mit, dass es sich beim wirklichen Täter in der Sache Laméter um den auch der Polizei wohlbekannten Fedor Kwastitsch handelt. Die Person nannte nicht ihren Namen, sondern sagte nur, Kwastitsch habe ihn betrogen, und er räche sich nun. Solche Anzeigen nehmen wir im Allgemeinen sehr ernst, denn die Rache der Unterwelt hat schon nicht wenige ungelöste Kriminalfälle aufgeklärt. Kwastitsch spielt Klavier in Kaschemmen und ist als notorischer Rauschgiftschmuggler registriert. Wir ließen ihn sofort ins Präsidium bringen. Inzwischen hatten wir festgestellt, dass sich der Russe zur Zeit des Vorfalls im Senegal, und nicht in Oran aufhielt …«

»Wo waren Sie zur Zeit der Strafsache?«

»In Gambia …«

»Woher wissen Sie, wann das Verbrechen verübt wurde!«, fuhr der Vorsitzende fort. »Diesen Zeitpunkt hat das militärische Pressebüro nicht an die Zeitungen weitergegeben, und die Publikation war verboten …«

»Ich …«, stammelte der Zeuge, »habe es gehört …«

»Von wem?!«

»Ich … kann mich nicht mehr … erinnern …«

»Was lügen Sie da! Wir können es bis morgen aus Gambia erfahren, ob Sie wirklich dort gewesen sind.«

»Ich war nur eben auf der … Durchreise.«

»Woher, wohin?«

Stille.

»Kennen Sie das Land der Fongi?«

»Ich war … schon mal dort … Ich kenne es …«

Jetzt kam der »Hauptmann« langsam aus der Zeugenbank vor, strich sich verstört über die Stirn und schaute den Zeugen an.

Als ihn Kwastitsch erblickte, trat er erschrocken nach hinten.

»Kennen Sie den Hauptmann?«, stürzte sich der Vorsitzende auf ihn, sobald er die Verwirrung des Zeugen bemerkte.

In den Zeitungen war danach Folgendes zu lesen:

»… Kwastitsch wich entsetzt zurück, und Hauptmann Mander folgte ihm bestürzt … Im Saal war es totenstill, voll gespannter Erwartung, nur Laméter, der Angeklagte, benahm sich unverständlich. Er stand immer wieder auf, als ob er etwas sagen wollte, kratzte sich am Kopf und drehte sich nervös auf dem Stuhl. Alle spürten es: Die Sache war an ihrem Wendepunkt angelangt …«

»Erinnert Sie der Zeuge an jemanden?«, fragte der Vorsitzende den »Hauptmann«.

»Ja … aber ich weiß nicht … Als ob wir uns irgendwo …«

»Waren Sie im Sommer im Gebiet des Senegals?«, wandte sich der Vorsitzende an den neuen Zeugen. »Gambia ist nicht weit von dort …«

»Ich erinnere mich nicht mehr … Aber es kann sein … Hingegen …«

»Folter!«, schmetterte nun der »Hauptmann«. »Folter …«, stammelte er sodann unsicher …

Der Vorsitzende blätterte schnell in den Akten.

»Hier steht es in einem früheren Protokoll: »In der ersten Funknachricht der Expedition, die noch der ermordete Funker aufgenommen hatte, wird ein gewisser Fouler erwähnt, der in Häuptling Mimbinis Auftrag den Weißen entgegengegangen war. Fouler behauptet von sich, Engländer zu sein, sich als Beobachter bei den Fongi aufzuhalten und mit dem Häuptling befreundet zu sein. Laméter, das sind Ihre Worte.«

Der Angeklagte stand auf. Er sprach mit einem merkwürdigen Gesichtsausdruck und zögernd:

»Ja … aber ich glaube, hier ist … irgendein …«

»War das der Wortlaut der Nachricht?«, fragte der Vorsitzende und klopfte dabei energisch mit seinem Stift.

»Das war er. Und man bat mich, die Daten zu überprüfen.«

»Haben Sie sie überprüft?«

»Ich wurde am Tag meiner Ankunft verhaftet.«

»Sie dürfen sich setzen …«

»Aber bitte …«

»Sagen Sie jetzt nichts.« Und er wandte sich an den Zeugen: »Was sagen Sie zu alledem?«

Der Zeuge stotterte.

»Bitte … ich war Fouler … Ich habe es geleugnet, weil ich … Angst hatte, in Verdacht zu geraten …«

»Waren Sie englischer Beobachter?«

»Nein …«

»Sind Sie der Expedition entgegengegangen?«

»Ja.«

»Und haben Sie sich ihr angeschlossen?«

»Mimbini … hatte mich geschickt … ich handelte mit ihm …«

»Meine Güte ... wenn ich mich nur erinnern könnte ...«, sagte der »Hauptmann« sichtlich nervös. »Fouler! Wir standen irgendwo ... zusammen ... Palmen ... ein Zelt und Kabelstränge ...«

»Kennen Sie den Hauptmann?«, fragte der Vorsitzende.

»Ich ... kenne ihn ...«

»Standen Sie zusammen auf einer Lichtung oder in einem Wald?«

»Ja ... Der Herr Hauptmann war recht freundlich zu mir ... weil ich eine schöne Stimme habe, und ... ich sang ... englische Soldatenlieder ...«

»Wie ist Ihr wirklicher Name?«

»Kwastitsch.«

Jetzt trat der »Hauptmann« zitternd vor ihn hin. Im Saal war die Atmosphäre zum Bersten.

Nur der Angeklagte konnte nicht still sitzen, und der Vorsitzende ermahnte ihn zur Ruhe.

»Ich ... sang ...«, stammelte Kwastitsch, *»Baby, baby, I love you.«*

Tumult brach los.

»Gauner!«, rief der »Hauptmann«, und stürzte sich auf den Zeugen. Mit einer Hand packte er ihn am Hals, während er ihm mit der anderen ins Gesicht schlug, dass es nur so krachte.

Vier Unteroffiziere mussten ihn festhalten. Im Saal entstand ein unglaubliches Durcheinander. Der Vorsitzende hämmerte und schrie, dann stand er auf.

Aber der Staatsanwalt war noch lauter als der Lärm:

»Herr Vorsitzender, ich beantrage, dass die Verhandlung nicht vertagt wird. Der Zeuge kann sich jetzt erinnern!«

Es wurde still.

Der Staatsanwalt sprach weiter:

»Man darf nicht die Gelegenheit versäumen, jetzt, da

der schwerverletzte Zeuge, wie es scheint, seine Erinnerung wiedererlangt ...«

»Beruhigen Sie sich«, sagte der Vorsitzende freundlich zu »Mander«. »Erinnern Sie sich an etwas?«

»Ja ...«, antwortete er aufgeregt. »In meinem Zelt stand das Funkgerät! Dieser ... Mann ... sang gerade ... und jemand kam herein ... mein Freund ... wie ...?«

»Peevbrock«, half der Vorsitzende.

»Peevbrock!«, rief er ... »Ja, er, und er sagte ... ich sollte dem Schiff ... melden, wir wären in einer ... schlimmen Lage ... hätten uns im Dschungel verirrt.«

»Und was haben Sie gesagt?«

»Ich sagte: Kopf hoch ... Ja ... genau das ... und als wir wieder allein blieben ... drehte ich mich ... zum Funkgerät ... und dieser Mann ... schlug mir auf den Kopf.«

Er stand keuchend da.

»Fedor Kwastitsch! Was sagen Sie dazu? Leugnen Sie es?«

»Bitte ...«, stotterte er. »Ich gestehe alles ... Laméter ist unschuldig.«

»Ich glaube ...«, der Angeklagte stand nervös auf, »hier ist irgendetwas ...«

»Setzen Sie sich, und reden Sie nicht, bis ich es gestatte ... Kwastitsch! Wie soll ich Ihre letzte Aussage verstehen?«

»Herr Vorsitzender ... solange ich das Gefühl hatte, mit heiler Haut davonzukommen, war mir der Kapitän egal, obwohl manchmal das Gewissen an mir nagte. Jetzt aber werde ich nicht mehr ungestraft bleiben, und möchte Herrn Kapitän wieder zu seiner Ehre verhelfen, denn er ist unschuldig.«

»Reden Sie. Sind Sie fähig, Herr Hauptmann, ihn zu kontrollieren?«

»Wie ... was soll ich? ...«, fragte Delle erschrocken.

»Ich meine, sind Sie indisponiert?«

»Bitte…«, stotterte er. »Ich habe einen Kopfschuss…«

»Nehmen Sie bitte Platz, wenn Sie sich unwohl fühlen. Berichten Sie alles zusammenhängend, Fedor Kwastitsch.«

»Ich traf im Juni in Gambia einen internationalen Nachrichtenbeschaffer.«

»Wie hieß er?«

»Mérimée… es kann aber auch ein Deckname sein. Er gab mir zehntausend Francs und versprach vierzigtausend, wenn ich die Sache übernehme. Aufgrund seiner Anweisungen begab ich mich zu den Fongi, als ob ich nach Gambia zurückkehrte, und ging der Expedition entgegen. Hier freundete ich mich mit dem Hauptmann an, wie mir von Mérimée aufgetragen war. Auf einer Lichtung mit dem Namen…«

»Rastplatz der Elefanten!«, rief der »Hauptmann« wie jemand, dem etwas dämmert. »Ja! Das war… der Ort…«

»Weiter mit dem Geständnis!«

»Dann schlug ich im Zelt den Hauptmann nieder, nahm Funkverbindung mit der ›Général du Négrier‹ auf und sprach im Namen des Hauptmanns.«

»Was für eine Nachricht war das?«

»Etwa die folgende: ›Wir haben den Stamm der Fongi erreicht… alles in Ordnung… Der Kreuzer beunruhigt die Eingeborenen, kehren Sie um, Hauptmann Mander.‹«

Der Angeklagte stand mit staunendem Blick und offenem Mund auf seinem Platz. Als ob er lachen wollte…

»Sind Sie wahnsinnig?«

»Das wäre verständlich… Man hätte mich beinahe zum Tode verurteilt, unschuldig!«

»Dann«, sprach Kwastitsch weiter, »gab ich einen Signalschuss, und aus dem Urwald rannte Mérimée mit seinen Männern heraus, bevor irgendjemand an Verteidigung denken konnte. Sie nahmen alle gefangen und banden sie fest.«

»Wer waren diese Banditen? Europäer oder Eingeborene?«

»Also … großenteils … Schwarze …«

»Vom Fongistamm?«

»Nein … andere … Mérimée hatte sie gebracht … Woher, weiß ich nicht.«

»Was geschah danach?«

»Die Schwarzen blieben bei den Geiseln, während wir uns auf einer anderen Lichtung in einen Sportflieger setzten und morgens in Gambia landeten. Ich kehrte nach Oran zurück.«

So ein großartiger Mann war dieser Kwastitsch. Eine Leuchte sogar unter den Märchenerzählern. Nur ein einziges Mal hatte ihm Alfons in der Frühe gesagt, was er zu tun hatte. Und am Vormittag erzählte er alles so ausgezeichnet, aufgrund der Angaben, die ihm Fräulein Rouban geliefert hatte. Und so geschickt, so herrlich stotternd, sich selbst widerlegend, dass er in Verdacht geriet wie ein richtiger Täter … Ich darf bemerken, dass er abgesehen von dieser Sache tatsächlich einer war. Ich sage ja, und das fern jeder Renommisterei, ich bin kein Mann mit einem Durchschnittsverstand, aber klüger als Kwastitsch bin nicht einmal ich. Es fügte sich alles prächtig zusammen. Kwastitsch hatte sich während des Sommers mit den Schmugglern in Kairo aufgehalten, somit konnte sich die Polizei leicht davon überzeugen, dass sich der bekannte »Herr Professor« der Unterwelt zur angegebenen Zeit nicht in Oran befand. Woher er aber diesen Mérimée hatte, ist wirklich ein Rätsel.

Vergebens versuchte der Angeklagte, zu Wort zu kommen. Die Erregung, die unerwartete Wendung machten es unmöglich, die Verhandlung fortzusetzen.

Der Vorsitzende verfügte die Verhaftung des Fedor Kwastitsch und vertagte die Verhandlung. Zuvor jedoch hatte der Verteidiger einen Antrag gestellt.

»Ich beantrage, dass der Angeklagte auf freien Fuß gesetzt wird. Ich halte es für so gut wie sicher, dass das Urteil auf ›unschuldig‹ lauten wird.«

»Was mich betrifft, so möchte ich mich dem Antrag anschließen!«, erklärte der Staatsanwalt.

Das Militärgericht beschloss nach einer Minute Beratung, dem Antrag der Verteidigung stattzugeben und den Angeklagten mangels Fluchtgefahr unverzüglich freizulassen.

Und darin irrte der Vorsitzende.

Um ein Uhr mittags verließ Kapitän Laméter das Gebäude des militärischen Gerichtshofs.

Schon um vier Uhr Nachmittag wurde über Funk, Telegraf und Telefon in alle Gegenden Afrikas die Nachricht übertragen: »Fünfzigtausend Francs Belohnung für denjenigen, der Kapitän Laméter ergreift oder entscheidende Hinweise über seinen Aufenthaltsort liefert. Des Weiteren wird gesucht eine untersetzte, dickhalsige, auffallend kurzarmige Person, die unter dem Decknamen ›Hauptmann Mander‹ verschiedene Straftaten in Oran begangen hat.«

Doch der Kapitän blieb zusammen mit dem merkwürdigen Hauptmann spurlos verschwunden.

2.

Die Sache war nicht einfach. Das Vorangegangene erzählte Hopkins später so:

Nach seiner Freilassung ging der Kapitän zur »Residenz« des Hauptmanns. Delle wohnte in einem feinen Gasthof und lehnte die Bezahlung der Rechnung mit Berufung auf seinen Kopfschuss jeden Samstag energisch ab.

Laméter war es gelungen, die Journalisten geschickt abzuwimmeln, und konnte seine unverhofft wiedererlangte Freiheit in Delles Zimmer ungestört genießen.

»Hören Sie zu, mein Freund, Sie haben einen Stunde zur Flucht.«

»Wie Sie sehen, habe ich bereits gepackt.« Zum Beweis zog er aus seiner Tasche eine Krawatte und ein halbes Nachthemd hervor. »Erlauben Sie, dass ich mit Ihnen gehe, Herr Kapitän?«

»Ins Gefängnis? Ich warte nämlich nur darauf, dass Sie fliehen, und melde mich sogleich beim Staatsanwalt. Ich sage ihm alles, wie es wirklich ist.«

»Doch wohl nicht?«

»Danke für alles, was Sie getan haben! Es war genial, tollkühn und großzügig. Wer ist der Mann, der sich für Fouler ausgab?«

»Unser Hausarzt.«

»Wie haben Sie ihn zu diesem Wahnsinn gebracht?«

»Wir sagten ihm, dass es um eine Diamantmine geht. Wenn er die Rolle übernimmt, wird er entweder eingesperrt oder gehängt oder Generaldirektor. Sein Leben ist ihm nicht so viel wert wie ein gebrochener Mantelknopf. Er nickte matt. Die Sache gefiel ihm ... Er wollte schon immer Generaldirektor sein.«

»Danke für alles ... Es ist rührend ... aber ...«

»Schauen Sie ... Herr Kapitän, wenn Sie beweisen, dass Sie unschuldig sind, dann wird Kwastitsch feierlich entlassen. Wenn Sie sich jetzt beim Staatsanwalt melden, bekommen wir für das Spektakel mindestens zehn Jahre.«

»Vor allem werden Sie flüchten.«

»Um Kwastitsch endgültig in Stich zu lassen? Das kommt mir nicht in den Sinn. Ich bin doch kein Hund.«

»Was soll ich tun? Ich bin weder Strolch noch Hochstapler ...«

»Man hat Sie unschuldig verurteilt!«

»Das ist aber noch kein Grund zum Lügen und Hochstapeln. Ein Soldat, mein Freund, kämpft, gehorcht, und wenn es sein muss, dann stirbt er.«

»Das ist in Ordnung. Versuchen Sie, die Täter aufzuspüren, und wenn es nicht gelingt, dann melden Sie sich. Sie können dann immer noch ruhig sterben.«

»Das würde bedeuten, dass ich …«

»Außerdem … würden Sie Mademoiselle Rouban in Gefahr bringen.«

»Wie könnte sie mitverwickelt werden?«

Delle sah, dass sein Angriff gut platziert war.

»Sie hat uns die notwendigen Angaben zur ganzen Komödie geliefert. Das wird das Gericht sehr interessieren. Woher kannten wir die militärischen Geheimnisse? Und eventuell … würde man sie verhören …«

Der Kapitän seufzte.

»Sie sind entsetzliche Leute.«

»Nicht einmal so sehr. Wir besaßen nie eine Diamantmine und hatten den Eindruck, es sei höchste Zeit dafür.«

»Aber … wie wollen Sie die Sache anfangen? … Sie haben weder Geld noch Ausrüstung.«

»Ich werde alles stehlen«, ermutigte ihn Delle. »Von wirtschaftlichen Dingen verstehe ich einiges.«

»So geht das nicht, mein Freund. Neben mir können Sie nicht stehlen und nicht lügen.«

»Nicht mal ein bisschen? …«, fragte er niedergedrückt. »Ich habe nämlich einen Kopfschuss …«

»Dann können Sie nicht mitkommen …«

»Es heilt … aber schon … Sie sind also entschlossen, Herr Kapitän?«

»Ja. Ich will die wahren Schuldigen ausfindig machen!«

»Ich folge Ihnen überallhin!«

»Wenn die Reise nicht gelingt, gehe ich freiwillig ins Gefängnis.«

»Ausgenommen …«

»Ist in Ordnung. Und nun führen Sie mich, mein Freund, denn von Flucht und Verstecken verstehe ich nichts.«

»Kopf hoch, Herr Kapitän! In diesem Fach könnte ich einen erfolgreichen Lehrstuhl auf der Universität innehaben. Jetzt verschwinden wir wie eine Golduhr.«

»Wie? … Ich weise Sie darauf hin, dass der Betrug bald aufgedeckt wird. Nur der Suggestion des Augenblicks verdanken wir unsere vorteilhafte Lage, aber das Geständnis ist in so vielen Punkten mangelhaft und primitiv, dass ich die Wahrheit schnell herausbrächte.«

»Bis dann sind wir schon ehrenamtliche Legionäre.«

ACHTES KAPITEL

Alles Übel beginnt damit, dass eine Frau mitmischt

I.

Der Kapitän und Delle Hopkins wurden tatsächlich ehrenamtliche Legionäre: erstaunlich in Titel und Charakter. Hopkins rechnete schon am Morgen der Verhandlung damit, dass sich bald unerwünschtes Interesse an seiner Person regen würde. Deshalb begab er sich morgens auf die Stadtkommandantur.

Er ging ins Bataillonsbüro der Legion, wo die ankommenden Rekruten eingeteilt werden, und trat zu einem jungen Leutnant.

Zu dieser Zeit trug er bereits Hauptmannsuniform. Der Offizier sprang sogleich auf und eilte ihm entgegen.

»Setzen Sie sich ruhig, mein Freund«, sagte Delle. »So … danke … ich rauche keine Zigaretten, nur Zigarren.«

Der Leutnant sandte sofort einen Burschen zum Zigarrenholen. Er hatte ein wenig Angst. Was kann der Hauptmann wollen? Etwa inspizieren? …

»Bitte schön, Herr Hauptmann.«

»Ich bin Hauptmann Delarcon vom Generalstab.« Er hatte den Namen Mander vorausschauend abgelegt. Hier gehen jeden Tag so viele Soldaten ein und aus, dass sich seine Spuren verwischen, sobald er das Gebäude wieder verlässt. »Zwei Jungen aus Norwegen haben mich gestern aufgesucht. Der Vater des einen ist mit meiner Frau verwandt. Sie sind unlängst der Legion beigetreten. Dumme Buben, sie wussten nicht, dass man von einem Schiffslandeplatz aus keine Besuche machen darf, und kamen zu mir, sobald sie an Land gingen. Ich bringe sie jetzt in die Kaserne zurück. Aber ich möchte nicht, dass sie bestraft werden ... Nehmen wir einfach an, dass ich ihnen eine Mission übertragen hatte.«

»Seit wann sind sie in Oran?«

»Seit einem Tag. Sie sind noch nicht eingekleidet und haben den Eid noch nicht geschworen.«

»Es ist jedoch wahrscheinlich, dass der Unteroffizier das Fernbleiben gemeldet hat, so dass sie jetzt als Deserteure registriert sind ... Wie Sie wünschen, Herr Hauptmann, ich stelle eine Dienstkarte aus, damit geht bei der Kompanie alles glatt. Suchen Sie bitte in der Rue Sidi Carnot 7 die Abteilung D auf. Dort wird man die beiden aufgrund der Karte aus dem Register streichen ...«

»Danke ... Das ist sehr gut.«

Der Leutnant füllte einen blauen Zettel aus und schrieb, dass die Rekruten Varins und Linge mit Erlaubnis der Bataillonskommandantur in dienstlicher Angelegenheit den Sammelplatz im Hafen verlassen hätten.

Hopkins begab sich nicht in die Rue Sidi Carnot 7, um die Legionäre aus dem Register streichen zu lassen. Er steckte den blauen Zettel weg und erschien in der Verhandlung.

Nachmittags, als er Kapitän Laméter davon überzeugt hatte, dass es besser wäre, die Situation zu akzeptieren, wusste er bereits, wohin man fliehen musste, wenn der weltbewegende Schwindel ans Tageslicht kommt und sämtliche Soldaten der Kolonie hinter ihnen her sind.

Sie wurden Legionäre, sozusagen *honoris causa.*

... In der Hitze des Nachmittags saßen Alfons Nobody und ich schläfrig vor der Kantine. Wir konnten uns endlich ein wenig ausruhen. Sergent Potrien und der Stab der Unteroffiziere brachten das Blut der frischen Rekruten zum Gefrieren.

Plötzlich sehen wir, dass der Posten einen blauen Zettel erhält, zur Seite geht, dann … läuft es mir kalt über den Rücken: Der Kapitän und Delle Hopkins in Zivil treten ein. Nobody sieht sie auch.

»Es ist warm«, sagt Alfons Nobody gleichgültig.

»Hm …«, antworte ich und zünde mir eine Zigarette an. Der Kapitän erblickt uns, macht eine Bewegung, aber Delle ergreift ihn am Arm und zieht ihn fort. Er macht Zeichen mit den Händen, als ob der Kapitän taub wäre.

Was ist das für eine Hochstapelei?

»He, Rekruten! Suchen Sie etwas?«, ruft Alfons.

»Wir finden es schon ohne Sie«, antwortet Delle grob, dann zeigt er auf etwas und zieht den Kapitän mit.

Was sind das für komische Zeichen?

Wir breiten uns faul auf der Bank aus und ziehen auch unsere Beine hoch und sitzen scheinbar unbeteiligt da. Was kann los sein? Verfolgt man sie? Sind sie in die Legion eingetreten? … Wenn Hopkins nicht zu uns gekommen ist, dann sieht es schlimm aus. Es bedeutet, dass er uns nicht in die Sache verwickeln will.

Später erschien ein Korporal der Pioniere. Es sagte zu den Soldaten, die sich um die Kantine versammelt hatten:

»Wer kann hier Norwegisch?«

Zu meiner größten Überraschung erhob sich Alfons Nobody.

»Ich!«

»Kommen Sie mit.«

Sie gingen. Ich folgte ihnen.

Das Fort St. Thérèse ist ein militärischer Ameisenhaufen. Besonders jetzt, zu Beginn der Regenzeit, wenn die militärischen Operationen anlaufen. Spahis, Pioniere, Legionäre, singhalesische Schützen, und sogar aus Indochina eingeschiffte Annamiten: Sie alle tummeln sich im riesigen

Burghof. Eine Kompanie kommt, die andere geht. Hier wird auf- und abgerüstet, die Männer aus aufgelösten Truppen verteilt und eingeteilt: Mit einem Wort, dies ist ein Sammelbecken der Armee mit einer babylonischen Begleitmusik aus Gewimmel und Geschrei, Exerzieren, Ausmarschieren und Verlesen von Namen.

Hinter der Kantine standen sie geduldig herum: Delle Hopkins und der Kapitän.

»Sind Sie Norweger?«, wandte sich der Sergent an Nobody.

»Ja.«

»Fragen Sie sie, wohin sie eingeteilt wurden.«

Alfons, der alle Sprachen der Welt mit lässiger Eleganz sprach, sagte etwas zum Kapitän.

»Sind Sie in die Legion eingetreten?«

Der Kapitän, der die nordischen Sprachen gut beherrschte, sagte:

»Nein. Wir sind nur mit einer Dienstkarte hereingekommen. Ich halte es für hoffnungslos, sich hier zu verbergen.«

»Warum spielen Sie mit Hopkins diese Komödie mit den Handzeichen, und warum sagen Sie, dass Sie kein Französisch können?«

»Weil ich auf keinen Fall lüge. Deshalb schlug Ihr Freund vor, dass ich lieber gar nichts sage, und sagte von mir, dass ich ein Norweger sei, der nicht Französisch spräche. Ich würde es bedauern, wenn ich sie da reinziehe.«

»Wir sind schon drin …«

»Nun?!«, fragte der Sergent ungeduldig.

»Der Mann erzählt sehr interessante Dinge. Er ist ein Volkssänger aus Norwegen, der wegen seiner großen Verehrung für Frankreich zur Legion gekommen ist, und möchte eine Geige bekommen, um hin und wieder spielen zu können.«

Der Sergent schnappte vor Wut nach Luft.

»Sie Irrer! Haben Sie ihn nach seiner Kompanie gefragt?«

Delle Hopkins begann zu sprechen.

»Als ich ihn soeben traf, kam er gerade von einem Regimentsarzt. Das sagte ein Sanitäter.«

Alfons hatte verstanden. Er wechselte einige Worte mit dem Kapitän. Später erfuhr ich, dass sie Folgendes geredet hatten:

»Wissen Sie nicht, Herr Kapitän, was der Delle will?«

»Er möchte ins Krankenhaus.«

»Das ist nicht gut. Bei der Aufnahme fliegt die Sache auf.«

»Der Meinung bin ich auch.«

»Aber es geht vielleicht anders …« Er wandte sich an den Sergent: »Er sagt, er sei gestern mit dem Schiff gekommen, auf dem es diesen Cholerafall gab …«

»Was?! … Sagen Sie diesem Irren, er soll sich sofort auf der Desinfektion melden … Und dieser dicke Gauner soll auch mit ihm gehen … Ich begleite sie selbst! Vorwärts! … Ungeheuerlich! …«

Der Sergent verschwand mit ihnen.

»Warum hast du sie in die Desinfektion geschickt?«

»Dort muss man sich nicht ausweisen und einschreiben lassen, es gibt keinen Kontrolleur, alles wird augenblicklich erledigt, und es gibt so viele Kleider und Ähnliches, dass ich mich in Hopkins täuschen würde, wenn er nichts stiehlt.«

Doch in Hopkins täuschte sich kein Freund, wenn er auf ihn zählte. Abends erblickten wir Delle in der Kantine, wo er mit Blauen Husaren Karten spielte: in der pflaumenfarbigen Uniform der sudanesischen Infanterie mit einem Stern auf seinem Rock, was für eine Soldatenlaufbahn ein besonders schöner Anfang ist, wenn man bedenkt, dass er nachmittags noch Zivilist war.

»Die Tür! Dummkopf!«, schrie er mich an, als ich eintrat, da vom Meere her ein starker Wind wehte. »Wer gibt…? Ihnen sollte die Hand abfallen, dass Sie die Tür hinter sich nicht zumachen können… Ich habe vier Damen, habe gewonnen… acht gibt die Bank… Grämt euch nicht, Jungs! Kopf hoch! Das Kartenglück ist unbeständig…«

Das ist wahr. Aber nicht, wenn Delle Hopkins die Karten mischt. Die Spieler wussten jedoch nichts davon. Hopkins schwitzte, rauchte Zigarre, gab die Karten, bestellte Wein und heimste jeden Sou ein, wobei er mit seiner heiseren, mächtigen Stimme die anderen tröstete und ermunterte. Mich würdigte er keines Blickes.

Als Alfons Nobody eintrat, sagte er zu ihm:

»Wo haben Sie den Norweger gelassen?«

»Was?!…«, fragte er heftig.

»Wo Sie den Norweger gelassen haben?! Sie sind wohl taub?«

Ein Stern zählt hierzulande nicht viel, besonders aus einer anderen Waffengattung.

»Von was für einem Norweger reden Sie?! Dreckige Ausländer kenne ich gar nicht, und ich rate Ihnen, legen Sie ein Schloss auf Ihre Zunge, weil Sie sonst bleibenden Schaden an Ihrem Kopf davontragen, Sie Bauer… Die Tür!«, schrie er, aber seine Stimme erstarb, weil Potrien eintrat.

»Wer war das?«, fragte dieser drohend.

Schweigen.

»Habt Ihr nicht gehört?! Wer hat gebrüllt?!«

»Ich!«

Ich trat vor. Was kann man tun? Delle spielte mit seinem Leben, ich höchstens mit einigen Tagen Karzer. Es war nun einmal so, dass mir Potrien ständig über den Weg lief, wenn er wütend war.

»So… Dir ist also kalt! ›Potrien‹, wird der Herr Oberst

fragen, ›welchen neuen Ausrüstungsgegenstand schlagen Sie für die Legion vor?‹ Und ich werde dann melden: ›Man braucht unbedingt einige Pelzmäntel, denn es gibt jemanden, den es friert, und ich möchte nicht, dass er sich erkältet …‹«

Ich stand vor Hopkins, um ihn zu verdecken. Wenn Potrien ihn nämlich erkannte …

»Jetzt gehen Sie zum Exerzierplatz und rechen bis zum Abend, damit Sie sich ein wenig an das windige Klima gewöhnen.«

Ich ging wütend den Rechen holen und begann mit der Arbeit. Später erblickte ich den Kapitän in der Uniform der Sanitäter mit der Armbinde. Er trug Bettwäsche ins Krankenhaus.

Ich winkte ihm. Er kam etwas widerwillig.

Ich bat ihn mit Zeichen um eine Zigarette. Während wir rauchten, sagte ich leise, ohne den Mund zu bewegen:

»Hopkins ist in der Kantine.«

»Ich weiß.«

»Wie steht es?«

»Der Dicke hat Kleidung besorgt, und jetzt laufen wir so durch die Gegend. Aber früher oder später kommt man uns auf die Schliche. Der Lagervorsteher hat mir Wäsche fürs Krankenhaus gegeben …«

»Es wird schon werden. Unsere Kompanie bricht in zehn Tagen auf.«

»Wohin?«

»In den Senegal. Ich weiß es vom Schreiber. Wir schließen uns einer Marschkolonne als Vorhut an. Es ist eine Offensive.«

»Also doch …«, flüsterte er traurig.

Ein Unteroffizier näherte sich. Ich gab dem Kapitän die gewohnten Handzeichen und ging weg …

Später kam Alfons.

»Man muss etwas mit Potrien machen.«

Wir setzten uns auf die Festungsmauer, von wo man schon von Weitem sehen konnte, wenn sich ein Unteroffizier näherte. Auf der anderen Seite lag eine Landstraße zur Stadt, und sie war voller Karren, Autos und Fußgänger, die es bis zum Abend schaffen wollten.

Der Wind machte Jagd auf Staubtrichter.

»Was willst du mit Potrien?«, fragte ich.

»Man muss etwas tun, damit er sich nicht ständig mit uns beschäftigt, weil... Was ist das? ...«

Ich hatte mich nämlich mit einem Sprung über die Mauer geschwungen. Zum Glück war die Patrouille gerade in der Biegung. Im nächsten Augenblick rannte ich auf die Straße, einem Mann hinterher...

Der Türkische Sultan war unterwegs!

2.

Sie können sich vorstellen, was ich empfand, als ich den Türkischen Sultan erblickte, mit seiner großen Hakennase, den lattenlangen Armen und dünnen Storchbeinen, über denen die Hose nur so schlotterte.

Und was für eine Hose! Ich verstehe einiges von der vornehmen Mode, manch einer hält mich sogar für einen Mann von Welt – und dieses natürlich nicht ohne Grund –, wenn ich also sage, die Kleidung des Türkischen Sultans hätte auch richtigen Herrschaften zur Ehre gereicht, dann dürfen Sie das ruhig glauben. Seine gestreifte Wollhose und die blau ausgelegten weißen Leinenschuhe besaßen in den lebhaft gelben Gamaschen einen erlesenen Übergang. Eine so malerische Eleganz ist selbst bei großen Herren eine Seltenheit. Von seinem ziegelroten Hausrock baumelten schöne, große, vergoldete Knöpfe, und zu seinem grauen Seidenhemd trug er eine blau gepunktete weiße Fliege.

Nicht einmal ein Fürst kann sich prachtvoller kleiden!

In der Hand hatte er (und ich schwöre es!) einen Hut! Der Türkische Sultan hätte im Hafenviertel nicht einmal eine Mütze tragen können, ohne von jeder Patrouille wegen auffälliger Prunksucht aufgehalten zu werden. Aber ein Hut?! Ein tadelloser, weißer, weicher Panamahut?! Und Handschuhe?! Und sogar ein Spazierstock! Kein Stock aus Blei oder Gummi, sondern aus Ebenholz! Dieser erstaunliche Umstand ließ seine Identität beinahe ins Zweifelhafte rücken! Zum Glück zeugten für ihn die unordentlichen, lockigen, mehlgrauen langen Haare, die ihm auch jetzt so über der Stirn hingen, dass er fast wie ein angetrunkener Schauspieler oder ein schwachsinniger Porträtmaler aussah, der die Sonntagskleidung eines seiner intelligenteren Kunden ausgeborgt hatte.

Aber er ist es! Er ist es, er, der seine Freunde schon öfter im Stich gelassen und ausgespielt und sich mit gemeinen Gaunern gegen uns verschworen hat, dieser Komplize schändlicher Mordbuben, der immer wieder gegen das einzige, große Gebot der Unterwelt verstößt, das gute und schlechte Menschen voneinander scheidet: die Ganovenehre.

Was kümmerte es mich jetzt, dass ich unerlaubt das Fort verlassen hatte, dass mir Potrien die Haut abzieht oder den Kopf abschlagen lässt: Wir hatten den Türken!

Autos und Eselkarren ließ ich im Zickzacklauf hinter mir zurück, doch schien er die Gefahr zu wittern und wandte sich zur Seite.

Da erblickte er mich.

Einen Augenblick lang wollten ihm die Augenbrauen bis über den Scheitel springen.

Und als ich ihn schon fast mit den Händen greifen konnte, rannte er davon!

Auf geht's!

Ich bin ein schneller Läufer. Der Goldmedaillengewinner des Sportvereins der Unteroffiziersanwärter von Colombo, der die 100-Yard-Strecke in 14 Sekunden umrundet, sagte einmal, er hätte mich ohne Rückenwind niemals eingeholt, und das, nachdem er drei Schüsse auf mich abgefeuert hatte.

Das heißt, ich bin ein Sportsmann. Aber der Türkische Sultan flitzte auf seinen Storchbeinen wie eine Gams. Auf beiden Seiten der Landstraße ist die Wüste. Er kann nicht entkommen ... Autos rasten an mir vorbei, aber ich kümmerte mich um nichts. Er hatte Hut, Handschuhe und Stock schon lange weggeworfen ... Mit einem riesigen Sprung zermanschte ich den Strohhut, als wäre er der Sultan selbst ...

Na warte!

Die Leute starrten uns nach ...

Wir erreichten die Vorstadt ... Die Entfernung wurde ein bisschen kleiner ... Das Herz und die Lunge sind beim Laufen recht wichtige Faktoren. Die zur Bewegung nötige Energie stammt nicht von den Muskeln, sondern von den Atmungsorganen, so sagte zumindest in Rio de Janeiro der Gefängnisarzt.

Die langen Beine des Türkischen Sultans versuchten, die Entfernung mit immer unregelmäßigeren Bocksprüngen zu vergrößern, aber vergebens ... In der engen Straße dort hole ich ihn ein, und es folgt die furchtbare Abrechnung!

Er hatte fast keine Kraft mehr ... Keuchend drehte er sich um, auf seinem Gesicht saß erschrockene Ratlosigkeit ...

Hopp! ... Jetzt springt er durch eine Tür ... Ein Café oder eine Bar oder etwas Ähnliches. Hierher wollte er anscheinend ...

Hinterher! ...

Zwanzig Schritte, dann bin ich auch dort. Ein feines kleines Café … ich springe hinein. Wo ist er? …

Hier, neben mir! Ich müsste nur meine Hand ausstrecken, aber stattdessen werfe ich mich in Habacht, knalle die Hacken zusammen und salutiere.

Ein Kapitän und ein Major haben den Gauner an ihrem Tisch Platz nehmen lassen. Er keucht ein bisschen …

»Ein … Amokläufer hat mich verfolgt …«, berichtete er den anderen. »Es erwischte den Unglücklichen im Araberviertel …«

»In dieser Jahrszeit tritt es häufig auf, besonders unter den Einheimischen …«, bemerkte der Major, nachdem er mir kurz zugenickt hatte. »Also bitte, Herr Baron, erzählen Sie den Fall …«

Was! »Herr Baron«??! Dieser Hochstapler ist einfach mal ein »Herr Baron« geworden? …

Ich gehe etwas weiter. An die Theke kommt gerade ein Kellner und sagt laut:

»Für Herrn Baron einen Mazagran mit einem doppelten Espresso …«

Ich schluckte. Der Türkische Sultan als Baron, und noch dazu mit einem Major! Da steckt eine große Lumperei dahinter.

»Sie wünschen?«

»Whisky …«

Das kühle Getränk tat mir gut. Inzwischen heftete ich meinen Blick auf den Türkischen Sultan. Und wenn er zwei Tage hier sitzenbleibt – ich harre aus. Ich bleibe ihm auf der Spur, bis wir einander Auge in Auge gegenüberstehen, nur wir beide! … Schließlich ist er nicht an die Offiziere gekettet! …

»Monsieur …«

Der Kellner steht neben mir.

»Eine Dame möchte mit Ihnen reden.«

Ich folgte dem Blick des schwarzen Boys. In einer der Logen im abgedunkelten Hintergrund des Lokals saß eine Frau.

Und was für eine Frau! Mir verschlug es den Atem. Ihr besonderes, dunkelviolettes Seidenkleid musste aus dem vornehmsten Pariser Atelier stammen. Mit ihrer zierlichen weißen Hand hob sie eine Zigarette an ihren Mund und schloss ihre großen schwarzen Augen, während sie daran zog. Ihre wunderbar langen Wimpern bogen sich vor ihren Augenlidern verführerisch nach außen. Mit einem Wort: Die Frau war so schön und so prachtvoll gekleidet, dass ich mich kaum fassen konnte.

Auf der Stelle ging ich zu ihr, mit meiner angeborenen, lässig vornehmen Körperhaltung.

»Setzen Sie sich, mein Herr«, sagte die Frau, nachdem ich mich vorgestellt hatte. »Ich bin Gräfin La Rochelle.«

Ich wusste nicht, was ich antworten sollte.

»Ich habe Sie gesehen, als Sie hereinkamen, und beobachtete Sie, während Sie dort saßen. Sie haben einen offenen, männlichen Gesichtsausdruck.«

Die Frau sprach beinahe laut, aber ihre Worte waren ohnehin über jeden Verdacht erhaben, besitze ich doch tatsächlich ein kühnes, ehrlich-männliches Antlitz. Dies ist auch schon anderen Leuten aufgefallen.

»Ich weiß nicht, warum«, fuhr sie fort, »aber ich hatte das Gefühl, Sie würden sich als mutig erweisen, wenn eine Frau in großer Gefahr Sie um Hilfe ersuchte.«

»Da dürfen Sie sicher sein!«, antwortete ich begeistert, und die Welt um mich schien zu versinken, so seltsam gut duftete es um sie herum. »Gräfin«, sprach ich weiter, »Sie können alles von mir verlangen, sogar meinen letzten Tropfen Blut.«

»Ich bitte Sie nur darum, mich nach Hause zu begleiten. Es kann sein, dass mir unterwegs gedungene Mörder auflauern. Legionäre sind ritterliche Männer …«

»Seien Sie beruhigt, ich beschütze Sie …«

»Ja … ich glaube es auch. Ihre Augen sind so intelligent und ausdrucksstark.«

Dem war wirklich so. Andere Leute haben auch schon gesagt, dass meine Augen besonders intelligent und ausdrucksstark sind.

»Und was sind das für Leute, die einer jungen Dame auf dem Heimweg auflauern? Was für niederträchtige, charakterlose Kerle müssen das sein …«

»Gedungene Meuchelmörder! … Im Augenblick kann ich nicht mehr sagen …«

»Ich will Ihre Geheimnisse nicht ausforschen, Gräfin!«

»Danke. Dann gehen Sie also voraus und warten Sie draußen auf mich.«

Ich ging am Tisch des Türkischen Sultans vorbei. Meine Faust ballte sich, doch was konnte ich tun? Eine Dame bittet mich um Hilfe. Ich muss gehen! Nach einigen Minuten befand sich die Gräfin neben mir auf der Straße. Es war schon Abend. Sie führte mich nicht zur Innenstadt, sondern direkt Richtung Strandpromenade, wo die herrschaftlichen Villen stehen. Ich sah niemanden, der mir verdächtig war. Die Straße der Villen ist abends ziemlich ausgestorben. Nur ganz selten fuhr ein Auto vorbei. Die Frau blieb vor einem riesigen, schlossartigen Gebäude stehen.

»Ich bin zu Hause …«, sagte sie. »Es scheint, Ihre Begleitung hat die Angreifer abgeschreckt. Sie sind eine richtige, kämpferische Männergestalt! Wie eine Statue, die zum Leben erwacht ist.«

Es war tatsächlich so. Ich besitze eine männlich-muskulöse, kraftvolle Figur, die überall auffällt.

»Solche Ratten, die einsamen Damen auflauern, sind feige«, antwortete ich mit der mir angeborenen, natürlichen Bescheidenheit.

»Wie lange haben Sie Ausgang?«

Hm ... Potrien wird schon ziemlich nervös sein.

»Ich habe keinen Ausgang. Ich bin über die Festungsmauer gesprungen.«

»Sie sind geflohen?«

»Nicht ganz. Wenn ich mich bis morgen Abend melde, ist es nur unerlaubtes Fernbleiben. Und ich melde mich noch heute.«

»Wenn es ohnehin egal ist ... würde ich Sie gern zu einer Tasse Tee einladen ...«

Und sie senkte die Augenlider. Sie schien von mir stark beeindruckt.

»Sie machen mich glücklich, Gräfin«, antwortete ich ehrerbietig, wobei ich das Gefühl hatte, ich müsste mich vor ihr niederknien.

»Dann kommen Sie ...«

Wir traten in einen riesigen, holzgetäfelten Saal, hell erleuchtet von gleißenden Lüstern ... Lakaien kamen mir entgegen ... Welche Pracht, welch ein Lichtermeer!

Staunend schritt ich neben ihr die Treppe hinauf ...

Die Wände waren von oben bis unten mit Gemälden aus bunten, eingelegten Würfeln geschmückt. Da ich mich viel in den besseren Kreisen bewegte, wusste ich bereits, dass man solche Wandgemälde als Gobelins bezeichnet. Das gesellschaftliche Leben poliert einen ja schließlich doch.

Aus der Wand ragten Leuchtarme, und die Decke war mit Blumenfriesen, sogenannten Fresken geschmückt. Wenn sie herunterfallen und verschmutzen, dann bezahlt jedes Museum einen hohen Preis für sie.

Wir schritten durch viele, viele Zimmer, bis der uns vorausgehende Lakai endlich in einem kleineren, gemütlichen Salon eine Stehlampe mit gelbem Seidenschirm einschaltete. Diese leuchtete weich, behaglich, warm, ließ aber die ferneren Ecken des Zimmers im Zwielicht.

Nach kurzer Zeit erschien wieder der Lakai mit einem Wägelchen, wie man sie sonst für die Säuglingsbeförderung benützt, doch befand sich auf diesem eine Glasplatte, auf der Getränke, Teegebäck und Zigaretten prangten.

»Sie können gehen, Louis.«

Nur wer schon viel in distinguierter Gesellschaft war, weiß, dass es ein erstklassiges Haus ist, wo der Lakai Louis heißt.

Sie bot mir Whisky an, wir rauchten und unterhielten uns.

»Lieber John«, sagte sie und beugte sich über die Stuhllehne zu mir. »Sie haben mir heute einen sehr großen Dienst erwiesen. Ich werde das nie vergessen …«

»Aber ich bitte Sie … Das ist doch gar nichts. Ich bedauere, dass ich nicht für Sie kämpfen konnte, Gräfin. Glauben Sie mir!«

Ich wäre gerne gegen eine ganze Kompanie von Spahis angelaufen, um ihr zu beweisen, wie sehr ich sie liebte!

Sie trank kaum, und auch ich leerte nur vier Gläser des feinen Whiskys.

Später lehnte ich mich mit imponierender Kühnheit über ihre Hand, wie sie dort auf der Lehne ruhte, und küsste sie …

Sie hatte nichts dagegen.

Als ich zu ihr hinaufschaute, sah ich, wie sie ihre Augen geschlossen hielt und lächelte. Was war das doch für ein Lächeln!

Diese Frau lächelte, als ob sie weinte. Deshalb nannte ich sie auch in Gedanken »die jauchzend-betrübte Gräfin«.

»Sie sind kühn, aber Sie haben mich nicht gekränkt, denn Sie sind nicht zudringlich …«

So war es auch. Ich zog den Stuhl näher zu ihr, er blieb aber im verflixten Teppich hängen, so dass ich fast umfiel und in der Verwirrung die Whiskyflasche zu Boden schlug.

»Vergeben Sie mir …«

»Das ist doch gar nichts … Dem Marquis Valois ist das kürzlich auch passiert.«

Solche Dinge passieren tatsächlich auch vornehmen Herren. Schließlich – und das ist die Hauptsache – saß ich in ihrer Nähe. Mein Herz klopfte, als wollte es im nächsten Augenblick meinen Rock durchstoßen. Vor dem zu mir strömenden Jasminduft ihres Parfums zitterte meine Kehle, und jede Ader meines Gehirns drohte zu bersten.

»Warum … sind Sie aus der Kaserne geflohen?«, fragte sie und berührte mich beinahe.

Ich konnte nur stammeln.

»Ich sah einen Schurken … und nahm die Verfolgung auf …«

»Und wie kamen Sie dorthin … ins Café, später …«

»Ich folgte ihm bis dorthin …«

Während des Gesprächs erwies sie sich als aufmerksame Hausfrau und schenkte immer wieder vom Whisky nach, und ich trank, weil es einen zum angenehmen Gesellschafter macht.

»Warm ist es hier …«

Sie seufzte, stand auf und ging zum Prachtkamin. Ich schwöre, dass sie die schönste Figur hatte, die ich je gesehen habe. Und ihr Schreiten war wie Musik, mit einem federnden, verhaltenen Rhythmus … Später spielte sie auf dem Klavier und sang dazu … Es war der höchste Genuss. Professionelle Kneipensängerinnen hätten sich ein Scheibchen von der Gräfin abschneiden können.

Als sie das Lied beendet hatte, verbeugte ich mich ganz tief vor ihr:

»Gräfin ... am liebsten würde ich für Sie sterben«, flüsterte ich mit männlicher Schlichtheit. »Und ... und ...«

»Ja ...«, sagte sie und streichelte still meinen Kopf. Diese Berührung ließ mich bis zu den Fersen wie taub werden.

»Ich weiß ... Ich kenne Sie nicht, John, aber ich spüre, Sie sind mutig, charakterstark, großmütig und klug ...«

Hut aber vor so viel Menschenkenntnis!

»Hören Sie zu ...«, fuhr sie fort. »Ich vertraue Ihnen mein heiligstes, tiefstes Geheimnis an ...«

»Oh, Gräfin ...«

»Ja! Ich brauche jemanden, und Sie sind von einer Gesinnung, dass man auf den ersten Blick ... Mit einem Wort ...«

»Sie können mir vertrauen wie sich selbst, Gräfin.«

»Hören Sie also zu ... Mein Vater war Diplomat.«

»Ich ahnte es!«

»Woher?«

»Ihr nobler Charme beweist, dass Ihr Vater auf jeden Fall ein Diplomat gewesen sein muss.«

So sprach ich.

»Danke ... Sie sind nicht nur kühn, sondern auch gebildet.«

So sprach sie.

»Geben Sie nun bitte Acht. Mein Vater wurde zum unschuldigen Opfer politischer Ränke, eingefädelt von der spanischen Herzogin Annunziata Ermagnola. Mein Vater entlarvte ihr Geheimnis und musste daher fliehen. Ich denke, Sie haben schon ähnliche Geschichten gehört?«

»Natürlich. Einem Schwanenritter namens Lohengrin ist Ähnliches widerfahren, doch war dort die Dame nicht spanisch, sondern eine Opernsängerin ...«

Ich ergriff die Gelegenheit, um ein positives Zeugnis meiner Bildung abzulegen.

»Ein ähnlicher Fall«, sagte sie staunend und lachte.

»Über was lächeln Sie, Gräfin?«

»Es war ein bitteres Lachen ...«, sagte sie düster. »Meinen Vater konnte ich nur dadurch retten, dass ich den Grafen La Rochelle heiratete ... Dabei hasste ich ihn ...«

»Entsetzlich!«

»Ich ertrug die fürchterliche Natur des Grafen nicht lange. Er quälte mich mit grundloser Eifersucht und hielt mich als Geisel in seiner Burg gefangen.«

»Gemeiner Kerl ...«

»Und eines Tages floh ich ...«

»Klug getan!«

»Seit diesem Tag lebe ich in Angst ... Er versucht alles, um mich wieder zu seiner Gefangenen zu machen ...«

»Und die Polizei duldet es?«

»Graf La Rochelle ist ein großer Mann! Sein Bruder ist Minister.«

»Na und? Ein Minister befiehlt nicht dem ganzen Land.«

»Sein jüngerer Bruder ist Polizeipräfekt!«

»Das ist wirklich ein großer Mann ... Ich kenne einige Präfekten ... gesellschaftlich ... Ziemlich energische Leute ... leider ...«

»Ich traue mich nachts nicht auf die Straße, und auch meine Tage sind voller Angst ... Oh, John ... nun kennen Sie mein Geheimnis ... Sie sind der einzige Mensch ...«

Sie seufzte. In ihren Augen zitterten Tränen. Sie war so schön, und so unglücklich.

»Gräfin!«, rief ich erhitzt. »Von heute an sind Sie nicht allein! Ich schwöre es!«

»Danke, John ...«

Und als ich so vor ihr stand, ergriff sie mit beiden Händen mein Gesicht und blickte mich an. Meine Zunge war so trocken wie ein Stück Holz, und im Spiegel gegenüber sah ich, dass eine Ader über meinen Augenbrauen fingerdick angeschwollen war.

Ich umarmte sie …

Sie ließ es geschehen … und neigte sogar ihren Kopf auf meine männliche Schulter … Auch ihren Haaren entströmte Jasminduft …

»Ich liebe Sie …«, flüsterte ich halb wahnsinnig.

»Oh … John … ja siehst du denn nicht … dass ich dich auch lie…«

Mitten im halb ausgesprochenen Wort küsste ich sie …

»John …«, sagte sie mit einem tiefen Seufzer. »Ich verstehe, dass du mir nicht vertraust.«

»Aber Gräfin!«

»Sag Nora!«

»No… Nora …«

Ich brachte es kaum über die Lippen …

»Ich habe meine Geheimnisse erzählt … irgendwann einmal … wenn du mich wirklich liebst und vertraust, musst du auch alles erzählen, damit uns nichts trennt … nichts …«

Ich schämte mich. Diese Frau vertraute mir so blind, war so aufrichtig und hingebungsvoll. Ich dagegen mit meiner elenden Geheimnistuerei …

»Gräfin … Nora … Gräfin Nora. Ich erzähle auch alles, alles.«

»Oh, glaube nicht, es sei Neugier …«

»Nein, nein … so ist es richtig, dass ich das große Geheimnis erzähle, in dessen Mittelpunkt …«

Es klopfte.

Erschrocken sprang sie von meinem Schoß.

»Wer ist da?«

»Telefon, Madame …«

Es kam der Lakai Louis, das Telefon auf einem Tablett, von der eine lange Schnur herabhing.

Nur an den vornehmsten Orten ist es üblich, dass man das Telefon auf einem Tablett serviert.

Sie nahm den Hörer.

»Ja … Noch nicht … Aber schon sicher … Nein … Gut … Ich erwarte Sie … Im Auto? … Gut … Guten Abend …«

Der Lakai ging hinaus.

»John … Ich werde jetzt jemanden treffen. Ein alter Freund meines Vaters kommt mit dem Auto … Warte bitte … solange … ich mit ihm rede …«

»Wenn ich zu lange hier war, dann …«

»Nein … nein … wer weiß, wann ich dich wiedersehe …«, antwortete sie, und es folgten wieder Küsse …

Bald klopfte wieder der Lakai.

»Ich beeile mich«, flüsterte sie und ließ mich allein.

Ich trank ein Glas Whisky. Mir war etwas schwindelig, und ich setzte mich. Plötzlich hörte ich ein leises Klopfen. Erst jetzt bemerkte ich die Tapetentür in der gegenüberliegenden Ecke des Zimmers und sah, wie unter ihr ein Blatt Papier durchgeschoben wurde …

Was ist denn das?!

Ich ging hin und hob den Zettel auf:

Lieber Käule!
Du blödes Pferd, was du bist! Diese Frau ist eine geferliche Hächse. Die was ausnützt, dass ihr eine eingebildete Typpe. Ihr ins Netz gegangen ist. Halts Maul! Hau bloß ab. Es kann nämlich zimlich leicht sein. Dass man dich einfach totschiesst. Zumindest wirst du Ford gebracht. Schaust gut aus. Du kennst die nicht. Ne geferliche Häxe ist das.

Werbini.

Schon als ich das erste Wort las, wusste ich, dass es der Türkische Sultan war. Von Anfang bis Ende erlogen. Schnell machte ich die Tapetentür auf. Den Gauner erwische ich!

Ich war in einem kleinen Zimmer. Der Halunke war natürlich fort.

Aber wie ist er überhaupt hergekommen?... Insgeheim...

Im nächsten Zimmer blieb ich andächtig stehen: Da war ein himmelblaues Seidennetz. In der Mitte hing eine Laterne mit dumpf-rotem Licht. Auf der anderen Seite eine offene Tür... Davor ein Vorhang... Man hörte Leute reden...

Auf Zehenspitzen ging ich hin... Hinter dem Vorhang waren ein Umkleideraum und dahinter ein weiteres Zimmer, aus dem die Stimmen kamen. Wieder hing ein Vorhang davor.

Ich erkannte ihre Stimme!

Dieser traurige, tief-feine und musikalische Reigen aus Worten, die einem wie Harfenklänge in der Nase vibrieren. Sie sagt gerade:

»Ich hatte leichtes Spiel mit diesem Tölpel, und wenn mich Exzellenz nicht gestört hätten, wüsste ich bereits alles.«

Hm... Von wem mag sie reden? Da antwortete eine ungewohnt tiefe, ruhige Männerstimme.

»Trotzdem musste ich mit Ihnen reden, Madame Mander...«

Madame Mander?... Keine Gräfin?... Was?!

Mander... das war doch dieser Hauptmann, den Delle Hopkins mimte.

Schnell schlich ich auf den Zehenspitzen hin.

Sie waren zu zweit in einem kleinen Salon. Die angebliche Gräfin und...

Mir stockte der Atem!

Der Marquis De Surenne!

3.

Bis jetzt habe ich nicht von ihm geschrieben, obwohl ihn hier jeder kennt. Admiral Marquis De Surenne ist Regierungskommissar für die Kolonien, mit allen Vollmachten ausgestattet. Ein harter und strenger Soldat, des Generalleutnants de la Roubans Widersacher, der mit den Mitteln der Diplomatie und der Geduld vorgeht. Sein langes, graues Haar, die stechenden Augen, das glattrasierte, energische Gesicht kennt man überall in Afrika.

Der riesige, adlernasige Admiral saß gegenüber der jauchzend-betrübten Gräfin.

»Nachdem Sie den schändlichen Betrug in Folge des Prozesses Laméter«, sagte De Surenne, »leider zu spät entlarvt haben, müssen Sie jetzt eine Menge wiedergutmachen. Konnten Sie etwas über die Komplizen herausfinden?«

»Einer von ihnen wollte gerade gestehen. Ein ziemlich großer Trottel. Eingebildet und beschränkt. Wird ein Leichtes sein.«

Sie können sich denken, wie ich dastand! Aus welchen Höhen ich abstürzte? Ich, der Trottel! Und eingebildet! Bei meiner angeborenen männlichen Bescheidenheit …

Oh, wie mein Herz weh tat …

Also hat sie alles nur geheuchelt: den Kuss, die Umarmung, den duftenden Seufzer, mit dem sie sich zu mir gebeugt hat …

»Aber geben Sie Acht«, sagte der Kommissar. »In manchen Situationen erweist sich selbst der größte Dummkopf als schlau.«

»Dieser ist ein verlässlicher Idiot.«

»Ich bitte Sie, Madame, seien Sie ehrlich. Wissen Sie etwas über die Sache?«

»Ich weiß, dass die Expedition von den Fongi gefangengehalten wird. Der Häuptling ist ein Gauner.«

»Haben Sie Beweise?«

»Manders Reisetagebuch, das Generalleutnant Rouban vor kurzem bekommen hat …«

»Ja … ja, aber dieser holländische Bankier, Van der Ruffus, der macht auch Schwierigkeiten …«

»Der alte Bankier hat ein weiches Herz.«

»Wenn Sie es sagen, glaube ich es. Sie müssen es wissen.«

»Van der Ruffus hat mich aus meiner bedrängten Lage gerettet, ist aber sonst eher ein Feind als ein Freund.«

»Bitte, bitte … damit habe ich nichts zu tun. Ich möchte Informationen.«

»Haben Exzellenz vergessen, dass Sie vierzigtausend Francs versprochen haben, für den Fall …«

»Dass Ihre Informationen nützlich sind.«

»In Ordnung. Ich vertraue Ihrem Versprechen. Also hat Laméter unverhoffte Helfer gefunden.«

»Wer sind sie?«, fragte De Surenne.

»Drei Abenteurer. Ziemlich gefährliche Gestalten, die Ihnen aber nicht nützlich sein können.«

»Man soll Menschen nur nach ihren Taten beurteilen. Was denken Sie, was ist mit Hauptmann Mander geschehen, mit dem echten?

»Erschossen. Wahrscheinlich von Laméters Komplizen. Diesen Kerl namens Hopkins hat man auch verwundet und ihm die Kleider des toten Hauptmanns angezogen. So wurde er in die Sache hineingezogen.«

»Ihr Wissen hilft mir nicht weiter, aber ich will, dass Sie sich verpflichtet fühlen … Bitte …«

Vierzigtausend … Vier–zig–tau–send Francs warf er auf den Tisch! Die Frau griff mit glänzenden Augen nach den Scheinen. Wie sie das Geld lieben muss!

»Exzellenz werden mit mir zufrieden sein«, antwortete sie. »Wenn dieser Soldat eine gute Spur hinterlässt, verständige ich zuerst die Militärpolizei, damit sie unverzüglich handelt.«

»Ist gut ...« Der Regierungskommissar stand auf, nickte der Frau zu und ging fort.

Ich ging auch fort ... Zurück in ihr Zimmer. Oho ... Wir werden ja sehen, ob ich so ein Trottel bin!

Bald kam sie auch.

»John«, flüsterte sie. »Sei mir nicht böse, dass ich dich warten ließ.«

»Teure Gräfin«, antwortete ich und ließ meine Stimme verliebt vibrieren, als ob nichts gewesen wäre.

»Jetzt bin ich nur für dich da ... Niemand stört uns.«

»Und ... Ich erzähle alles ehrlich ... Aber liebst du mich?«, fragte ich.

»Sehr ...«

»Gräfin ... Ich kenne ein so großes Geheimnis, das ... das mehrere Menschen das Leben kosten kann, und das Tausende von Menschen kennen möchten.«

»Ich schweige wie ein Grab ...«

Ich tat so, als ob ich nachdachte.

»Nun?«, fragte sie aufgeregt.

Ich trank ein Glas.

»Wisse, Gräfin, dass ich Laméters Versteck kenne ...«

»Oh!«

Wie sie sich wunderte! Wie sie die Überraschte mimte!

»Ja. Zusammen mit zwei Freunden habe ich ihn gerettet.«

»Wer sind sie?«

»Einer von ihnen ist untersetzt. Er hat sich als Hauptmann auf einem Schiff aus Oran davongemacht.«

»Und der andere?«

»Das ist ein Sergent namens Potrien, aus der Legion ... Ein früherer Schulkamerad von mir, der im Krieg in Laméters Kompanie gedient hatte ...«

»Ja …«, hauchte sie.

»Er war der Planer. Er versteht sich gut mit der Kantinenwirtin und versteckt Laméter in einem Keller, unter der Wäsche. In der Avenue Maréchal Joffre Nummer 9 …«

»Oh, ich schwöre, es bleibt unter uns … Und nun Lebewohl … Ich hoffe, ich sehe dich bald wieder.«

»Ja, ja … meine Liebe …«

Ein Kuss. Dann entfernte ich mich und ging mit schwindelndem Kopf auf die Straße. Um meinen vom vielen Whisky betäubten Kopf zu klären, kehrte ich in die nächste Schenke ein und trank ein paar Gläser Rum. Danach ruhte ich ein wenig und flog die Blätter durch. Ich habe Zeit. Ich werde meinen Kopf entweder aus der Schlinge ziehen oder bekomme dreißig Tage Karzer im Kurzeisen. Aber ich schaff's schon! In der Zeitung standen ziemlich interessante Nachrichten. Generalleutnant Roubans Bemühungen um den Frieden im Senegal haben sich als wenig erfolgreich erwiesen. Die Fongi bestreiten nach wie vor, etwas über die Expedition oder die Diamantmine zu wissen. Obwohl es viele Beweise gegen sie gibt. Besonders Hauptmann Mander, dessen Namen ein Hochstapler missbraucht hat. Der echte Hauptmann ist unterwegs aus dem Senegal verschwunden. Das Tagebuch aber und die Karte, auf der die Route der Expedition eingezeichnet ist, sind mit der Post eingetroffen und liefern eindeutige Beweise gegen die Fongi. Admiral De Surenne setzt sich mit seiner bekannten Tatkraft an die Spitze einer Strafexpedition. Generalleutnant Rouban bekommt wohl in der Indochinaarmee einen leitenden Posten. Der Regierungskommissar wird mit seiner harten Politik den Respekt der Kolonialarmee, der wegen der Diamantenmine im Senegal gelitten hat, wiederherstellen.

Wo ist die Mine?

Wo ist die Expedition, die spurlos verschwunden ist?

»Unser ganzer Respekt gebührt dem gutgläubigen Idealisten Rouban, der seinen Posten in Afrika vielleicht bald verlassen wird ... Und unsere ganze Begeisterung trifft Marquis De Surenne, der mit einer energischeren Politik den traditionellen Respekt der französischen Kolonialarmee wiederherstellen wird ...«

So die Zeitung.

Die ganze Strafpredigt roch nach dem bevorstehenden Sturz Roubans. Außerdem roch die Sache auch nach baldigem Schießpulver und Blut, was aber der feinen Nase des Herrn Journalisten offenbar entgangen war.

Soweit ich.

Dank dem Rum war mein Kopf endlich wieder klar geworden, so dass ich zur Kommandantur ging. Es war sechs Uhr früh.

»Ich möchte mit einem hochrangigen Offizier sprechen«, sagte ich zum Posten.

»Weshalb?«

»Wenn ich es jedem Narr sagen könnte, dann würde ich nicht mit dem Offizier sprechen wollen ...«

Der Posten murrte noch etwas, weckte aber den Diensthabenden.

Der Offizier knöpfte sich den Mantel mit schläfrigen Augen zu und blickte mich an, als ob er mich zur Hölle wünschte.

»Was willst du?«

»Ich will Meldung machen, mon adjutant.«

»In welcher Angelegenheit?«

»Ein Spion wollte mich in die Falle locken.«

In den Kolonialkasernen sind überall Schilder zu sehen:

VERDÄCHTIGE SPIONE
SIND UNVERZÜGLICH ANZUZEIGEN
DIE KOMMANDANTUR

»Sprich!«

Eine Frau hat mich zu sich eingeladen. Sie sagte, sie sei die Gräfin La Rochelle. Sie hat mir Geld angeboten, wenn ich bereit bin, ihr Informationen über einen militärischen Kriminalfall zu liefern.«

»Moment! Diese Meldung ist nicht mein Ressort. Warte im anderen Zimmer, solange ich mit der zuständigen Stelle telefoniere.«

Ich ging ins andere Zimmer und setzte mich.

Bald kam der Offizier.

»Vorwärts!«

In der Toreinfahrt stiegen wir in ein Auto. Der Offizier sagte nichts, und ich konnte ihm keine Fragen stellen. Wir waren bereits eine Viertelstunde unterwegs. Wohin bringt er mich? Wir verließen die Außenbezirke Orans, glitten die Küste entlang, an Platanen und Oleanderbüschen vorbei. Endlich hielten wir vor einem roten, burgartigen Gebäude, das mit einem hohen Gitter gesichert war.

Zwei Wachen mit Bajonetten standen im Tor.

»Melden Sie Offizier Jouhac der Abteilung D.«

Ich wusste, dass es sich um die Spionageabwehr handelte. Aber es ist nicht so einfach, hier reinzukommen. Nicht einmal für einen Offizier. Er muss warten, bis er angemeldet wird.

Da kommt ein Major. Mager, mit gelbem Teint, glänzenden Augen und einem schmalen Mund. Ich weiß nicht warum, aber ich muss daran denken, dass niemand zu beneiden ist, dem er grollt.

»Danke, Herr Leutnant …«

Der Offizier grüßt und geht. Mit gemischten Gefühlen trete ich durch das Tor. Wie ich mit meinem kalten, ungehobelten Schutzengel in der modrig-alten Vorhalle dastand, wurde es mir ein bisschen bange ums Herz.

Wir schritten wortlos durch Gewölbegänge …

Bei jeder Biegung stand eine Wache mit Bajonett, vor jedem Durchgang eine eiserne Gittertür, die geöffnet und wieder geschlossen wurde …

Wir gelangen immer tiefer, die Stufen scheinen nicht aufhören zu wollen. Das Zwielicht wird immer dichter, die Kühle schärfer, die Gänge zwischen Zyklopenmauern immer muffiger.

Wohin führt er mich? Sperren sie mich ein? … Ein Büro gibt es hier sicher nicht …

Das ist die »Rote Zitadelle«. Ich habe schon von ihr gehört. Wer sie betritt, für den gibt es keinen Zeitbegriff mehr. Spione und Rebellen, politische Abenteurer verschwinden hier. Angeblich fragt man nicht viel nach Leuten, die man zuletzt in dieser Gegend gesehen hat …

Aber was wollen sie von mir?

Wir laufen unten im Kellerflur. Rechts und links Gittertüren. Dahinter Löcher, und in jedem Loch sitzt oder steht jemand. Mit dem Gesicht zur Wand … In jeder Zelle einer.

Spione und Verräter!

Der Geruch von Salpeter und faulen Lumpen drückt auf den Flur. Jede Wache zeigt mit einem Hackenschlag, dass er salutiert.

Der Major sagt nichts. Die heruntergekommenen, gesichtlosen Gefangenen sind zum großen Teil erschreckend mager.

Auf den Knöcheln hängen dicke Ringe, die hin und wieder ein Rasseln von sich geben … Sie sind alle ans Eisen geschlagen …

Als ob mein Hals ein bisschen eng wäre …

Sie öffnen eine doppelte Eisentür, und wir sind wieder im Treppenhaus. Jetzt bedeutet jede Stufe einen Schritt weiter nach oben.

Wohin führt mich dieser Major?

Und da blitzt es mir durchs Gehirn. Wozu sind wir heruntergekommen, wenn wir wieder nach oben gehen? Kann man nur durch das Gefängnis auf die höheren Ebenen gelangen?

Oho! Keule, Gehirn einschalten! Der Major will dich mit dieser Wanderung einschüchtern! Wer ihm durch diese Gänge folgt, der ist bereits weichgekocht, wenn es ans Verhör geht. Was er sich an Lügen vorgenommen hat, wird mit jedem Schritt durch die stumme Unterwelt dieses Felsenlabyrinths zum Gestammel …

Aufgepasst!

Ich richtete mich auf und machte ein gleichgültiges Gesicht. Ruhig Blut!

Der Weg führte durch rohe, nasse Felsengewölbe …

Die Wache reißt eine Tür auf. Wir treten in ein kleines Zimmer. Einige Offiziere springen auf. Der Major winkt.

Ein Mann sitzt in der Mitte. Seine Kleidung ist zerrissen, sein entsetzter Blick verliert sich im Nichts, die Hände zittern.

Ein riesiger Offizier in Hemdsärmeln steht vor ihm. Am Tisch schreibt ein anderer Soldat, die Feder kratzt. Es ist schrecklich warm.

Wir gingen weiter.

Ich war so ruhig wie bei einem Spaziergang. Ich wusste bereits, was los war. Interessiert betrachtete ich die Wände. Der Major wandte sich an mich. Mit hochgezogener Augenbraue blickte er mich an.

Er sagte aber nichts.

Wir schritten jetzt durch getünchte Flure mit großen Fenstern, zwischen denen Bilder oder Tableaus hingen.

Bei einer Tür bleibt der Major stehen und klopft. Dann kommt er zurück.

»Gehen Sie hinein.«

Ich richte mich auf und trete hinein. Gegenüber der Tür sitzt hinter einem schwarzen Schreibtisch der Regierungskommissar!

Jetzt war ich tatsächlich erschrocken.

NEUNTES KAPITEL

Alles verwirrt sich

1.

»Kommen Sie näher.

Zwei große Schritte ... die Mütze drücke ich gegen das Bein, meine Hacken knallen.

»John Fowler?«

»Ja.«

»Spitzname Keule. Mehrfach vorbestrafter, notorischer Schmuggler. Geboren 1904 in Birmingham, die Mutter Karolina Fidler, Arbeiterin holländischer Abstammung, der Vater Gustav Fowler, Steuermann. Ist es so?«

»Jawohl, Exzellenz!«

Er las nichts ab. Er kannte alle Angaben auswendig! Himmel, wissen denn diese hochrangigen Herren alles über einen armen Rekruten, sogar dass er ... eine Mutter hat, dass er ... geboren ist und ... Fowler heißt?

»Vor vier Jahren wurden Sie aus dem Schifferbuch gestrichen. Warum?«

»Der Lotse hat in meiner Anwesenheit Feuer gefangen ...«

»Haben Sie ihn misshandelt?«

»Ich habe lediglich eine brennende Lampe nach ihm geworfen.«

»Warum?«

»Er warf mir einen Verstoß vor und behauptete, einen ansteckenden Kranken an Bord zu haben.«

»Und war das unwahr?«

»Bitte, ich bin kein Arzt.«

»Aber der Lotse hat das behauptet.«

»Der Lotse ist auch kein Arzt.«

Er schaute mich an, wobei er ein Auge zusammenkniff. Seine gewaltige Stirn ragte mir mit aggressiver, intelligenter Ruhe entgegen. Er musterte mich. Er schaute durch mich hindurch.

Ein unheimlich starker, respektgebietender Mann war dieser Marquis De Surenne. Als er aufstand, klirrten seine Orden, und seine mächtige Statur neigte sich mir entgegen, während er mir ins Gesicht blickte. Sein dichtes, gepflegtes, graues, langes Haar lag nach hinten bis zum Nacken, wie bei einem großen Gelehrten auf alten Abbildungen.

Er verschränkte die Arme.

»Und nun können wir reden, mein Freund. Was wollen Sie melden?«

»Eine seltsame Geschichte ist das, Exzellenz, und ich kann sie mit meinem einfachen Verstand nicht beurteilen.«

Ganz nah stellte er sich vor mich hin.

»Ist ihr Verstand wirklich so einfach?« Er klopfte gegen meine Stirn. »Würden Sie auch dann so ruhig hier stehen, wenn Sie wüssten, dass ich in Ihren Schädel schauen kann? Was? Hätten Sie keine Angst? Antworten Sie, Freundchen.«

»Ich hätte auch dann keine Angst, mon excellence.«

»So? Und womit begründen Sie das?«

»Damit, Exzellenz, dass ein Legionär nie Angst hat, vor nichts!«

»He! Mein Freund, reden Sie nicht um den heißen Brei und drehen Sie die Worte nicht um!«

»Wenn Sie so gut wären, meine Meldung zu hören …«

»Ich stelle fest, dass Sie es bei mir gut angefangen haben. Sie haben nicht gelogen. Bevor Sie aber melden, noch einige Fragen: Wie sind Sie von der Wache ins Gouverneursdiner geraten, nur in einem Gummimantel?«

»Meine Kleidung hat jemand ausgeliehen.«

»Wer?«

»Kapitän Laméter.«

Mit einem großen Schritt befand er sich wieder direkt vor mir.

»Wissen Sie, was man dafür bekommt?«

»Bei Begnadigung lebenslange Festungshaft.«

»Hier unten … im Keller … Sind Sie nicht erschrocken?«

»Ich habe vor nichts Angst.«

»Was ist in jener Nacht geschehen?«

»Ich habe erst erfahren, wer Laméter ist, als er meine Sachen schon anhatte. Ich folgte ihm auf den Empfang, um mein Zeug wieder zu holen!«

»Dann?«

»Sah ich ihn nicht mehr.«

»Auf Ihr Soldatenwort?«

Ich schwieg.

»Ich mache Sie darauf aufmerksam, dass ich über wirkungsvolle Mittel verfüge für den Fall, dass jemand hartnäckig schweigt. Sie können es sich unten im Keller überlegen …«

»Exzellenz, dort unten sitzen lauter Verräter. Wenigstens wird jemand unter ihnen sein, weil er kein Verräter sein wollte.«

Er schaute mich an. Mit den Händen auf dem Rücken ging er auf und ab.

»Sie sind ein Hasardeur, mein Freund, aber nicht dumm. Und ein ganzer Kerl. Schade, dass Sie sich bald den Hals brechen werden. Laméter ist ein Verräter! Wissen Sie das?«

»Ich denke, dass er unschuldig ist.«

»Was?! … Sie wagen es, meine Worte anzuzweifeln?«

»Exzellenz, ich fürchte keine Festungshaft … Ich habe schon für so viele Schandtaten die verdiente Strafe auf mich genommen, dass es einmal gut täte, für einen anständigen Menschen zu leiden. Lassen Sie mich in Eisen legen, einsperren, vierteilen, und ich werde immer noch sagen: Laméter ist unschuldig, unschuldig, unschuldig! So helfe mir der eine wahre Gott.«

Er stand nach vorne gebeugt und blickte mir starr ins Gesicht.

»Gut … Mich interessiert es nicht, ob sie Laméter fangen oder nicht. Das ist Sache der Polizei. Was willst du melden?«

»Eine Dame im Café bat mich heute Nachmittag zu sich. Sie tat so, als ob ich ihr gefiele. Ich sah sofort, dass sie sich verstellte.«

»Hm … wirklich?«

»Ja. Ich bin nicht eingebildet. Die Dame hat mich zu sich eingeladen, und überhäufte mich die ganze Zeit mit groben Lobeshymnen. Ich habe sie aber durchschaut …«

Der Regierungskommissar kniff das linke Auge zusammen und blickte mich an, wie jemand, der spürt, dass irgendeine List hinter meinen Worten steckt, aber nicht weiß, was für eine.

»Rede weiter!«

»Zu Befehl. Sie sagte unaufhörlich, ich müsste etwas von Laméter wissen, und dass sie viel Geld bekäme, wenn ich es verriete …«

»Hm … Du Gauner … Du machst einen ganz durchtriebenen Eindruck …«

»Bei allem Respekt, Exzellenz, ich verstehe Sie nicht.«

»Du … wirst jetzt hier … deinen Kopf aus der Schlinge ziehen. Ich weiß nicht, warum, aber ich fühle es ganz genau …«

Was für einen Riecher der hatte!

»Ich bin ehrlich.«

»Ja? … Rede weiter.«

»Ich wollte etwas herausfinden und dachte, ich lüge ihr die Sterne vom Himmel herunter. Der Herr Unteroffizier hat uns gelehrt, gegenüber Spionageverdächtigen müsse man so tun, als ob man ihnen auf den Leim ginge. Habe man erst ihr Vertrauen gewonnen, sei die Entlarvung leicht.«

»Ja. Und du hast dich daran gehalten?«

»Wort für Wort.«

»Weiter!«

»Ich habe gelogen wie ein Rohrspatz und dann natürlich alles der Kommandantur hinterbracht.«

Jetzt geschah etwas ganz Seltsames. Der Regierungskommissar stellte sich vor mich hin, drückte mir mit zwei Fingern leicht die Nase zu und drehte sie hin und her.

»Du … Hochstapler, Verbrecher, Halunke … Du! Ein eingebildeter, eitler Kerl, bist der schönen Dame auf den Leim gegangen. Aber du hast dich irgendwie eines Besseren besonnen und den Kopf aus der Schlinge gezogen. Das denkst du wenigstens.«

Er musterte mich von Kopf bis Fuß.

»John Fowler, willst du zu den Blauen Husaren, in meine Kompanie? Ich stecke dich in die Unteroffiziersschule und sorge dafür, dass man deine Vergangenheit vergisst. Das habe ich bisher wenigen Menschen angeboten, und keiner von ihnen hat es bereut. Geld wirst du immer haben, und es hängt von deinem Mut und Verstand ab, wie weit du es bringst!«

Die Blauen Husaren waren selbst bei den Gemeinen wählerisch.

»Du überlegst?«

»Exzellenz, ich wäre froh, Ihnen dienen zu dürfen, aber wenn ich jetzt Ihre Großherzigkeit annehme, dann wäre ich nicht ehrlich.«

»Und warum nicht?! Konspirierst du gegen mich?«

»Wenn Sie es befehlen, opfere ich jederzeit mein Leben für Sie.«

»Hör auf zu feilschen, du ausgefuchster Schottenschädel! Rede gerade heraus! Bist du in einer Mafia gegen mich?«

»Ich schwöre, dass nicht!«

»Wenn du nicht auf der Stelle gestehst, lasse ich dich in den Keller bringen, und dort bleibst du! Solange du lebst! Hier gibt es keine Urteile! Auf ein Wort von mir schießt man dich auf der Schanze über den Haufen, und sie schreiben nur: ›Auf Anordnung des Regierungskommissars wurde Staatsfeind John Fowler hingerichtet!‹«

»Das weiß ich wohl, Exzellenz, aber ich wäre Ihrer Großherzigkeit unwürdig, wenn ich aus Angst meine Freunde verriete.«

So ich.

»Du weißt auf jede Frage eine Antwort, mein Freund! Bei den Soldaten ist das nicht üblich … Na gut …«

So er. Ich gestehe, es war mir ein wenig warm, während er mit seinen langen, knochigen Fingern auf der Klingeltafel trommelte.

»Du kannst gehen. Wenn du aber noch einmal in den geringsten Verdacht gerätst, gibt es kein Pardon. Du wirst von mir gehört haben, mein Freund. Ich liebe den mutigen Mann, aber mit meinen Feinden habe ich keine Nachsicht. Denn sie sind die Feinde des Vaterlandes. Verstehst du?«

»Jawohl, Exzellenz.«

»Dann geh nur diesen Weg und paktiere gegen mich … Es wird zu spät sein, wenn du zu Vernunft kommst … Verschwinde!«

Da schaute ich gut aus: ein gemeiner Soldat, dem der Marquis De Surenne, der Regierungskommissar, zürnt.

»Was stehst du noch hier?«

»Ich melde gehorsamst, wenn ich zurückgehe, muss ich mich zum Verhör melden. Darf ich dem Sergent alles erzählen, was heute geschehen ist?«

»Nein!«

Er warf schnell einige Zeilen zu Papier und drückte einen Stempel darauf.

»Bitte!«

»Danke, Exzellenz.«

»Geh mir aus den Augen!«

Ich atmete tief durch, als die gütige Morgensonne über mein Gesicht strich … Und ich war frei! Mein Gott, gib nur, dass ich nie wieder hierherkomme. Ich möchte frei sterben, in der Wüste, oder auf dem Meer, in kalten, salzigen Fluten, unter Umständen an einem schnellen Gelbfieber (aber wenn ich wählen darf, dann doch unter freiem Himmel, möglichst nicht bei trübem Wetter), wenn ich nur nicht diesen Ort wieder sehe, wo einen Männer mit kalten Blikken in dunklen Zimmern fragen und dann in den Keller zurückbringen, mit dem Gesicht zur Wand …

Was ist das doch für ein wunderbarer Klang: Eine Straßenbahn klingelt irgendwo in der Nähe!

2.

Man behielt mich auf der Wache unter dem Tor, bis Potrien kam. Von ihm stammte auch die Anweisung.

»Da hast du dir aber ganz schön was eingebrockt«, sagte einer der Wachen voller Mitgefühl.

»Wir werden sehen.«

»Potrien hat sowieso einen schlechten Tag. In der Frühe kam ein Wagen mit Offizieren, und sie nahmen ihn und die Kantinenwirtin mit. Man sagt, er unterhält mit ihr ein zartes Verhältnis.«

»Sie haben sie fortgebracht?«

Das wunderte mich sehr. Was wollen sie vom guten, alten Potrien? Und von der Kantinenwirtin?

»Ist noch keine Stunde her, dass er zurück ist. Selbst sein Schnurrbart hing ihm schief im Gesicht. Er hatte wohl Ärger.«

»Hm … Interessant.«

Potrien kam. Sein Gesicht war aufgewühlt, und seine buschigen Brauen zuckten. Er schnaufte und keuchte wie ein Tiger vor dem Sprung. Dann kreischte er auf, dass die Festung erzitterte.

»Wo waren Sie, Sie Schande der Armee?!«

»Ich melde gehorsamst, ich hatte etwas Wichtiges in der Stadt zu erledigen.«

»Soo? Und wenn seine Exzellenz der Stadtkommandant eines Tages zur Inspektion kommt und im Fort nur mich vorfindet, dann wird er sagen: ›Lieber Potrien, wo ist unsere sympathische Oraner Garnison?‹ Antworten Sie, Soldat! Was werde ich ihm da sagen?«

»Ich melde gehorsamst, mon sergent, Sie werden sagen: ›Sie hatten etwas in der Stadt zu erledigen, aber möglich, dass sie noch zurückkommen …‹«

»Frecher Kerl!« Er griff nach seinem Schwert.

Eine Sekunde lang schien mein Leben an einem Haar zu hängen.

»Dafür kommst du vors Kriegsgericht! Unentschuldigtes Fernbleiben, Fluchtversuch …«

»Entschuldigtes Fernbleiben, mon sergent.«

Ich übergab das Papier.

Der Soldat Nummer 45 hat sich auf meinen Befehl bis heute Vormittag dienstlich in der Stadt aufgehalten.

Generalstab – Abteilung D

Marquis De Surenne, Regierungskommissar

Für eine Minute war sein Gesicht violett geworden. Meines Erachtens befand er sich in ernster Lebensgefahr.

»Rompez … Gauner … Rompez, oder ich haue Sie in Stücke …«

Dieser Tag, glaube ich, war der dunkelste Zeitabschnitt in Potriens Leben. Ein paar Tage später brummte er einem Offiziersburschen, der ohne Hosengürtel herumlief, dreißig Tage Kasernenarrest auf, und 24-stündigen Dienst einem Reitknecht – wegen Ölflecken auf einem Zaumzeug. Bei Potrien waren solche Dinge Zeichen tiefster Melancholie.

»Wo bist du gewesen?«

Alfons Nobody stand neben mir.

»In der Stadt. In dienstlichen Dingen. Hier kann ich nicht reden.«

Wir standen. Zum Henker, hier kann man sich nicht unterhalten, denn das riesige Fort wimmelt nur so von Menschen.

»Hast du nicht irgendwo einen feisten Soldaten gesehen?«

Die Frage bezog sich auf Hopkins, das wusste er.

Da stellte sich heraus, dass sich Delle in einem anderen Gebäudetrakt als Sanitäter verbarg. Er führt Laméter als Kranken den ganzen Tag an der Hand. Wenn jemand sie sieht, lässt er den Mann sofort untersuchen. Dem Armen hat man schon Blut abgezapft, ihn geröntgt, mit Quarzlicht behandelt und gegen Typhus, Cholera und Gelbfieber geimpft. Die werden noch den Verstand verlieren …

Wir gingen in die Kantine und tranken. Was hätten wir sonst tun können? In einem entsetzlichen Lärm tummelten sich sämtliche Waffengattungen um uns.

»Wo warst du in der Nacht?«, fragte Alfons Nobody.

»Dem Türkischen Sultan auf der Spur.«

Das Lied »Ça ira« erklang aus Dutzenden von schnapsgeölten Soldatenrachen, und man schlug auf die Tische ein.

Rauch, Lärm, heiseres Geschrei, Wein- und Schweißgeruch erfüllten die Kantine.

»Viele seltsame Dinge haben sich heute Nacht ereignet. Weibergeschichten … Ich muss dringend mit dir reden …«

Alfons Nobody wurde finster ums Gesicht. Er wies mit den Augen zu einem nahen Tisch.

»Da sitzt jemand. Wartet wegen einer Weibergeschichte auf mich.«

Ich schaute hin. Es war ein kleiner, dünner, blasser Mann mit hervorspringenden Backenknochen. Seine braunen Augen ruhten wie Feuerbrand auf meinem Freund.

»Wartet er auf dich?«

»Ja, er will mich umbringen.

Er leerte ein Glas Wein.

»Weibergeschichten«, sagte er mit einem merkwürdigen Gesicht. »Es bringt kein Glück … Und … Ach was, egal! Warte hier auf mich … Ich schaue nach dem Gedrungenen und dem Norweger.«

Er ging weg.

Der Mann mit dem Glutblick schaute jetzt mich an.

Ich verabscheue streitsüchtige Leute. Alles Übel dieser Welt rührt von zänkischen, übermütigen Gestalten her. Und schließlich fand ich dieses unaufhörliche Fixieren so absurd, dass ich eine höfliche Bemerkung zum anderen Tisch richtete:

»Was glotzen Sie so?«

Der gelbe Mann stand auf und kam zu meinem Tisch. Eine richtige Schlägerreaktion – ein ganz hässlicher Zug.

»Sprechen Sie mit mir?«

»Sind Sie etwa taub?«, fragte ich voller Anteilnahme.

»Reden Sie in einem anständigen Ton!«

»Machen Sie eine Fliege«, antwortete ich diplomatisch.

Da gab er mir eine Ohrfeige, dass ich zu Boden stürzte,

wobei ich den Tisch, die Stühle und die Gläser mitriss. Einige Minuten lang herrschte Dunkelheit.

Sie können jedermann fragen: Ich verstehe was vom Backenstreich. Aber von einem solchen hätte ich nie zu träumen gewagt. Als ob die Decke auf mich gefallen wäre.

Die Produktion erregte allgemeine Bewunderung, und der Gelbe erntete von mehreren Leuten Applaus. Ein Weltmeister mit Vergangenheit im vierten Dienstjahr gab sein Wort, nur auf der Stockholmer Olympiade eine ähnliche Ohrfeige gesehen zu haben – während des Entscheidungskampfes im Boxen. Ein Mann mit Hut bekam sie auf der Tribüne von einem diensthabenden Polizeioffizier.

Als ich aufstand, schlug er sofort wieder zu, ich sprang aber zur Seite und demonstrierte meinen Kameraden eine linke Gerade. Ohne Unbescheidenheit darf ich sagen, dass sich meine linken Geraden allgemeiner Anerkennung erfreuen – vom Eismeer bis zum Indischen Ozean, und in Melbourne kennt heute noch jedermann Takamaku, der unter dem Künstlernamen »Wilder Stier der Pampas« als Berufsboxer die Welt bereiste, seitdem er aber mit einer meiner linken Geraden konfrontiert wurde, der Verbreitung von Ansichtskarten und Lederwaren nachgeht.

Man nahm das Thekenbrett vom Gelbgesichtigen und stillte die Blutung mit Essig, wobei auch die künstliche Atmung nicht vernachlässigt wurde.

Inzwischen wurde der Saal aufgeräumt, so gut es eben ging.

Es dämmerte schon, als der Gelbe die Augen öffnete. Ich wusste, was ich den gesellschaftlichen Formalitäten schuldete, und trat zu ihm.

»Ich glaube, es ist höchste Zeit, dass ich mich vorstelle. Ich heiße Keule …«

»Bin … sehr erfreut«, sagte er, soweit es ihm wegen der aufgedunsenen Lippen möglich war. »Sandro Mazzea …«

»Portugiese?«

»Spanier …«

Wir verließen die Kantine. Da war ein höllischer Lärm. Es kamen Trainsoldaten an.

»Gratuliere zur Ohrfeige. Auf meinem linken Ohr bin ich immer noch ziemlich taub«, lautete mein Kompliment.

»Eine Kleinigkeit. Bin ein wenig schwach geworden. Zehn Monate in der Sahara sind kein Kuraufenthalt. Früher einmal gab ich ganz anständige Ohrfeigen … Aber ihre linke Gerade ist auch nicht von schlechten Eltern.«

»Schade, dass sie mir ausgeglitten ist«, antwortete ich bescheiden. »Sonst wäre sie besser gelungen.«

Wir rauchten. Tobende Unteroffiziere ließen die Luft von ihren ohrenbetäubenden Rufen erzittern. Sie spannten die Pferde aus und lösten die Maschinengewehre von den Maultieren.

»Was haben Sie gegen meinen Freund?«, fragte ich.

»Ich werde ihn umbringen …«

»Ich fürchte, das geht nicht glatt. Alfons Nobody ist der gefährlichste Mann der Welt.

»Mag sein, dass ich ihn von hinten absteche oder im Schlaf, aber dass ich ihn töte, ist sicher.«

Er blies den Rauch gelassen durch die Nase, gleichsam erwägend, welche Methode die bessere wäre.

»Und was ist Ihr Grund?«

»Er hat meinen Bruder getötet.«

»Hm … so etwas kann passieren … Alfons ist sehr launisch …«

Jemand, der sich lautlos in der Dunkelheit genähert hatte, sagte etwas. Nur Alfons schleicht so geräuschlos.

»Die Herren haben Bekanntschaft geschlossen? Es war überflüssig.«

Der Gelbe ging weg. Alfons blickte ihm nach. Ich

hätte mir nicht gewünscht, dass er mir jemals so nachschaut.

»Hast du wirklich seinen Bruder getötet?«

»Nein … Komm, wir werden mit *ihnen* reden.«

»Hier … im Fort?«

»Ja. Es gibt einen geeigneten Ort.«

Er ging los, und ich folgte ihm.

»Dieser gelbe Mann sagte, dass er dich umbringt.«

»Schlimme Sache. Sein Bruder, der gestorben ist, war mein bester Freund.«

»Er glaubt, dass du ihn getötet hast.«

»Nicht ohne Grund. Es geschah mit meinem Revolver.«

Hm … mir wäre das auch verdächtig.

»Keule, ich habe noch niemandem über meine Vergangenheit erzählt. Wenn mich aber dieser Verrückte doch noch umbringt, dann soll niemand sagen, Alfons Nobody habe seinem Freund in den Rücken geschossen … Wirst du darüber schweigen, was ich dir jetzt erzähle?«

»Du kannst mir vertrauen.«

»Ich wohnte in Lissabon, und in der Klinik arbeitete ein schönes katalanisches Mädchen als Putzfrau …«

»Warst du krank?«

»Bitte? … Ja … Katharina hieß das Mädel, erst fünfzehn Jahre alt. Aber wunderschön. Beim Putzen sang sie … mit einer hinreißenden Stimme … Mazzea und ich dachten, wir kümmern uns um sie. Sie bekam ein ordentliches Kleid von uns, und es machte uns nichts aus, dass Katharina die Tochter einfacher Bauern war, nur ein Dienstmädchen. Andrea Mazzea, der Bruder dieses gelbgesichtigen Mazzea, nahm sie zur Frau. Ich dachte, ich verliere den Verstand. Aber wunderbarerweise tat die Frau so, als ob sie mich liebte. Einmal sagte sie, sie hätte Mazzea geheiratet, weil Andrea geschworen hätte, mich zu erschießen, wenn Katharina ihn nicht heiratet. Schließlich beschlossen wir, zusammen nach Südamerika zu fliehen. Ich wartete in Barcelona auf sie, als das Schiff abfahren sollte. Nachdem sie angekommen war, las ich in den Zeitungen, Andrea Mazzea wäre mit durchschossenem Kopf aufgefunden worden, mit meinem Revolver neben seiner Leiche.«

Inzwischen waren wir durch den riesigen, verlassenen Exerzierplatz gegangen. Nur hier und dort lungerten ein paar Soldaten herum.

»Aber wer erschoss dann Mazzea?«

»Katharina.«

»Warum sagst du diesem tollwütigen Kerl nicht die Wahrheit?«

»Er würde es nicht glauben, und … ich will nicht, dass er Katharina verfolgt. Ich war verrückt. Sie sagte, sie hätte den Mordverdacht auf mich gelenkt, um mich ewig an sich zu binden. Wenn ich sie verließe, würde sie mich an den Galgen bringen … Mir wurde ganz anders, als ich hörte, wie sehr sie mich liebte. Erst nachdem sie mich verlassen hatte, forschte ich ein wenig in ihrer Vergangenheit nach. Denn sie hatte eine, diese Frau von sechzehn Jahren … Wenn jemand meine Kerze löscht, dann kennst du die Wahrheit, Keule, und du erzählst sie dann in den Häfen …«

Eine abscheuliche Geschichte … Aber in meinen Lektüren begegnete ich einem gewissen Herrn Lohengrin, der später ohne jeden Übergang ein Schwan wurde. Aus dieser Enttäuschung zog ich die Lehre: Vorsicht mit den Frauen!

Wir liefen neben der Mauer des Friedhofs, der sich innerhalb der Festung befand. Das Fort St. Thérèse ist eine kleine Stadt für sich. Straßen, Gebäude, Exerzierplatz, Kino, Friedhof, Gemischtwarenhandlung, Krankenhaus: Alles ist da.

Wir gingen zum Friedhofswächter. Alfons zeigte einen Zettel.

»Was war das?«, fragte ich, als wir herauskamen.

Hopkins hat sich nachmittags zum Büroburschen gewandelt. Mit dem Bleistift hinterm Ohr lief er mit Akten durch die Gegend, hinter ihm Laméter mit einer Ledertasche. Er hat einige geeignete Vordrucke gestohlen und drückte den Stempel drauf. Wir waren jetzt Männer der Friedhofsgärtnerei.

Am Ende des Friedhofs öffnete Alfons Nobody, als ob er heimginge, die Eisentür einer Gruft.

Im Inneren der Gruft saß beim ewigen Licht kein anderer als Hopkins auf General Birerres Katafalk – im Gewand eines arglosen Spahis. Der Kapitän ging mit offener Zwangsjacke bedächtig auf und ab. Nachmittags hatte er sich unter die Tobsüchtigen zurückgezogen, bis es Delle mit Hilfe eines passenden Formulars endlich gelang, Laméter da herauszuholen – um »Hirnwasser« zu nehmen.

Was dieser Mann gewagt hat, ist gewiss beispiellos in der Menschheitsgeschichte. Als Zivilist lief er in allen möglichen Uniformen herum, und bevor man ihn in einer Truppe erkannte, mischte er sich auch schon in einer anderen Uniform unter eine neue Truppe, während er in dieser absurden Situation nicht versäumte, sich um den jeder Verstellung unfähigen Kapitän zu kümmern …

»Hallo, Jungs!«, rief er freundlich, als ob wir uns gar nicht in einer Gruft befänden. »Alles geht gut. Kopf hoch!«

»Ruhe!«, bemerkte ich. »Sechzehn Männer arbeiten nachts im Friedhof.«

Der Kapitän blieb stehen und zog sich die Zwangsjacke fester um den Leib, so dass er aussah, wie ein Mime in roter Toga.

»Früher oder später erwischen sie uns«, sagte er.

»Am besten erzählt Keule, was in der Nacht geschehen ist«, empfahl Nobody.

»Hört, hört!«, rief Hopkins lebhaft.

Mit Auslassung einiger Nebensächlichkeiten berichtete ich von meinem Abenteuer.

»Beschreiben Sie das Äußere dieser Frau genauer.«

Ich erzählte alles, was für die angebliche Gräfin charakteristisch war.

»Und ... woher nehmen Sie, dass ... Generalleutnant Rouban am Ende ist?«, fragte der Kapitän blass.

»Das spürt man schon anhand der Zeitungen ... Er wird bereits verabschiedet.«

»Das bedeutet, dass viele Menschen ohne Grund ... sterben werden. Marquis De Surenne ist ein braver Soldat ... Aber eben nur ein Soldat ... Die verschwundene Expedition und die Diamantmine kamen den Feinden Roubans gerade recht«, erklärte Laméter.

»In wenigen Stunden beginnt der Feldzug. Man sieht das an den Vorbereitungen«, sagte Alfons.

»Gegen das unschuldige Volk der Fongi.«

»Und wenn die Wahrheit bekannt würde, bevor der erste Schuss abgefeuert wird?«, fragte ich.

»Dann würde ein ganzer Kontinent vor einem großen Unglück bewahrt bleiben.«

Eine kurze Stille. Auf dem Sarkophag des ehemaligen Marschalls tanzte das bleiche Licht mit einem schmalen Schatten ... Im Zwielicht erkannte man ein riesiges Kruzifix an der Wand der unheimlichen Gruft, wo jedes Wort wie von Gespenstern mehrfach wiederholt wurde.

»Denken Sie nach, Herr Kapitän, und verfügen Sie über uns«, sagte Alfons.

»Wir haben Ihnen Treue gelobt«, fügte ich hinzu.

»Er lebe hoch!«, schloss sich auch Hopkins an.

Laméter ließ seinen Blick gerührt vom einen zum anderen wandern.

»Danke, Jungs ... Gott vergelte Ihren großherzigen Dienst.«

Der Reihe nach drückte er uns die Hand.

»Jetzt müsste man in erster Linie wissen, wer diese Frau ist«, sagte ich. »Sie ist schließlich unsere gefährlichste Gegnerin.«

»Das ist kein Geheimnis«, bemerkte Laméter.

»Wer ist sie?«

»Meine Frau«, antwortete der Kapitän.

Wir schwiegen lange Zeit regungslos und betroffen.

3.

»Die Dame, zu der Sie zarte Bande geknüpft haben«, wandte er sich an mich, »ist die Gräfin La Rochelle. So hieß ihr erster Mann. Später ließ sie sich von ihm scheiden und wurde Hauptmann Manders Frau. Als ich einmal längere Zeit in Madagaskar weilte, segelte sie mit mir davon, und ich heiratete sie in Paris. Aber nach einigen Monaten erhielt ich einen anonymen Brief mit Angaben, die ... trotz der fehlenden Unterschrift ... kurz und gut, alles war hieb- und stichfest. Und ... ich ließ die Frau sitzen ... Sie trug dann wieder Manders Namen, weil sich ihre Scheidung als ungültig erwiesen hatte. Das war ihr Werk gewesen ... Ich sah sie später noch manchmal ... Sie bewegte sich ständig in der Gesellschaft von Van der Ruffus. Das ist ein reicher, holländischer Bankier, der viel für wohltätige Zwecke spendet ... Mein einziger früherer Bekannter, der mich im Gefängnis besuchte und mich fragte, ob ich etwas benötigte ... Er ließ sie später auch fallen ... Es heißt, wegen eines anonymen Briefes ...«

Trotz allem, was ich selbst mit ihr erleben musste, war ich sehr überrascht.

»Und hat sich nie jemand gefunden«, staunte Hopkins, »der dieser Dame bei Gelegenheit eine Ohrfeige gegeben hätte?!«

»Es ist Zeit, zur Sache zu kommen«, unterbrach Alfons Nobody diese romantische Unterhaltung. »Ich denke, man muss versuchen, vor der Armee im Senegal anzukommen. Wir legen den größten Teil der Strecke mit den Soldaten zurück und setzen uns dann ab ...«

»Kinderspiel!«, winkte Delle Hopkins.

»Man bräuchte aber das Tagebuch über den Weg der Expedition. Hauptmann Mander hat es an die Kommandantur gesandt«, überlegte der Kapitän.

»Man muss dieses Tagebuch besorgen«, stellte Alfons Nobody fest.

Delle Hopkins streichelte sich das Kinn.

Der Kapitän winkte traurig:

»Es liegt in Generalleutnant Roubans Tresor.«

»Im Interesse der Wahrheit darf man auch schon mal eine Kasse ausräumen.«

»Sie wollen ins ... Militärarchiv einbrechen?«

»Sehr verehrter Herr Kapitän!«, sagte Nobody. »Sie leiten in unserer Unternehmung den Abschnitt Senegal, aber hier waren wir von Anfang an federführend, und dabei bleibt es.«

Laméter seufzte.

»In einigen Fällen konnte ich mich im Nachhinein davon überzeugen, dass Sie Recht hatten. Ich wage es nicht mehr, mich zu widersetzen ...«

Danach kehrten wir in die Kaserne zurück.

ZEHNTES KAPITEL

Die Walze der Bajonette

1.

Anderntags bekamen wir Urlaub. Das bedeutete, dass die Truppe in den Kampf zog. Doppelte Ration Zigaretten und Rum. Halber Dienst.

Und ein entsetzliches Durcheinander!

Kurz: Der Abmarsch lag in der Luft.

Ein Tag Urlaub ist eine schöne Sache. Sogar bei mir, der – wie Potrien sagt – eine gemütliche Vorstellung vom Soldatendasein habe.

Als ich die Wache passiere, wo der Sergent persönlich das vorschriftsmäßige Äußere der Soldaten kontrolliert, mustert mich Potrien.

»Aaa … dr!!!«

Das bedeutete so viel wie »à droite«.

Ich mache rechts um.

»Aaa … sch!«, ruft er – à gauche.

Wenn er auf meinem Umhang nur eine einzige Falte findet, schickt er mich zurück.

Aber dazu hat er keine Möglichkeit, so dass er mich lediglich von oben bis unten mustert:

»Werde ich anlässlich der Kampagne die Ehre haben, den Herrn Rekruten zu sehen? Ich lege Wert auf eine makellose Marschkolonne, und falls der Herr General hier ist, wenn wir aufbrechen, was wird er wohl zu mir sagen, wenn er Sie marschieren sieht?«

»Er wird sagen: ›Lieber Potrien …‹«

»Sagen Sie es ja nicht! Marsch! Marsch … Aus den Augen! Schwein!«, brüllte er. »Sonst mache ich Würste aus Ihnen!«

Ich begab mich in meine favorisierte Schenke im Hafen: »Zu den vier fröhlichen Leichenräubern«.

Kaum hatte ich allerdings meinen zehnten Cognac getrunken, als ein Chauffeur meine Schulter berührte.

»Jemand erwartet Sie draußen und möchte mit Ihnen reden.«

Ich ging vors Restaurant.

Aus einem Wagen lehnte die Gräfin La Rochelle und lächelte freundlich!

»Sind Sie mir böse?«, fragte sie.

»Grä… Gräfin …«, stotterte ich.

»Wenn Sie Angst haben, sich zu mir in den Wagen zu setzen …«

Selbstverständlich stieg ich auf der Stelle ein. Das Innere des Autos war von schwerem Jasminduft geschwängert.

»Palais de danse!«, sagte sie zum Chauffeur.

»Aber … Gräfin … Das ist ein nobles Haus, und ich bin nur …«

»Erlauben Sie mir doch, einen Legionär vor dem Feldzug einzuladen.«

Die Bürger der Stadt rechneten es sich schon seit langer Zeit zur Ehre an, die Soldaten, die in den Kampf zogen, zu bewirten. Nach einigen Minuten stiegen wir aus dem Wagen und gingen in das Lokal.

Ich bin kein eitler Mensch, was Sie schon aus dem bisher Geschriebenen ersehen können, aber jetzt muss ich doch gestehen: Es tat gut, mich mit einer so schönen und vornehmen Dame in der Öffentlichkeit zu zeigen.

Die genagelten Stiefel sollten allerdings nicht so furchtbar auf dem Parkett gleiten. Im Fallen klammerte ich mich an einem unvorsichtigen Kellner fest, und einige Tassen Kaffee fielen in den Schoß einer kleinen Gesellschaft …

Die Damen im Seidenkleid sprangen kreischend hoch, und ich sah mich von den Vorschriften des guten Benehmens dazu aufgefordert, mich zu rechtfertigen:

»Vergebung, aber dieses Rindvieh von einem Kellner …« Währenddessen trocknete ich mit meiner Hand eine der Damen ab, aber diese schrie nur noch lauter. Ein freundlich aussehender, grauer Mann befreite mich aus meiner Lage.

»Mesdames et Messieurs! Ein Legionär vor dem Feldzug ist unter uns. Empfangen wir ihn mit allen Ehren! Es lebe die Legion!«

Sie spielten einen Tusch und ließen mich hochleben.

Der grauhaarige Herr stellte sich vor.

»Ich heiße Van der Ruffus.«

»Sehr erfreut: Ich für meine Person bin John Fowler.«

Jetzt erblickte er die Gräfin. Das Gesicht des jovialen Holländers nahm einen kühlen Ausdruck an. Er verbeugte sich tief.

»Der Soldat ist mein Gast, Mynher.«

»In diesem Fall … störe ich Sie nicht länger … Gräfin …«

Er verbeugte sich wieder und ging weg.

»Kommen Sie, setzen wir uns.«

Ich bestellte Whisky. Die Gräfin ließ Weintrauben und Teegebäck kommen.

»Nun, lieber John? Warum starren Sie mich so an?«

»Ich dachte, Sie wären mir böse.«

»Warum sollte ich das sein? Ich hatte den Eindruck, Sie wären ein Tölpel. Dann begriff ich, dass Sie klug und mutig sind. Haben Sie noch nie gehört, dass sich eine Frau in jemanden verliebt, der ihr eine Lektion erteilt hat?«

Tatsächlich, das war mir nicht neu.

»Zuerst wollte ich Sie töten. Dann weinte ich tagelang,

schließlich wollte ich Sie nur noch sehen … Bitte, haben Sie keine Angst. Ich frage nicht nach Ihren Geheimnissen. Sie haben Recht, wenn Sie mir nicht vertrauen … Ich kann warten … Mit dem Regierungskommissar habe ich mich verkracht. Ich kümmere mich um niemanden mehr. Ich liebe dich, John …«, flüsterte sie und griff nach meinem Arm. »Deine Geheimnisse interessieren mich nicht … Nur liebe mich und halte mich fest in deinen starken Männerarmen.«

Tatsächlich sind meine Männerarme stark. Deshalb begann ich, dieser Frau wieder Glauben zu schenken. Wenn sie meine Geheimnisse nicht kennen will, dann hat man schließlich keinen Grund, argwöhnisch zu sein.

»Gräfin … ich liebe Sie, und es tat mir weh, als ich mit meinem außerordentlichen Scharfsinn herausfand, wie sehr Sie meine Schwärmerei ausnützten.«

»Ich bin froh, dass du nicht nur mutig und stark bist, sondern auch klug.«

Das musste ich ihr wirklich glauben.

»Kommen Sie … kommen Sie zu mir, wo wir allein sind, und niemand uns anstarrt.«

Tatsächlich starrte uns jeder an. Dabei trank ich mit einer vornehmen Geste, indem ich den kleinen Finger abspreizte.

Jedoch trank ich aus dem Waschglas für die Trauben. Aber wer denkt denn schon daran, dass in diesen Kreisen ein zierliches Kristallgefäß wie dieses nicht für Hochprozentiges gedacht ist, sondern zum Abspülen von Obst?

Mein ganzer Argwohn war dahin. Aber das war wirklich verständlich. Die Gräfin war nett, demütig, ihr jauchzendbetrübtes Gesicht strahlte nur so, sie umarmte und küsste mich, und bat mich, im Kampf vorsichtig zu sein, da sie es nicht überleben würde, wenn ich fiele.

Das klang ziemlich plausibel.

»Ich werde da sein, John … egal wie … Ich komme und bete in deiner Nähe für dich.«

»Das ehrt mich sehr«, erwiderte ich glücklich.

Als ich mich eilends zur Kaserne begab, kam ein kleiner Junge zu mir.

»Bitte, ein Brief. Ein Herr schickt ihn.«

In dem Brief stand:

Du bist ein. Riesenhöcker Kamel! Ich hab dir schon geschrieben. Sie zu meiden. Die hexe! Die will dich total umgarnen. Und am Ende. Schießens dich übern Haufen. Wirst seng. Du narrischer Ox. Damischer!

Wer wohl?

Kannst mir schreiben, Türkischer Sultan, so viel du willst, du abgetauchter Gauner.

Sie liebt mich! Sie liebt mich! Sie liebt mich!

2.

Als ich ankam, stand man schon zum Abmarsch bereit.

»Mittags Abmarsch.«

»Mittags brechen wir auf.«

Alfons Nobody stand neben mir. Man wusste von ihm nie, wann er kommt. Seine Schritte waren nicht zu hören.

Erschrocken schlug ich mir auf die Stirn.

»Du …«

»Was ist?«

»Wir wollten aus … Roubans Panzerschrank …«

»Das Tagebuch besorgen?«

»Ja!«

»Ich habe es«, sagte er ruhig. »Ich war in der Stadt.«

»Hast du den ›Bären‹ angebohrt?«

So hieß der Tresor.

»Es war anders. Lucy de la Rouban hat es kopiert. Sie

holte sich von ihrem Vater den Schlüssel und nahm das Tagebuch insgeheim für eine halbe Stunde an sich. Eine schreckliche Geschichte. Wenn das je herauskommt… Allein schon der Gedanke…«

»Hast du keinen ›Bekannten‹ gesehen?«, fragte ich.

»Nein. Ich sorge mich um ›unsere‹ Bekannten. Vor dem Abmarsch wird in jeder Kompanie die Anwesenheitsliste verlesen.«

Mittags erklang das Horn.

Das Bataillon stand bereit. Vor jedem Gebäude im Fort geordnete Reihen. Paffende Automobile, rennende Unteroffiziere.

Da erblickte ich Delle Hopkins drüben bei den Sudanern.

Er liest die Liste!

Die einzige Möglichkeit, seine Abwesenheit zu vertuschen: Er liest selbst die Liste vor!

Aber wo ist der Kapitän?…

Delle trägt die dunkle Uniform der Singhalesen und schreit die Letzten in der Reihe immer wieder an, wenn sie hinter ihren Kameraden zu weit zurückbleiben.

Dann bleibt er selbst zurück. Hm… Jetzt ist er verschwunden. Wo kann er sein? Da, ein Unteroffizier läuft her, schnallt den Gürtel um, keucht und rennt… erreicht die Singhalesen…

Der Leutnant reitet hin.

»Wer sind Sie?«

»Ich wurde der neuen Singhaleseneinheit zugeteilt… Aber jemand hat mich in der Waschküche eingesperrt… und…«

»Schon gut! Ihr Glück, dass wir in den Krieg ziehen… hier, dieser Kamerad, er wird Sie einweisen.« Und er reitet wieder weg.

Aber der Kamerad ist verschwunden.

Der Kaporal sucht ihn nicht, sondern freut sich, dass er ungestraft davongekommen ist. Und was die Truppe angeht, sie kümmert sich wirklich nicht darum, wer auf die hinterste Reihe schimpft.

Aber wo ist der Kapitän?

Wir gehen in den Hafen. Fünf Schiffe liegen nebeneinander und etwas weiter der schöne Kreuzer mit der Aufschrift:

GÉNÉRAL DU NÉGRIER

Auf ihm reist der Marquis De Surenne, Regierungskommissar …

»Fixez …«

Wir bleiben stehen.

»Sac à terre! Formez le faisceau!«

Wir lassen uns im Hafen nieder und warten, dass wir aufs Schiff dürfen.

3.

Es ist verhältnismäßig angenehm. Wir sind auf dem Schiff.

Der Dampfer mag noch so überfüllt und schmutzig sein, es ist hier immer noch besser als in der Sahara marschieren.

Abends sind acht von uns hinauf, um das Deck zu schrubben. Ich konnte mich da natürlich nicht raushalten.

»Sie sind mein Liebling«, sagte Potrien zutiefst angewidert und spuckte aus. »Sie werden sich nicht langweilen, keine Angst. Schrubben Sie das Deck, bis man darauf ausrutscht, sonst …«

Auf den Planken haftete eine fingerdicke Schmutzschicht. Aber rutschig wurde es doch. Zumindest hat der Sergent so einen Salto hingelegt, dass das Schiff davon erbebte.

Irgendein Halunke hat eine ganze Seife auf seine Schwelle geschmiert. Wirklich kein guter Witz …

Bis zum Abend schrubbte ich. Das ist keine schwere Arbeit, aber ich hatte keine Seife mehr, so dass ich den Boden härter reiben musste.

Schließlich fand ich mich im Knien Mazzea gegenüber.

»Ruhen wir uns aus«, empfahl ich dem gelben Mann.

Es war ein frischer Abend. Europas Winterklima macht öfter eine Stippvisite zur afrikanischen Küste.

Wir setzten uns auf die Zwischendecktreppe.

»Hör mal, Zitrone«, sagte ich nach kurzem Schweigen. »Ich nenne dich deshalb so, weil du klein bist, gelb und sehr sauer noch dazu.«

»Willst du schlägern?«, fragte er traurig und zog den Mantel aus.

»Nein. Ich würde dich gern verprügeln, aber das geht nicht ohne starkes Ohrensausen ab.«

Er setzte sich zurück.

»Ich sage dir, Mazzea, lass den Alfons Nobody in Ruhe.«

»Der … heißt Alfons Nobody?«

»Ja.«

Er sagte nichts, sondern machte einen tiefen Zug an seiner Zigarette.

»Er hat deinen Bruder nicht umgebracht.«

»Das ist eine Lüge.«

»Also hör mir mal zu. Alfons Nobody hat mich gebeten, niemandem zu sagen, was er mir anvertraut hat. Ich erzähle es trotzdem. Es wäre dumm, wenn sich zwei gute Typen umbringen.«

Ich erzählte ihm die ganze Geschichte. Alles, was ich von Katharina, der Klinik und seinem Bruder, dem ermordeten Andrea Mazzea, wusste.

Er saß lange still da. Im Nebel heulte irgendwo eine Schiffssirene. Es war feucht, und wir hatten kalte Hände.

»Du bist dumm. Dieser Alfons Nobody ist keiner, der

seine Freunde umbringt, nicht einmal wegen einer Frau, was ja ziemlich oft vorkommt. Wenn er so wäre, dann hätte er dich schon längst getötet. Für den ist das ein Klacks. Es gibt nichts, wozu er nicht fähig wäre. Er ist stärker als ich, was bei einem Mann selten ist. Außerdem ist er schneller und geschickter als ich und hat eine Menge Verstand, auch wenn er nicht so viel gelesen hat wie ich.«

»Würdest du dich nicht rächen, wenn man deinen Bruder umbringt?«

»Was meinen Bruder betrifft, so war ich immer froh, wenn *er* keinen umgebracht hat. Aber wenn man *ihn* umgebracht hätte, dann hätte ich mich vor der Rache zuerst des Täters vergewissert …«

»Ich werde mich … vergewissern …«

Ein weiß gekleideter Mann näherte sich. Es war der Koch, mit Schürze und Löffel.

»Hallo! Wollt ihr nicht abendessen!?«, rief er.

Heiliges Kanonenrohr! Das ist ja Delle Hopkins!

4.

Wir gingen zum Abendessen. Mazzea eilte voraus. Ich griff nach Hopkins:

»Keine Probleme?«

»Doch, anfangs: solange ich statt Essig Rum in die Suppe schüttete. Aber jetzt ist sie endlich gelungen. Knoblauch wirkt nämlich ausgleichend und überdeckt den Rumgeruch …«

Hoffnungsvoll blickte ich dem Abendessen entgegen …

»Aber Kopf hoch«, redete er fröhlich weiter. »Man muss sich nur geschickt unters Volk mischen. Dann gibt es keine Probleme. Bei jeder Kompanie gibt es so viele neue Leute, dass man leicht hin und her laufen kann … Keine Angst, solange du den guten alten Delle Hopkins siehst, mein Bester…«

»Und der Kapitän?«

»Kein Problem! Er kommt auf dem anderen Schiff! Als Militärschmied.«

»Und… versteht er was davon?«

»Was gibt es da schon zu verstehen? Koste dein Abendessen, und es wird dir alles klar werden. Au revoir! Alles in Ordnung, Kopf hoch!« Und pfeifend lief er die Küchentreppe hinunter.

Im Zwischendeck blickte die Mannschaft mit einer finsteren, feindseligen, zur Meuterei bereiten Stimmung auf das Abendessen. Es gab Suppe, stark mit Knoblauch und Rum verfeinert!

Man kann es sich vorstellen!

Der Gefreite hielt es für seine Pflicht, alles aufzuessen, als ob nichts geschehen wäre. Nachdem ich von meiner Ration gekostet hatte, hatte ich das Gefühl, dass der Gefreite die höchste Auszeichnung verdient hatte.

Ich war allerdings der Einzige, der wusste, warum der Gefreite nach einem Teller Suppe sentimentale alte Volkslieder sang…

ELFTES KAPITEL

Vor dem entscheidenden Kampf

1.

Bei Dakar warfen wir Anker. Laut Kapitän und Schiffswaage hatte die Besatzung zweiundzwanzig Prozent ihres Gewichts verloren. Dabei hatte sich das Essen merklich gebessert, nachdem Delle Hopkins irgendwo ein Kochbuch aufgetrieben hatte. In diesem Buch schmökerte er gerade, als ich ihn in der Küche aufsuchte. Außer mir sprach niemand mehr mit ihm.

»Sieh mal, Delle«, sagte ich sanft. »So kann es nicht weitergehen. Dass du die Suppe anbrennst, das geht noch. Aber wie kommt Salz in den Kaffee?«

»Die Frage ist berechtigt. Ich war gerade dabei, den Rettich zu salzen, als der Schwarze seine Pfeife in den Kaffee fallen ließ. Also langte ich in die Kiste. Was ist denn besser zum Kaffee, Salz oder Pfeifenasche?«

Was hätte ich darauf antworten sollen? Er hatte Recht.

»Das ist der Dank für meine Arbeit. Ich bekomme nicht einmal Sold, sondern koche als ehrenamtlicher Soldat, und trotzdem mault jeder. Lass mich jetzt auch mal abendessen«, sagte er verärgert.

Auf dem Ofen stand die Suppe. Hopkins aber zog eine Wurst aus seiner Tasche und begann sie zu essen.

Inzwischen war es beschlossene Sache, dass der Koch in Dakar abgelöst wird. Einen Tag standen wir vor dem Hafen, bis alles zum Aussteigen bereit war.

»Ich hole den Kapitän«, flüsterte Delle. »Jetzt ist der Schmied an der Reihe, und das gibt Ärger ...«

Die »Général du Négrier« fuhr uns weit voraus. Ihre Seite glänzte in der sengenden Sonne. Wir befanden uns in Äquatornähe. Die trockene Hitze war zum Ersticken.

In der Nähe konnten wir bereits die Stadt und die Lichter sehen. Hinter einem dicken Staubschleier sickerte der Lärm als monotones Tosen hindurch. Der Ausstieg begann. Es musste wirklich dringend sein, denn es wurde zum Appell geblasen, sobald wir ausgestiegen waren.

Die Techniker schimpften bereits auf den Truppenzug. Mitten unter den Soldaten, die sich aus vier Schiffsbäuchen ergossen hatten, lief ein nervöser Korporal überallhin. Er suchte den Schmied … Wo konnte er nur sein?

»Los, auf geht's!«, schrie Potrien. »Was schlendern Sie wie Pensionisten und gestresste Senioren? He, Sie Asphaltstrolch, trödeln Sie nicht mit den Dokumenten! Sagen Sie ihm doch, er soll sich beeilen, weil ich ihn sonst überrolle …«

Durch die nächtliche Stadt! Rattern, Rasseln, Stiefelgestampfe, Pferdegewieher.

Auf der breiten Straße bewegten wir uns in der kühlen Nacht trotz des Gewaltmarsches gutgelaunt voran.

Der Kreuzer glänzte hin und wieder auf, wenn ihn das Mondlicht streifte.

Jetzt fährt ein Auto langsam an der Kolonne vorbei. Der riesige, grüne Tourenwagen ist von weit her gekommen, der Staub bedeckt ihn dick, und der Fahrer …

Ja, wo sind wir denn?!

Zwischen der tief ins Gesicht gezogenen Mütze und der großen Fahrerbrille sah man nur eine Nasenspitze, die aber vollauf genügte.

»He, Türke!«, rufe ich und trete auf ihn zu.

Erschrocken gibt er Gas, und das Auto scheint nach vorne zu springen. An einer breiteren Stelle kann er Reißaus nehmen und saust an der Kolonne vorbei.

Der schlaue Kerl hat es faustdick hinter den Ohren. Er scheint das Unglück anzuziehen ... Wo geht er jetzt hin? Was will er?

»Vite ... vite ...«

Die Unteroffiziere eilen drängend durch die Reihe ...

2.

Wir sind in Gambia. Flugplatz. Sonst nichts. Ein Hangar, einige Maschinen, links das Meer, rechts die Wildnis.

»À terre! ...«

Die hohe, eintönige Westküste Afrikas ist die ödeste, langweiligste Landschaft der Welt. Nirgends eine kleine Bucht oder ein Hafen, nur Mangroven, deren nacktes Wurzelwerk sich in der untergetauchten Erde der ausgewaschenen Küste festklammert.

In dieser Gegend ist das Lagern keine Freude. Die Ameisen nisten sich überall ein und zerkauen alles. Nur das verschüttete Petroleum bewahrt uns vor ihnen. Brot, Zigarette, Schnaps: Allmählich riecht alles nach Petroleum, was die Luft noch widerwärtiger macht.

Halbtaub irren wir herum, weil die doppelte Chininration ein ununterbrochenes Glockengeläute in unserem Gehirn hervorruft. Trotz des vielen Chinins gibt es gehäuft Schüttelfrost. Voll sind alle Rotkreuzwagen mit neuen und rückfälligen Malariakranken.

48 Grad im Schatten. Und ein wenig schmerzen die Muskeln, schwer sind die Augenlider, es reißt in den Gelenken ...

Wir sitzen mit Alfons Nobody auf der Steinbrüstung des Flugplatzes. Hier wimmelt es wenigstens nicht von Würmern und Blutegeln. Auf der Zementplatte des Platzes steht das Kantinenzelt. Auf dieser Platte sitzt, steht oder liegt, wer einen Platz findet.

Ein dicker, schwarzhäutiger Korporal schreit mit den Technikern, die schon seit einer halben Stunde mit dem Radiosender herumtrödeln. Dann brüllt er zu einem Soldaten, dass er dem Kapitän Wasser bringen soll. Jetzt kommt er zu uns:

»He?! Fehlt es Ihnen an Arbeit, zum Donnerwetter!«

Fast kippe ich von der Brüstung. Auch Alfons Nobody muss sich festklammern.

Delle Hopkins ist der schwarze Korporal!

Er hat sich etwas ins Gesicht geschmiert ...! Ich schwöre!

»Na, was starren Sie?! Sind Sie taub? Kommen Sie zum Ufer, man muss einen Pflock einschlagen, damit wir ein Boot festmachen können ... En avant, wenn ich es sage, nom du nom!«

Wir gingen hinter ihm los. Kaum betraten wir den Pfad, der ins Dickicht führte, als der »Schwarze« grinsend sagte:

»Kopf hoch, Jungs! Alles läuft bestens!«

»Wie bist du so ein Clown geworden?«

»Mit Kork, mein Freund. Wenn du acht bis zehn Korken auf schwachem Feuer verbrennst, und dich mit der Asche einschmierst, bekommst du eine so schöne Juchtenfarbe ... Wartet.«

Unter den Wurzeln eines Baumes zog er ein Paket hervor, das in imprägniertes Segeltuch gewickelt war.

»Man muss sich häufig verändern«, brummte er. »Die Hauptsache: sich unter das Volk mischen ... Wenn man den schwarzen Korporal sucht, ist er längst Sanitäter ...«

Aus dem Paket kam ein Uniformrock zum Vorschein. Und zwar mit dem Abzeichen unserer Kompanie, der Nummer 77.

»Aber wenn sie dich erkennen ... Du warst doch Koch?!«

»Ach was! Erinnert sich jemand daran, wer auf dem Schiff gekocht hat?«

»Nun … Wer gegessen hat, der hat es sicher nicht vergessen«, murmelte ich.

Er nahm irgendein Fett aus seiner Tasche, schmierte es sich ins Gesicht und war wieder ein Weißer. Aus einer Feldflasche goss er Wasser in seinen Napf und wusch sich. Wir beobachteten ihn voller Respekt. Eine schöne Leistung!

»Wo ist der Kapitän?«, fragte Alfons Nobody.

»Sie bringen ihn schon«, antwortete Delle teilnahmslos.

»Was?«

»Ich sage doch, sie bringen ihn schon.«

Inzwischen waren wir am Ufer angelangt und blieben neben einem Planwagen stehen. Er stand einsam unter breitem Laubwerk.

»Was soll das bedeuten, dass sie den Kapitän bringen?«, fuhr ich ihn ungeduldig an.

»Da …«, sagte er nur und zeigte nach links.

Zwei Sanitäter nahten mit einer Tragbahre. Delle nahm, wer weiß woher, ein Rotkreuzarmband und zog es sich blitzschnell über. Die Sanitäter kamen her und legten die Bahre auf den Boden. Ein Mann lag darauf, aber seine Augen waren unter den vielen Binden kaum zu sehen.

»Bitte schön«, sagte einer der Sanitäter. »Der schwarze Singhalesenkorporal sagte uns, dass wir ihn hierherbringen sollen. Er ist von einem Karren gefallen und wurde überrollt. Der Arme liegt im Sterben … ist nicht bei Bewusstsein.«

»Ist gut. Ihr könnt gehen!«

Kaum waren sie verschwunden, setzte sich der Sterbende auf.

»Hören Sie, mein Freund, was Sie mit mir machen, ist ohne Beispiel!«

»Kopf hoch, Herr Kapitän. Alles in Butter. Wir legen ihn auf den Rotkreuzwagen, ihr setzt euch dazu, und los geht's …«

»Hast du den Verstand verloren?«

»Nur nicht viel fragen. Voran! In der Nähe des Wagens dürft ihr nicht schwätzen, da noch andere Passagiere da sind.«

Der Kapitän legte sich seufzend die Gipsbinde auf, wir packten die Tragbahre, trugen sie zum Wagen und schoben sie hinein. Zu meiner größten Verwunderung lagen noch zwei Kranke unter der Plane. Den einen schüttelte die Malaria, und den anderen muss eine Spinne gestochen haben, da er einen blau angeschwollenen Kopf hatte und hin und wieder stöhnte.

»Alles klar, Jungs«, ermutigte sie der freundliche Hopkins. »Es vergeht schon wieder.«

Dem einen gab er Wasser und dem Fiebernden Chinin, während er ihm die Seite befühlte wie ein richtiger Arzt. Dann zog er unter seinem Rock eine Zigarre hervor, biss das Ende ab, zündete sie an und gab mir einen Wink.

»Komm du auf den Bock. Nobody soll hier beim Kapitän bleiben …«

Ich setzte mich neben ihn. Er schlug zwischen die Pferde, klemmte sich die Zigarre in den Mund, trieb die Tiere auf dem engen Pfad voller Löcher und summte dazu …

»Wir begeben uns jetzt an einen ruhigen Ort. Der Kapitän bleibt in der Kutsche. Er hat bereits gesagt, was ich euch mitteilen muss …«

»Aber wenn es Visite gibt, wird man den Wagen suchen, oder?«

»Den da? Warum denkst du, dass man den Brotwagen eines Bäckers in der Visite vermisst?«

»Mensch, dann ist dieser Wagen …«

Er nickte mit einem jovialen Lächeln:

»Gestohlen …«

Hat man so etwas schon gehört? Jetzt hatte die Armee auch schon eine ehrenamtliche Bäckerkutsche.

»Weißt du«, erzählte er, »in Dakar war die Lage etwas ›warm‹. Sie suchten auch den Kapitän. Der Schmied fehlte. Da sah ich einen einsamen Wagen in der Ecke des Hauptplatzes, setzte mich auf, schlug zwischen die Pferde und fuhr davon. Im Wagen verbarg sich der Kapitän.«

»Aber die Verwundeten?«

»Die habe ich auch gestohlen ... He, ihr Gauner! ... Es gibt hier genug, man muss sie nur mit der Tragbahre auflesen.«

Auf mein Wort, ich bewunderte ihn. Das war ein Kerl! ... Rüttelnd raste die Kutsche dahin. Auf dem glatten Meer stand der Kreuzer zum Greifen nah.

Inzwischen erblickte ich auf einem Hügel eine Lichtung. Unter dem Hügel zog Hopkins die Bremse. Wir standen.

»Hier können wir ruhig reden. Keine Panik, wenn eine Patrouille kommt. Ein Transport mit Verwundeten ist für sie uninteressant.

Ungefähr fünfzig Schritte vom Wagen ließen wir uns auf einer Zeltplane nieder. Nobody kam auch dazu. Der Kapitän blieb in der Kutsche.

»Wir haben mit dem Kapitän das Folgende besprochen«, begann Hopkins. »Heute Nacht flüchtet er.«

»Allein?«

»Ja. Er will es so. War nicht umzustimmen. Sagt, wenn man uns zusammen mit ihm ergreift, werden wir sicher erschossen.«

»Na und?!«, fragte Alfons Nobody. »Glaubt der Kapitän etwa, dass wir nur um Bohnen zu spielen pflegen?«

»Das habe ich ihm auch gesagt, aber er ist nun mal eigensinnig. Er sagt, wir seien romantische Rittergestalten. Das ist eine Manie von ihm, das mit den Rittern.«

»Du verstehst nichts davon«, winkte ich ihn sehr klug ab. »Belesene Leute wissen so etwas. Es gab einige Ritter, und einer von ihnen wurde ein Schwan, weil seine Damenbekanntschaft auf Schritt und Tritt trällerte.«

»Statt ihr aufs Maul zu hauen?«, wunderte sich Hopkins. »Seltsam. Aber es ist egal. Das heißt, wir können nichts daran ändern.«

»Aber was will der Kapitän?«, fragte Alfons Nobody.

»Er hat es gesagt. Wir kopieren dreimal das Tagebuch und die Landkarte von Hauptmann Mander. Wenn wir uns aus den Augen verlieren sollten, kann jeder allein weiter.«

»Das ist gescheit«, nickte Alfons Nobody.

»Gib mir diese Dinge. Der Kapitän kopiert sie, und ich bringe jedem seine Kopie.«

»Bitte.«

Er übergab sie. Delle legte sie vor sich und betrachtete sie.

»Diese rote Linie ist der Weg vom Fluss Senegal.«

»Und bis zum Fluss?«

»Von hier kommt man leicht dorthin. Der Kapitän kennt den Weg gut. Noch heute klaue ich einen Kompass und ähnlich nützliche Dinge.«

Ich schaute mir die Karte an. Die rote Linie bezeichnete den Weg der Expedition zur »Hauptstadt« des Fongistammes. Sie heißt Tamaragda.

»Ich verstehe nicht«, sagte ich nachdenklich. »So müssten die Fongi tatsächlich von uns wissen.«

»Ich glaube … auch«, murmelte Hopkins.

»Was ist, wenn sich der Kapitän irrt, und die Schwarzen haben wirklich etwas angestellt?«

Man hörte Pferdegetrappel.

Bevor wir einen Gedanken fassen konnten, was vor sich ging, da erschien auch schon kaum fünfzig Schritte von uns entfernt der Regierungskommissar!

3.

Alfons Nobody steckte die Dokumente schnell in die Tasche.

Aber er war zu spät dran! Der Regierungskommissar hatte ihn gesehen! Er sprang vom Pferd und kam geradewegs auf uns zu. Bis er dort war, standen wir bereits alle drei stramm.

Er zog seinen Umhang eng an den Körper. Nur hier und dort glänzten die Goldschnüre und Orden seiner Admiralsuniform unter dem Stoff auf.

»Guten Tag, die Herren Legionäre«, sagte er mit eisigem Spott. »Habe ich Sie etwa bei einem staatsfeindlichen Projekt gestört? Können Sie nicht antworten? Ich kenne Sie gut! Ich weiß, wen ich vor mir habe ...«

Nach einer rhetorischen Pause stach er mit seiner Reitgerte jedem von uns in die Brust.

»Delle Hopkins, Alfons Nobody und die Keule ... Ich bin deshalb an Land gegangen, um Sie mir ein bisschen anzuschauen ... Sie waren aber nicht im Lager ...« Er fuhr uns an: »Was suchen Sie hier?! Was?!!«

Alfons Nobody antwortete:

»Wir haben einige Kranke aufgesammelt, Exzellenz, die in der Umgebung des Lagers umgefallen sind.«

»So ... und warum sind Sie nicht gleich ins Lager zurückgekehrt? Warum haben Sie die Köpfe zusammengesteckt?«

»Wir haben uns ein wenig ausgeruht!«

»Ist das eine Verschwörung?! Dumme Halunken, glauben Sie, Sie können sich ihren Kommandanten widersetzen?! Dem Gesetz!? Sie sind Laméters Komplizen. Er will zu den Fongi, um sie gegen die Franzosen zu führen.«

Wir schwiegen.

»Schauen Sie«, fuhr er in milderem Tone fort. »Ich weiß

wohl, Sie sind mutige, zu allem entschlossene Männer. Was Sie bisher getan haben, kann höchstens einer von tausend vollbringen. Schade um sie. Sie können es weit bringen, wenn Sie mir treu sind … Es hängt nur von Ihnen ab …«

Er wartete.

»Nun? Ein Landesverräter hat Sie übertölpelt. Noch ist es nicht zu spät. Sicher zerbrechen Sie sich die Köpfe über irgendeinen Wahnwitz, der Sie das Leben kostet.« Er wandte sich an Alfons. »Reden Sie. Ich habe den Eindruck, dass Sie der Intelligenteste sind.«

Darin hatte er sich zufällig geirrt. Dabei hatte er sich schon einmal mit mir unterhalten.

»Exzellenz, wir stehen ihnen herzlich gerne zur Verfügung. Das bedeutet für uns auch keine Änderung.«

»Wie meinen Sie das?«

»Wir sind schon die ganze Zeit bereit, unser Leben für Frankreich zu opfern.«

»Eh! … Sie haben hier Dokumente angeschaut?«

»Ich las den Brief meiner Liebsten.«

»Und wenn ich Sie auffordern würde, ihn vorzuzeigen?«

»Exzellenz würden wünschen, die vertrauliche Mitteilung einer Dame vorzuzeigen?«, fragte er mit einem feinen, höflichen Lächeln.

»Sie sind kein Romanheld, sondern Legionär.«

»Und als solcher selbstverständlich ein Gentleman.«

»Also, wenn ich Ihnen befehlen würde, die Texte vorzuzeigen?!«

»Befehlen Sie es, Exzellenz?«, fragte er leise mit halb geschlossenen Augen und einem demütigen Lächeln …

Und mir ging ein kaltes Kratzen den Rücken hinunter.

Der Regierungskommissar war ein ausgezeichneter Menschenkenner. Er warf einen Blick nach hinten, wie jemand, der bedauert, ohne Begleitung zu sein.

Was ist, wenn er Nobody befiehlt, das Schreiben zu übergeben? Ich wusste sehr gut, dass dieser es nicht tun würde, genauso wenig wie wir anderen.

Der Regierungskommissar blickte nachdenklich in drei Augenpaare.

Was mag er in ihnen gelesen haben? Ich weiß es nicht.

»Ich befehle es Ihnen also nicht, die Schriften auszuhändigen. Behalten Sie ihre törichten Geheimnisse. Aber seien Sie in Zukunft vorsichtig! Merken Sie sich das, besonders Sie!« Er zeigte auf Alfons. »Sie … Sie Gentleman …«

Danach sprang er aufs Pferd und trabte davon.

4.

Wir blieben mit einem unguten Gefühl zurück.

»Als erstes müssen wir das Tagebuch und die Karte verstecken.«

»Dann müssen wir schleunigst zurück«, sagte Hopkins.

Aber seine Sorgen waren unbegründet. Der Regierungskommissar gab sich nicht kleinlich mit seinen Gegnern ab.

Wir hörten aus der Ferne ein Tuckern und sahen, wie vom Ufer ein Motorboot aufs Wasser hinausbog, und wir konnten in der riesigen, eingehüllten Gestalt selbst auf diese Entfernung den Regierungskommissar erkennen. Er begab sich wieder auf den Kreuzer.

Der Kapitän erfuhr nichts von der Szene. Er war in der Kutsche, fern von uns.

Zurück auf dem Pfad war der Weg schon etwas ungemütlich. Es wurde Abend, und immer wieder leuchteten grüngelbe Augen im Dickicht.

»Na?«, fragte Hopkins. »Ist dieser Alfons Nobody nicht ein rarer Knabe …«

»Und ich?«

»Du bist ein Rindvieh, hooo!...«

Was soll ich einem unkultivierten Kerl wie dem antworten? Ob der überhaupt zur Schule ging?

An einem schattigen Platz hielt er den Bäckerwagen an und ging fort, um für seine Kranken ein leichtes Abendessen zu besorgen.

Alfons Nobody und ich trennten uns. Man sollte uns nicht zusammen sehen.

Ich lungerte in der Nähe des Hangars herum ...

Plötzlich kommt eine Frau in Bauernkleidern zu mir. Muss eine der Kantinenfrauen sein. Nicht weniger als fünf Kantinen begleiteten uns. Und sie reisen alle mit Frauen ...

»John«, flüsterte sie.

Die Gräfin La Rochelle stand neben mir!

»Liebling«, raunte ich gerührt, als ich endlich Worte gefunden hatte.

Ich umschlang ihre Hände und war ganz benommen.

»Psst ... ich habe mich Ihretwegen auf ein gefährliches Spiel eingelassen«, flüsterte sie. »Wenn dieses Spionieren herauskommt ...«

»Wie konnten Sie es tun?«

»Ich liebe dich.«

Ich wollte auf meine gewohnt männliche, aber sanfte Art den Arm um sie legen ...«

»Vorsicht«, sagte sie und glitt aus meinen Armen. »Hier muss man wachsam sein ... Seien Sie in einer Stunde bei der Kantine der Artillerie ... wo die Panzer stehen ...«

»Ich werde da sein!«

Eine Sekunde, und sie war verschwunden! Ich blickte mich um. Niemand hatte die kleine Szene beobachtet.

Himmel! Was für eine Frau! Und sie liebt mich, sie liebt mich! Jemand stieß mich in die Seite.

»Dieser Brief… Haben Sie ihn fallenlassen?…«
Vor meinen Füßen lag ein Umschlag.

Der 45-er! Gemeiner Soldat? Bei der Er 1-sten 100-schaft:

»Ja… Der ist für mich.«
Ich wusste, wer ihn geschrieben hatte. Aber wo ist er, und wie kommt der Brief hierher? Hat er etwa gelauscht?
Ich schaute mich um, aber nichts Verdächtiges, nirgends der Türkische Sultan.
Im Brief stand:

Käule Du? Du matter Widerkaäuer. Ein Pferd was du bist ja hab ich dir nicht geschrieben. – Dass dieses Weibb 1-ne grossse! Hex is und? Die führt dich an der Nassn lang. Aber scho sehr. Paß uff!!: Die ist ne internationale Spionsdame! Und du bist ein internationaler damischer Hund, du blöder. Und ähnliches. Paß gut auf!

Inkogito!!

Wo treibt sich der Kerl bloß rum?! Was weiß so einer, dass eine Frau demjenigen, der sie übertölpelt, zu Füßen liegt, und auch nicht nach seinem Geheimnis fragt, damit sich der geliebte Betreffende in keinen Schwan verwandelt?
Was weiß so ein Türkischer Sultan von den Frauen? Was hat der schon gelesen? Wenn ich ihn erwische, erwürge ich ihn, das ist sicher!
»Was gaffst du?«
Alfons Nobody hatte mich so angesprochen. Hinter ihm stand der limonengesichtige Mazzea. Schon gestern sah ich sie zusammen essen. Anscheinend stehen sie jetzt auf einem gemeinsamen Nenner, infolge meines Wortbruchs. Er hat es doch geglaubt, dass nicht Alfons Nobody seinen Bruder umgebracht hat.
Und deshalb hat er sich einen Bart wachsen lassen. Denn

er hatte einen! Seit zwei Tagen hatte sich dieser Mann mit Zitronenteint nicht mehr rasiert. Nur den Schnurrbart.

Was hat die Barttracht mit der Blutfehde zu schaffen?

Mit einem Handschlag verabschiedet sich Nobody von Mazzea, dann winkt er, ich soll mit ihm gehen.

»Verstehst du dich gut mit Mazzea?«, fragte ich.

»Ja. Es war ganz gut, dass du den Mund nicht halten konntest. Aber es gibt jetzt Wichtigeres: Man müsste mit Delle reden oder mit dem Kapitän, dass wir die Kopien verteilen.«

»Aber wo sind sie?«

»Das möchte ich auch wissen.«

Beim Bäckerwagen aus Dakar ist alles ruhig. Wir gehen zu den MG-Schützen, zu den Sudanesen, in vier, fünf Kantinen! Nichts.

»Gehen wir zu den Panzern«, sagte ich. Es war Zeit für das Stelldichein mit meiner Gräfin, aber das darf ich meinem Freund nicht anvertrauen.

»Dort können sie nicht sein. Jeder Panzer hat vier, fünf Techniker, die sich gut kennen … Aber wir können ja mal nachsehen.«

Die Panzer standen weit weg vom Lager auf einem unfruchtbaren Uferstreifen. Die Soldaten im Overall aßen zu Abend.

»Da ist er nicht«, stellten wir sofort fest.

»Hallo!«

Wir blickten nach oben. Aus dem Geschützturm des neben uns stehenden Panzers kam ein öliger, gedrungener Kopf zum Vorschein.

»Was lungern Sie hier rum, was?«, brüllte uns der Korporal an.

Delle Hopkins! Dieser Mensch hält doch den Weltrekord in Unverfrorenheit.

»Hier stehe ich seit einer Stunde allein, warte auf die Ablösung, und Sie machen auf Strandpromenade? Ist das hier ein Kurort, zum Donnerwetter?!«

Er fluchte los, dass es einem wehtat!

Aber inzwischen erfuhren wir, dass wir Techniker sind, die auf ihre Ablösung warten.

Die Männer sangen am Lagerfeuer und kümmerten sich nicht um uns.

»Zwei Männer melden sich zum Panzer«, antwortete Alfons Nobody.

Wir stiegen auf die Eisenleiter, kletterten in das Innere des Geschützwagens und schlossen das Dach über uns zu.

Ein Knipsen. Das Licht war an.

Ein schöner, moderner Panzer war das. Die Schnellfeuerkanone maß 75 Millimeter. Vier Männer hatten bequem Platz. Denn der Kapitän hielt sich selbstverständlich hier auf.

»Huj, das war eine schöne Arbeit!«, sagte Hopkins. »Die vier Techniker habe ich mit Hilfe meiner Korporalsuniform einfach nach vorne geschickt, damit sie zwanzig Kilometer von hier einen Beobachter aufstellen und den Urwald mit Scheinwerfern absuchen. Sie haben Proviant mitgenommen. Die kommen nicht vor drei Tagen wieder.«

»Und wenn der kommandierende Offizier kommt?«

»Der kommt nicht. Er ist im Lazarett.«

»Und wer gibt dann hier die Befehle?«

»Ich natürlich«, antwortete Hopkins mit einiger Verwunderung.

Was für eine Karriere!

»Jungs!«, sagte der Kapitän. »Nach Mitternacht gehe ich los.«

»Bitte!«

Alfons Nobody übergab die Kopien des Tagebuchs und der Landkarte.

»Haben Sie die gemacht?«

»Ja. Es ist schade um jede Minute.«

Der Kapitän besah sich lange den Text und die Karte, und dann Alfons Nobody.

»Haben Sie studiert?«

»Ich habe einige Schulen … Ich denke, wir sollten die Besprechung kurz halten. Möglich, dass man uns sucht. Wir folgen Ihnen also morgen. Wo treffen wir uns?«

»Nirgendwo. Kommen Sie mit Hilfe der Karte in die Fongi-Hauptstadt Tamaragda. Bis dann kenne ich entweder die Lösung des Rätsels, und wir können ruhig zusammen zurückkehren, oder Sie treffen mich nicht … Ich melde mich beim Kriegsgericht. Damit kann ich vielleicht auch Kwastitsch helfen, denn er ist zu zehn Jahren verurteilt worden. Wenn man Sie ohne mich festnimmt, dann sind Sie nur Deserteure, sonst jedoch Hochverräter. Beenden wir damit die Beratung.«

Der Kapitän gab wieder jedem die Hand.

»Ich weiß«, sagte er, »dass Sie das nicht nur wegen der Diamantmine tun, sondern ein wenig auch für mich … und für die Wahrheit … danke …«

Gerührt brachen wir auf, aber Delle brüllte uns hinterher:

»Rührt die Reling nicht an, ihr Hornochsen! … Ich habe sie gerade eine ganze Stunde lang poliert!«

ZWÖLFTES KAPITEL

Die Karte spricht

1.

Hinter der Kantine empfing mich die Gräfin in einem für hiesige Verhältnisse luxuriösen Zimmer. Sie umarmte meinen Hals und drückte mich an sich.

»Oh, John … Wo warst du so lange? Ich habe so auf dich gewartet!«

»Ich glaube es … Aber nun, ich war bei meinen Freunden …«

Traurig neigte sie den Kopf.

»Verzeih, dass ich dich gefragt habe … Ich will deine Geheimnisse nicht kennen. Erst wenn du mich für würdig erachtest …deine … Helferin zu sein. Erst, wenn du an mich glaubst …«

Tränen glänzten in ihren Augen. Sie rührte mein Gemüt zutiefst. Der Seelsorger einer skandinavischen Haftanstalt hat einmal gesagt, die Augen seien der Spiegel der Seele.

In diesen reinen Augen spiegelte sich die wahre Liebe.

»Siehst du, John«, sagte sie später, »ich fühle nun, dass mein Leben bis jetzt sinnlos gewesen ist, weil ich dich nicht gekannt habe …«

Das musste ich glauben.

»Hör zu, meine Gräfin. Du kennst den Grund, warum ich dir bis jetzt nicht vertraut habe und zurückhaltend war. Nun weiß ich, dass du mich liebst und ohne mich nicht leben kannst …«

»Oh, wie du mich durchschaust …«, flüsterte sie. »Lass mich dir helfen!«

»Leider kannst du nicht viel helfen. Ich werde bald fliehen …«

»Nimm mich mit!«

»Das geht nicht. Mein Weg ist sehr gefährlich … Wenn ich aber zurückkehre, trennen wir uns nie mehr!«

»Fliehst du … mit meinem … früheren Mann … dem Kapitän? Du musst nämlich wissen: Laméter ist mein Mann gewesen!«

Sie hatte mir damit ihr größtes Geheimnis anvertraut. Was ist das, wenn nicht Liebe?

»Ich wusste es, meine Süße. Der Kapitän ist mein guter Freund geworden.«

»Wirklich?«

»Wirklich. Er erkannte, dass ich ein Gentleman bin, und sprach von dir.«

Ihr Gesicht zuckte.

»Was?«

»Nicht viel Gutes …« Es war mir peinlich. »Er behauptete, dass … du nicht häuslich wärst und solche Dinge.«

»Er hasste mich, weil ich ihn nicht liebte … Oh, John! Fliehst du mit ihm?«

»Nein. Er ist schon geflohen. Ich folge ihm mit den Jungs.«

Ich erzählte ihr alles aufrichtig. Nichts sollte uns mehr trennen.

»Du bist ein richtiger Held, John.«

Der Trompetenruf zum Appell machte dem wunderbaren Treffen ein jähes Ende, und ich rannte. Wir stellten uns auf dem Flugplatz auf. Neben dem Kapitän ein Seeoffizier und Potrien. Der Seeoffizier las von einem Blatt:

»Die Nummern 9, 45 und 77 aus der ersten Kompanie beordert der Herr Regierungskommissar zu seinem persönlichen Dienst auf den Kreuzer.«

Schlimm!

Das ist jetzt das Ende der Flucht. Von einem Schlachtschiff kann man nicht verschwinden.

Die 45 war ich, die 9 Alfons, während die 77 auf Keules Rock haftete, als uns der Regierungskommissar überraschte.

Potrien kommandierte:

»Nummer 9, Nummer 45, Nummer 77 … à moi!«

Wir stellten uns vor Potrien auf. Alfons Nobody und ich.

»Wo ist die Nummer 77?«, fragte der Kapitän.

Stille. Ein Unteroffizier trat vor.

»Nun?«

»Es gibt keinen Soldaten mit der Nummer 77 in der Abteilung. Nicht einmal eine Nummer 70.«

»Was?!« Der Kapitän blickte staunend auf den Seeoffizier. Dieser zog die Schultern hoch.

»Wir verständigen seine Exzellenz, den Admiral«, entschied der Kapitän. »Rompez.«

Die Reihe löste sich auf. Die Offiziere gingen ins Funkzelt. Der Seeoffizier ging nicht mit … Er ging spazieren.

In diesem Augenblick kam ein Schwarzer zu mir.

»Jemand aus der Kantine schickt Ihnen das …«

Ein Brief. Schon wieder dieser verrückte Türkische Sultan.

Sehr schad dass. Ich dir schreib. Weil ich widerholl: 1 Pferd bist. Dokumente? Hat die Häx von dir gestoln. Und sie verrät alls, was sie von dier weiß. Verschwindet schnell … und haut ab und macht ne Fliege.
Damit dus weißt:

Der Türkischer Sultan, du depp!

Ich erstarrte. Ich griff in meine Tasche …

Die Karte fehlt! … Das Tagebuch! … Meine Kopien!

Alfons Nobody las den Brief über meine Schulter hinweg. Dann schaute er auf mich.

Ich auf meine Schuhe.

»Jetzt geh zurück und hol dir die Kopien ... Du hättest verdient, dass ich dich abknalle wie einen Hund ...«

Wortlos ging ich. Es ergriff mich eine kalte, gefühllose Ruhe. Ich glaube, ich ging zur Bretterbude wie ein Roboter. Ich war sicher, was ich tun musste. Ich stand vor der Bude hinter der Kantine. Ich wäre schon fast hineingegangen, als ich ein Gespräch hörte ...

Durch ein Loch in einem der Bretter konnte ich ins Zimmer schauen. Der Seeoffizier und die Gräfin. Sie standen sich ganz nahe und unterhielten sich leise. Trotzdem hörte ich jedes Wort.

»Ich kann es nicht glauben«, sagte der Offizier.

»Es ist so. Sie wissen, Higgins, dass ich Sie nicht irreführe. Ich kann beweisen, dass Generalleutnant La Rouban militärische Geheimnisse an Laméter beziehungsweise an dessen Komplizen lieferte.«

»Sie wissen gut, dass seine Exzellenz theoretisch mit dem Generalleutnant verfeindet ist, ihn aber respektiert. Wenn Sie ihn einer solchen Sache verdächtigen ...«

»Kein Verdacht. Ich besitze Beweise. Hauptmann Manders Tagebuch und Landkarte verwahrte der Generalleutnant: Ist es so?!«

»Es ist so.«

»Nun, die Karte mit den militärischen Bezeichnungen sowie den Anmerkungen aus dem Generalstab befindet sich in meinem Besitz. Ich habe sie von dem Soldaten, von dem seine Exzellenz weiß, dass er Laméters Komplize ist.«

»Das ... kann nicht sein ... Generalleutnant Rouban ist ein Soldat, der ...«

»Die Aufzeichnungen sind hier bei mir. Und nachdem

der Generalleutnant den Diebstahl nicht angezeigt hat, gibt es keinen Zweifel daran, dass er die Sache deckt.«

»Geben Sie sie mir … ich werde sofort …«

»Nein. Nur dem Generalleutnant persönlich. Ich weiß auch, dass Laméter heute Abend geflohen ist. Er ist bereits auf dem Weg zu den Fongi.«

»Also … war er … hier?«

»Er war hier! Er verbarg sich im Fort St. Thérèse, und von dort ist er bis hierher gekommen. Dieser halbblöde Affe hat alles ausgeplaudert.«

… Um es mit meinen Lieblingsklassikern zu sagen: Eine Welt brach in mir zusammen.

»Warum wollen Sie nicht, dass ich Meldung erstatte?«

»Weil ich etwas erbitten will. Ein Schreiben des Regierungskommissars, dass ich jeden der vier Männer erschießen darf, wenn einer mir begegnet.«

Ich erschauderte … Welch engelgleiche Gestalt verleiht doch die Natur häufig ihren abscheulichsten Geschöpfen.

Der Offizier umarmte die vor Hass keuchende Frau.

»Wie rachsüchtig … und grausam Sie sind … Trotzdem … liebe ich Sie …«

»Geduld, Higgins!«, sagte sie und löste sich aus der Umarmung. »Unsere Zeit kommt auch bald. Wenn der Regierungskommissar siegt und Rouban stürzt, dann … können wir … alles erreichen … Sie … werden an Laméters Stelle … Kapitän … und wir bekommen … viel Geld …«

»Und bis dahin müssen Sie mit jedem Trottel kokettieren …«, rief der Seeoffizier verbittert.«

»Ach was … Wenn ich ab und zu aus Schlauheit jemandem zulächle? … Verstellen sich denn die Offiziere des ›Dienstes‹ niemals? Maskieren sie sich nie!?«

Was für eine Schauspielerin. Vo wegen lächeln! Heiße Küsse waren das, bitte schön! Und was für welche!

»Wenn der Regierungskommissar hört, dass es keine Nummer 77 gibt, dann wird er sicher selbst eine Untersuchung einleiten und kommt an Land. Dann melde ich die Sache. Seien Sie nur vorsichtig…«

»Kein Grund zur Besorgnis, Higgins. Potemkin fangen sie nie, weil er schon lange tot ist…«

»Potemkin… ja«, antwortete der Offizier lachend. Ihn sollte man in erster Linie bestrafen. Wo sehe ich Sie unterwegs?«

»Gegenüber der Insel Santa Isabella, in der Mission. In zwei Wochen… treffe ich jemanden… Wenn möglich, sollten Sie auch da sein…«

Noch ein Kuss. Der Offizier ging weg.

Ich hatte nur so viel Zeit, dass ich mich hinter der sich öffnenden Tür versteckte. Wer ist dieser Potemkin? Der Täter?…

Higgins verschwand schnell. Ich blickte durch das Loch. Die Frau stand bewegungslos und starrte vor sich, mit gespannten Fäusten.

Ihr Gesicht war grauenhaft. Keine Spur mehr von Schönheit. Es war die teuflische Fratze des Hasses, der Rache, des Verderbens…

Schnell öffnete ich die Tür…

»Guten Abend, teure Gräfin«, flüsterte ich, und ich weiß nicht, wie mein Gesicht aussah, da die Hexe mit entsetzt geweiteten Augen nach hinten trat.

Mit einer Handbewegung ergriff ich ihren Hals, diesen schön gezeichneten, glatten, schneeweißen Hals.

»Sie werden nicht schreien, weil ich sonst zudrücke.

Sie wagte keinen Muckser.

Ich zog meinen Revolver und presste ihn gegen ihre Stirn.

»Ich zähle jetzt bis drei«, sagte ich ganz ruhig. »Wenn ich bis dann nicht die Karte und das Tagebuch in Händen halte, schieße ich ihren Schädel in tausend Fetzen. So wahr ich hier stehe. Eins …«

In meiner Stimme war keine Drohung. Ich sprach leise, Silbe für Silbe, fast im Flüsterton, und doch, als sie mich hinter dem Pistolenlauf ansah, wurde sie aschgrau vor Entsetzen.

»Zwei …«

Ruhig und ohne zu überlegen werde ich bei »drei« abdrücken, das wusste ich.

Aber sie auch …

»Ich gebe sie Ihnen«, flüsterte sie. »Dort … in der Schublade …«

»Sagen Sie die Wahrheit, weil es keine Fragen und kein Zählen mehr gibt, wenn die Schublade leer ist …«

»Da sind sie … Sie Teufel …«, zischte sie und zog die beiden Schriftstücke aus ihrem Kleid.

»Drehen Sie sich jetzt mit dem Gesicht zur Wand … Zählen Sie bis fünfzig … Wenn Sie sich vorher rühren …«

Sie drehte sich um. Schnell, fast froh. Sie plante bereits etwas.

Aber in jenem Augenblick, als sie sich umdrehte, schlug ich ihr mit dem Revolvergriff so auf den Kopf, dass sie ohnmächtig auf den Boden sank.

Bitte?

Ja. Ich habe einer Frau auf den Kopf geschlagen. Zum ersten Mal in meinem Leben. Aber diese Frau gehörte nicht dem schwachen Geschlecht an. Sie war stärker und zäher als hundert Männer, und die kleinste Schonung hätte viele Menschen das Leben und einen verdienten, ausgezeichneten Generalleutnant die Ehre kosten können.

Schnell schlich ich hinaus …

»Psst …«

Alfons stand neben mir.

»Beeilen wir uns«, sagte ich. »Die Frau verrät alles dem Offizier… In Kürze kommt der Regierungskommissar vom Schiff… und dann ist es aus mit uns!«

»Die Papiere?«

»Bei mir…«

Jetzt trat ein kurzer Schatten dorthin.

»Kopf hoch, alles in Ordnung«, flüsterte er und keuchte wie einer, der von weit her kommt. »Kommt beide mit.«

»Zu dritt kommen wir mit…«

»Wer ist der dritte?«

»Mazzea«, flüsterte jemand neben uns.

»Hm … Ist gleich … Alles in Ordnung, kommt mir nach«, keuchte Hopkins.

Wir folgten ihm. Einige Bäume, dann standen wir am Ufer.

»Aufgepasst…«

Das Mondlicht schien hell und klar über uns. Wir verzogen uns in den Schatten. Auf dem schneeweiß glänzenden Meer tauchte ein Motorboot auf, steuerte das Ufer an und hinterließ eine Schaumspur vom Schlachtschiff her.

Die Gestalt des Regierungskommissars ragte unter den anderen Passagieren deutlich heraus. Zwei Offiziere waren bei ihm. Sie hatten das Boot noch gar nicht angebunden, als er schon aufs Ufer sprang. Er sah ziemlich düster drein. Er eilte auf das Lager zu, die Offiziere hinter ihm, und der Mechaniker zum Schluss.

»Vorwärts!«

Im nächsten Augenblick befand sich Delle im Boot. Ein Schnitt… Bis wir uns hingesetzt hatten, schaukelte das Motorboot schon frei, der Motor sprang an, und nach einem kurzen Knattern fuhren wir los…

Mit Höchstgeschwindigkeit glitten wir im Uferschatten…

»Jetzt wird erstmal eine Untersuchung eingeleitet, wer die Nummer 77 war…«, sagte Hopkins. »In ungefähr einer halben Stunde werden sie damit beginnen, uns am Ufer und vor dem Urwald zu verfolgen, wo sie uns auch ergreifen würden, wenn wir nicht diesen Weg eingeschlagen hätten. So werden sie unsere Spur erst entdecken, wenn der Regierungskommissar auf dem Rückweg das Boot sucht. Aber das wird nicht vor Mitternacht sein…«

»Und Benzin?«, fragte Alfons Nobody.

»Wird es geben. Wenn wir die Brotbaumgruppe erreichen, an der Uferbiegung, dann tanken wir auf… Alles in Ordnung, Jungs, es läuft bestens, und wenn alles vorbei ist, veranstalten wir eine tolle Säuferei…« Dann begann er zu singen.

»Wenn der Kreuzer unsere Verfolgung aufnimmt, können wir nicht entkommen«, sagte der zitronenköpfige Mann.

»Hoffen wir, dass sie vor Mitternacht nicht das Boot suchen.

Mazzea sah ziemlich seltsam aus. Sein Bart war schön gediehen, und um das Kinn waren zwei auffällige Gräben ausrasiert. Diese ganz und gar originelle Behaarung machte das winzige, düstere Gesicht erschreckend traurig und gleichzeitig komisch.

Lange geschah nichts, obwohl wir schon seit anderthalb Stunden unterwegs waren. Dann stieg vom kaum mehr sichtbaren Kreuzer eine Rakete auf.

»Hoppla!«, rief Hopkins. »Endlich haben sie mit ihrem Riesenverstand begriffen, was los ist.«

Er fuhr noch schneller.

Der Mond ging ruhen, eine dunkle Nacht breitete sich über das Meer, und am Ufer schrumpften die Palmen zu dichten Schatten zusammen.

Es ging ein übelriechender, salzhaltiger Dampf, der als

schleimiger Dunst unsere Haut überzog. Die Nacht war drückend, wie es nur in Afrika möglich ist. Matt saßen wir im kleinen Motorboot, und sehr weit weg sah man, wie die Scheinwerfer des Kreuzers spähend über das Meer fegten.

Jetzt die Uferbiegung und die Brotbäume mit den großen Laubgabeln. Der Motor knatterte unschön ... Kaum noch Benzin ...

»Aufgepasst!«, sagte Delle. »Wir tanken!«

»Wo willst du denn hier tanken?!«

Der Motor blieb stehen, das Boot glitt immer langsamer dem Ufer zu und berührte es mit der Nase.

Als erster lief Alfons Nobody auf den Pfad. Er machte einen lauten Schrei. Mir blieb auch der Mund offen, als ich neben ihm ankam.

Ein *Panzer* stand auf dem Pfad!

»Ich sagte doch, wenn das Benzin ausgeht, dann *tanken* wir.«

»Aber wie kommt dieser ... Tank hierher? ...«

»Ich habe ihn gestohlen. Na los, steigen wir ein ...«

Mit einer Anerkennung ohnegleichen folgten wir Delle Hopkins auf der Eisenleiter in das Innere des Tanks.

Der Tank war ein kleineres Modell und für den engen Waldpfad ausgezeichnet geeignet.

»Sag jetzt, was los war«, wandte sich Alfons Nobody an mich.

Ich erzählte, was ich gehört hatte, als die Gräfin mit dem Seeoffizier sprach.

»Dieser Seeoffizier Higgins ist auch in die Sache verwikkelt«, sagte ich. »Er hat etwas auf dem Kerbholz. Und sie erwähnten noch einen anderen, der ebenfalls schuldig, aber nicht mehr am Leben ist.«

»Wie heißt er?«

»Pomadlin ... nein ... Totemkinn ...« Der Name wollte

mir nicht einfallen. »Sie sagten, er sei der Schuldige, man könne ihn aber nicht ergreifen, weil er schon lange tot sei.«

»Was bist du für ein Dummschädel!«, schimpfte Nobody. Dabei kann wirklich niemand sagen, dass ich ein Dummschädel bin.

Dann schlief ich trotz der Aufregung, Verfolgung und Gefahr ein, und wie es sich später herausstellte, auch die anderen. Gegen Morgengrauen ließ uns ein entsetzlicher Stoß übereinanderfallen. Ein Krachen und Knirschen und Klappern – zum Zeichen, dass Delle Hopkins auch eingeschlafen war.

Aber leider am Steuer.

DREIZEHNTES KAPITEL

Was ein vergessenes Wort vermag

I.

Als wir den Panzer in einer verschlammenden Gegend des Senegal-Flusses verließen, musste man keine Verfolgung mehr fürchten. Ausrüstung, Proviant und anderes stand uns in Hülle und Fülle zur Verfügung, denn Hopkins hatte ein unglaubliches Depot für uns gestohlen und schon einen Tag früher im Tank versteckt. Nur die Gegend war ziemlich wild und unfreundlich. Hier lässt sich kein Mensch blicken. Und vor uns lag noch der dichte, sumpfige Teil, von wo es nach Südosten weiterging, zum Senegal! Ein letztes Mal lagerten wir am Flussufer. Delle nahm das Fernrohr eines Pionierkapitäns und spähte in die Weite.

»Dort steht eine Art Gebäude.«

»Es wird die verlassene Mission sein, von der die Gräfin sprach.«

»Wahrscheinlich. Die Insel dort gegenüber ist Santa Isabella.«

Ziemlich wortlos gingen wir weiter und versuchten, die karge Insel nicht zu beachten. Wir hätten ein Maultier für das Gepäck gut gebrauchen können, aber Hopkins hatte keines stehlen können. Wir drangen in den Dschungel ein. Der feuchte Boden schüttete Unmengen von Larven, Maden, Würmern und Blutegeln aus sich heraus. Und es herrschte eine würgende, nasse Wärme. Wir schluckten die ganze Zeit Chinin, aber auch so riss es in allen Knochen, die Augen stachen, und das Herz zuckte eher, als dass es schlug.

Nachts hörten wir komische Trommelschläge, die sich mal nahten, mal entfernten …

»Was ist das?«, fragte Hopkins am ersten Tag.

»Sie nehmen Aufstellung, wie eine richtige Armee. Man ruft die Fongi und die mit diesen verwandten Stämme aus allen Gegenden zusammen, damit sie der Krieg nicht unvorbereitet trifft.«

»Der Krieg«, murmelte ich. »Wenn wir uns verspäten, und der Krieg ausbricht, während wir unterwegs sind, dann nützen weder die Mine noch die Aufdeckung des Geheimnisses …«

»Hornochse, Kopf hoch!«, schrie Delle, während er an der Zigarre eines Oberleutnants der Artillerie kaute. »Es wird keinen Krieg geben, alles kommt heraus, die Mine gehört uns, und der Kapitän verheiratet sich. Gehen wir schlafen.«

So ein Mann war das!

2.

Am nächsten Morgen erreichten wir ein Dorf. Zwischen den runden Pfahlhütten über dem weichen Boden wimmelte es von bemalten, tätowierten Kriegern. Der Häuptling, der einen erschreckend langen Kopf hatte, kam uns entgegen. Er sprach in jenem mit Französisch durchsetzten Kauderwelsch, das in Afrika jeder kennt, wenn er nur lange genug dort gelebt hat:

»Ich wartete euch zu mir.«

»Wusstest du, dass wir dir in dein Dorf kommen?«, fragte Alfons Nobody.

»Weißer Herr hier mir durch, in meine Hütte hinein. Sagte, ihr kommt.«

Also war uns Laméter voraus.

»Wann ging er dir von dir weg, der weiße Herr?«

»Zweimal ging die Sonne unter vom Tag davon. Mit Führer ging er nach Tamaragda, dem Fongihäuptling zu ihm, ihm aus Botschaft, wegen Krieg.«

»Gib uns Führer, bei uns, dass wir auch nach Tamaragda kommen ihm, dem Weißen.«

Der Häuptling erwies sich hilfsbereit und war mit allem einverstanden. Die Krieger umringten uns feindselig und starr, taten uns aber nichts zuleide.

Die schönste Hütte, vielleicht gerade die des Häuptlings, wurde für uns geräumt, damit wir die Nacht über schlafen konnten. Für den nächsten Tag versprach er auch einen Führer und ein Lasttier.

»Ich will Meier heißen«, sagte Delle Hopkins, während er Sergent Potriens Acetylenlampe anzündete, »wenn es keine himmelschreiende Sünde ist, solche sanften Nigger über den Haufen zu schießen.«

Jetzt breiteten wir endlich die Karte und das Tagebuch vor uns aus, um der Aufgabe auf den Grund zu gehen.

Das Tagebuch war kurz, hatte doch der Weg nur wenige Tage gedauert, bis die Expedition mit Lord Peevbrock und Hauptmann Mander in Tamaragda ankam. Großenteils war es ein Text dieser Art:

Heute haben wir ca. sechzehn Meilen zurückgelegt, auf ebenerdigem, gutem Terrain. Eines unserer Maultiere ist infolge eines Schlangenbisses verendet, die Last haben wir von neuem verteilt… – Vormittags haben wir die Filmausrüstung auf die linke Seite der Maultiere gepackt, damit die Kanne nicht zu heiß würde, da die Sonne ungewöhnlich stark ist. Nachmittags packten wir wegen der Sonne alles wieder auf die rechte Seite der Tiere. Deshalb haben wir heute eine kürzere Strecke zurückgelegt… Der Fluss ist nicht mehr hinter uns zu sehen…

Und schließlich:

Wir sind in der Hauptstadt Tamaragda angekommen, Viele Hütten. Durch Peevbrocks Fotos ist uns der Ort bereits bekannt...

Damit enden die Eintragungen.

»Ich verstehe nicht, was sich der Kapitän erhofft«, sagte ich. »Der Hauptmann schreibt klar, dass er in Tamaragda war, und der Häuptling behauptet entschieden, nichts von ihm gesehen zu haben.«

»Eine verflixte Geschichte«, bemerkte das Zitronengesicht, dessen ebenholzfarbener Bart immer dichter wuchs. »Sie haben auch mit Hilfe der Fotos erkannt, dass die Expedition in Tamaragda gewesen ist.«

»Wir werden sehen«, seufzte Alfons Nobody. »Schlafen wir erst mal.«

»Und Kopf hoch«, ergänzte Delle, widerlegte aber seine eigenen Worte, indem er seinen Kopf auf das Gummikissen des Kantinenwirts der Infanterie legte und sofort zu schnarchen begann.

3.

Wir befanden uns in einer verwünschten Gegend. Die Feuchtigkeit, die dem Torfboden entstieg, war so dicht, die Hitze über der Wildnis so widerwärtig und lähmend, dass wir beim Atmen fast erstickten. Millionen von Moskitos reisten mit und bedeckten uns.

Doch endlich erreichten wir im Osten die Biegung des Flusses Senegal, wandten uns von dort nach Norden und hielten uns an den Flusslauf. Wir hatten ein Maultier und einen Führer.

»Jetzt drehen wir uns den Rücken zum Fluss, und gehen dorthin, uns hinein«, erklärte der Eingeborene.

»Ach was«, antwortete Alfons Nobody nervös. »Tamaragda liegt doch auf dem anderen Ufer.«

»Wie kannst du so etwas sagen, mein guter Herr mir von dir … Auf dem anderen Ufer wohnen nur die bösen Seelen. Es heißt ›Das Ufer der Dämonen‹. Wald und Sumpf, Schlange, Krokodil und Dämonen … Kleine Buschmänner … sie sein Affen, keine Menschen, sich …«

»Du sagtest, das andere Ufer sei … unbewohnt?«, fragte Alfons Nobody, den ich noch nie so erregt gesehen habe.

»Ja, bis zum Ende … Zwischen zwei Flüssen immer Überflutung, Nässe …«

Er überlegte.

»Gut. Hör zu, Mazzea. Du gehst mit diesem Krieger nach Tamaragda. Du bringst Laméter einen Brief!«

»Was ist passiert?«

»Ich glaube, ich habe die Spur der verschwundenen Expedition gefunden.«

4.

»Hast du das Rätsel gelöst?«

»Nein. Aber sicher ist, dass diese Leute nicht nach Tamaragda gegangen sind, sondern am anderen Ufer des Senegals unterwegs waren.« Und er wandte sich wieder an den Eingeborenen:

»Bist du sicher, dass dort drüben kein Dorf ist?«

»Herr, hier lebten sich meine ganzen Ahnen … Zwischen zwei Flüssen ist das andere Ufer, das ›Ufer der Dämonen‹ …«

»Diese zwei Flüsse sind der Senegal und der Gambia?«

»Ihr nennen so. Wir wissen, dass sie die Dämonen sich haben geschlossen hinein zwischen die zwei Flüsse.«

Alfons Nobody schrieb schnell.

Dann übergab er den Brief an Mazzea.

»Beeilt euch.« Er wandte sich an den Schwarzen: »In diesem Papierzauber ist sich hineingeschrieben das Leben vieler, vieler Schwarzer. Wenn ihr euch damit nicht zu Tamaragda verspätet, dann verzieht sich die Wolke des Todes euch vom Himmel. Du weißt, dass viele Soldaten kommen.«

»Ich weiß, Herr, und wir beeilen uns.«

»Wo ist sich Furt mir über den Senegal hinein?«

»Weiter oben dort, musst dich nicht gehen bis Dämmerung, findest enge Kurve, daran sich neigen Baumstämme über …«

Mazzea steckte den Brief ein und folgte dem Schwarzen auf seine gewohnt phlegmatische, schweigsame Art. Er stellte keine Fragen. Alfons Nobody ging ebenfalls los, aber Hopkins packte ihn.

»He, du! Würdest du vielleicht sagen, was deiner Meinung nach mit der Expedition passiert ist.«

»Es ist ihnen so ergangen, als ob du das Verbrechen begangen hättest.«

»Hat man sie gestohlen?!«, staunte Delle.

»Und wodurch diese plötzliche Änderung? Wieso glaubst du, sie seien auf dem anderen Ufer?«, fragte ich.

»Es ist so einfach, dass ich die militärischen Experten nicht verstehe … Seht mal.« Er nahm Manders Tagebuch und begann zu lesen: *»Vormittags haben wir die Filmausrüstung auf die linke Seite der Maultiere gepackt … da die Sonne ungewöhnlich stark ist … Nachmittags packten wir wegen der Sonne alles wieder auf die rechte Seite der Tiere …* Versteht ihr? *Der Fluss ist nicht mehr hinter uns zu sehen …«*

»Nein!«, antworteten wir gleichzeitig.

»Dabei ist es so einfach. Sie konnten nicht nach Tamaragda gehen, weil der Fluss laut Tagebuch hinter ihnen lag. Wenn sie in die richtige Richtung gehen, dann scheint die Sonne vormittags nicht von rechts. Auf sie aber schien die

Sonne vormittags von rechts, haben sie doch die Lasten nach links umgepackt! Nachmittags schien die Sonne von links, und sie haben alles wieder nach rechts umgeladen. Wenn die Sonne hinter ihnen war, und die Sonne vormittags von rechts, nachmittags aber von links schien, dann konnten sie nur auf der anderen Seite sein.«

Da haben wir richtig große Augen gemacht!

»Jetzt ist Nachmittag. Wenn man dem Fluss den Rücken zuwendet, dann scheint die Sonne von links. Sie mussten also in die andere Richtung gehen, auf dem anderen Ufer, wo die Sonne gerade von rechts scheint, so wie es in Manders Tagebuch steht.«

»Welch ein Kopf!«, rief Delle.

»Aber jemand muss sie doch in die falsche Richtung geführt haben«, bemerkte ich nicht weniger genial.

»So ist es«, nickte Alfons Nobody. Mander ist unschuldig, das beweist das Tagebuch. Dieser Lord Peevbrock hingegen, der das Ganze angefangen hat …«

»Der auf der Jagd verschwunden ist! Der Holländer Van der Ruffus ist ein braver und gütiger Mann, aber sein Freund ist es wohl weniger.«

»Aber wie konnte das geschehen?«, überlegte Hopkins.

»So viel ist sicher, und das wissen wir von Laméter, dass sie zu Beginn der Regenzeit an Land gegangen waren, bei großem Nebel.«

»Wie auch immer: Gehen wir!«

»Und jetzt aber wirklich Kopf hoch!«, rief Hopkins.

5.

Wir gingen über die Brücke … Was für ein Paradies war doch das andere Ufer gewesen. Hier glitschiger, klebriger Boden, der Gestank naher Sümpfe, Krokodile, Nattern, Frösche … Ein richtiges Dämonenland, wie der Schwarze gesagt hatte.

Wir betrachteten die Landkarte.

»Hier ist eine Lichtung mit drei Platanen und einem Kreis versehen. Hier haben sie das erste Depot eingerichtet. Sie ist gegenüber der Krümmung, man muss nur auf der Karte die beiden Ufer vertauschen …«, sagte Alfons Nobody.

Aufgeregt gingen wir bis zur Kurve, gerade nach Süden, wo auf der Karte Norden war. Delle, der vorauseilte, schrie auf. Dann standen wir da … kein Zweifel … Vor uns die Lichtung … drei Platanen … und … eine rostbedeckte Filmdose!

Nun war es sicher, dass wir das Rätsel bald lösen würden. Die Expedition ist hier gewesen! Hier standen die Platanen, hier war das Depot, und nicht auf der anderen Seite, wie sie angenommen hatten. In drei Tagen erreichen wir den Ort, der mit diesem roten Punkt und dem Wort »Tamaragda« gekennzeichnet ist.

Wie kann das sein? Tamaragda liegt auf dem anderen Ufer, viele Meilen von hier.

Ohne Rast ging es eilends weiter auf dem glitschigen, schweren Untergrund. Jetzt regnete es bereits tagelang: ein dichter, schmetternder Tropenregen aus dicken Tropfen. Auf dem Boden bildeten sich kleine Seen, und wie in einer Höllenvision wanden sich Unmengen von Schlangen. Dem auf der Karte eingezeichneten Elefantenpfad konnten wir kaum folgen, weil er völlig überflutet war.

»Nicht einmal für eine Diamantmine würde ich wieder herkommen«, schimpfte Hopkins.

»Kopf hoch!«, erwiderte Alfons Nobody lauthals lachend. Ihm konnten kein Regen, kein Schlamm, keine Hitze etwas anhaben. Das war gar kein Mensch, sondern ein weißer Leopard auf zwei Beinen.

In der Frühe erreichten wir die letzte Anhöhe am Ende des Elefantenpfades.

»Es ist jetzt sicher, dass bei den Fongi keine Expedition war«, überlegte Alfons.

»In diesem Fall irrte der Regierungskommissar.«

»Genau. Wenn wir das alles erzählen, was wird er wohl sagen, dieser Potentat ...«

Mir dämmerte etwas ...

»Was hast du da gesagt? Sag es noch mal ... das letzte Wort ...«

»Potentat ... Herrscher!«

»Ich hab's! Potemkin!«

»Was?«

»Er ist der Schuldige! Das ist es, was ich vergessen hatte. Die Gräfin sagte es zum Seeoffizier namens Higgins: ›Potemkin fangen sie nie, weil er schon lange tot ist‹ ...«

Alfons Nobody staunte eine Sekunde lang, dann aber benahm er sich ziemlich seltsam. Er packte meinen Mantel und begann mich zu schütteln, während er Dinge sagte wie:

»Du dämlicher Hund, Hornochse, du Rindvieh ... Du! Du Vollidiot ... Warum muss so ein Trottel überhaupt auf der Welt sein!«

Und er stieß mich weg.

»Ich verstehe dich nicht«, keuchte ich. »Kannst du mir das mal erklären?«

Und ich zog ein großes Messer hervor ...

»Leg das Messer weg, du dämliches Kamel! Wenn du das vorher gesagt hättest, wären wir längst am Ziel!«

»Aber ... ja ... wer war denn dieser ... ja, hab ich's nicht wieder vergessen?!«

»Potemkin! Weißt du nicht, wer das war?!«

»Du musst deshalb nicht so schreien«, unterbrach ihn Hopkins. »Ich kenne den Betreffenden auch nicht.«

»Er war ein russischer Minister.«

»Dann weiß ich wirklich nicht, wie ich ihn kennen sollte. In den Brasserien von Oran haben sich in dieser Saison nicht viele russische Minister blicken lassen.«

»Aber dieser ist berühmt für eine Geschichte. Er hat Dörfer aus dem Nichts hervorgezaubert, um einer Zarin zu gefallen. Es waren blühende Orte, die es gar nicht gab – wie im Theater. Alles nur Farbe und Schein. Eine weltberühmte Hochstapelei.«

»Davon wusste ich nichts«, sagte ich traurig. »Ich hatte aber schon seit Tagen keine Zeitung mehr in den Händen.«

»Gehen wir!«, rief er aufgeregt.

Er rannte auf die Anhöhe. Wie wir dort im Morgengrauen standen, blickten wir wohl alle drei mit einem Gefühl des Triumphes hinunter …

Da stand es vor uns. Wie auf den Fotos des Hauptmanns. Das Eingeborenendorf. In der Mitte der riesige Pfahlbau mit der spitzigen Pagodenkuppel.

Tamaragda!

Ich hatte das Gefühl, ich werde wahnsinnig …

Alfons Nobody drehte eine Zigarette und rauchte.

»Verstehst du es jetzt? Potemkin war der Schuldige, weil die Idee von ihm stammt: Man baut ein Dorf, das nicht da ist, aber jeder, der es sieht, hält es für echt …«

»Das ist also …?«

»Das ist die täuschend echt aussehende Kopie von Tamaragda! Ein Potemkinsches Dorf.«

6.

Die Sache war mir nicht ganz klar. Wenn dieser russische Minister schon lange tot war, wie konnte er dann ein Dorf hierherbauen?

Und überhaupt. Was für ein Interesse kann Russland an der Sache haben?

Ich sah, dass auch Hopkins darüber nachdachte. Er schaute mich dabei an und zog die Schultern hoch. Aber zu fragen trauten wir uns nicht mehr, weil wir befürchten mussten, dass Alfons Nobody wieder mit uns schrie, was wir auf jeden Fall vermeiden wollten.

»Was wird jetzt?«, fragte Delle.

»Wir gehen ins Dorf. Wir sagen, wir seien davongelaufen, und zeigen uns völlig desinteressiert«, sagte Alfons Nobody.

Das war ein guter Plan. Wir näherten uns schnell dem Dorf. Ein dicker, halbnackter Schwarzer erblickte uns und schlug den Gong. Da liefen einige Eingeborene zusammen und starrten uns an. Der Dicke kam würdevoll auf uns zu.

»Was sucht ihr hier, weiße Soldaten?«, fragte er.

»Bist du der Häuptling dieses Dorfes?«

»Nein … Ich bin nur Prokurist. Der Häuptling sitzt in der großen Hütte da.«

Was? … Ist ja unerhört? Ein afrikanisches Dorf mit einem nackten Prokuristen?

»Was bist du, o dicker, schwarzer Mann?«

»Prokurist, Massa. Das hier ist kein Stamm, sondern eine ›Wilde Firma‹. Eine neue Entdeckung. Ich bin der Prokurist.«

»Und wer sind diese Leute hier, die halbnackt durchs Dorf hüpfen.«

»Das sind die Aktionäre, Massa.«

Es war uns ein wenig schwindelig von diesen Mitteilungen. Alfons Nobody blinzelte heftig:

»Sage mir, du Prokurist, was ist das für eine Aktiengesellschaft?«, fragte er.

»Eine verfassungsmäßige, königliche Aktiengesellschaft,

Massa … Sie ist wie ein Staat, aber sie zahlt Anteile aus, und keiner arbeitet …«

Einige der »Aktionäre« trauten sich heran.

»Wir möchten bei euch ausruhen.«

»Ruhen geht, Massa, aber arbeiten nicht. Das ist verboten.«

»Warum?«

»Wegen der Statuten. Bei uns befehlen die Statuten.«

»Wer hat die Statuten verfasst?«

»Die Statuten sind kein Text. Wir haben persönliche Statuten, einen Großen Chef, und mit dem müsst ihr reden.«

»Führe uns zu ihm, Herr Prokurist. Wir hoffen, wir sind ihm willkommen.«

»Die Frage ist, ob ihr einen gemalten Zauber dabei habt. Er heißt Rommee.«

»Wie??!«

»Ja, der Große Chef namens Statuten besteht auf so etwas, und er schimpft ständig und gibt dem Aufsichtsrat Fußtritte …«

Er zeigte auf einige armselige Schwarze, die traurig nickten.

»Dann bitte ich dich, führe uns zum Großen Chef, obwohl wir keinen Rommee-Zauber dabei haben.«

»Also von so etwas hat nicht einmal mein Großvater gehört«, staunte Delle Hopkins unterwegs. »Eine von Kopf bis Fuß nackte Aktiengesellschaft …«

Während er das sagte, stieß er einige Mitglieder des Aufsichtsrates um, da sie dabei waren, sich mit unserem Gepäck anzufreunden.

Wir kamen vor die große Hütte. Der Prokurist war uns vorausgeeilt und kam jetzt gerade heraus.

»Der Große Chef erwartet euch.«

Wir traten hinein.

Ein Europäer stand uns gegenüber. Sein Hemd war zerrissen, seine weißen Hosen schmutzig, sein Tropenhelm zerbrochen.

»Entschuldigung, königlicher Herr …«, sagte Alfons Nobody. »Wir bitten um Ihren Schutz und möchten uns ausruhen.«

»Ausruhen werdet ihr lange. Herr Prokurist! Diese drei Männer sind unsere Feinde. Legen sie sie alle ad acta …!«

Als wir unsere Waffen nehmen wollten, war es schon zu spät. Der gesamte »Aufsichtsrat«, der Prokurist und die geisteskranken Statuten hielten uns Pistolen entgegen.

»Entwaffnen, fesseln … Wir haben Sie erwartet. Wir wussten von Ihrem Kommen und werden Sie morgen früh, wenn der Notar der Aktiengesellschaft ankommt, als Verlust verbuchen … Bringt etwas zu trinken.«

Er seufzte tief, nahm das Monokel aus seinen dunklen Augengruben und setzte es zurecht … Aus seinem gelblich glänzenden Gesicht ragte ein lebloser, grauer Blick stumpfsinnig ins Nichts.

Jeder Widerstand war hoffnungslos. Sie entwaffneten und fesselten uns. Dann gingen sie mit uns los.

»Ihr seid Mörder?«

»Nein, Massa«, plauderte der heitere Prokurist. »Aber geschäftsmäßig, unendlich geschäftsmäßig. Das ist die Hauptsache! Wir kratzen die Einnahmen in den Warenbaum, und morgens, wenn man euch tötet, kommt ihr mit der Gegenrechnung auf den Kassenbaum. Das ist der große Zauber der doppelten Buchführung. Denn Kassensturz hat man immer, und wenn die Kasse nicht stimmt, dann verteilt der Große Chef Fußtritte an den Aufsichtsrat …«

»So? Und warum wartet ihr mit der Hinrichtung bis zum Morgen?«

»Weil der Notar erst dann aus der Mine kommt. Er ist

ein sehr grausamer Mann und wird euch foltern lassen, damit ihr ihm alles Mögliche sagt. Danach werden wir euch totschießen und ausrauben«, sagte er mit einem stolzen Grinsen.

Angenehme Leute. Aber die Hoffnung gaben wir trotzdem nicht auf. Kapitän Laméter schafft es vielleicht, die Fongi bis zum Morgen hierherzubringen, wenn Mazzea und der Führer sich beeilt haben.

Wir kamen zu einer Bretterbude, wo vier bewaffnete Wachen standen.

Der Prokurist öffnete die Tür, dann traten wir in die Hütte.

Auf dem Tisch brannte ein Talgdocht.

»Ich grüße Sie, meine Freunde …«

Wir standen wie erschlagen da.

Kapitän Laméter saß gefesselt am Tisch!

7.

Die Tür wurde geschlossen.

»Setzen Sie sich ruhig, meine Freunde«, sagte Laméter. »Ich fürchte, die Mühe war vergebens.«

»Wie … sind Sie hergekommen?«, fragte Nobody.

»Ich glaube, so wie Sie. Unterwegs wurde ich überfallen, gefesselt und hergebracht …«

Traurig saßen wir da … Er war unsere letzte Hoffnung gewesen.

»Sie irren sich, Herr Kapitän«, sagte Alfons Nobody. »Wir haben uns an eine Karte gehalten.«

Und er erzählte es.

»Wie einfach, und niemand hat es erraten. Darauf können Sie wirklich stolz sein«, bemerkte Laméter.

»Dieser Lord Peevbrock ist anscheinend verrückt geworden, und die Täter haben seinen Größenwahn ausgenutzt ...«, sagte Nobody.

»Aber warum?«, fragte Delle. »Warum haben sie das getan?«

»Es ist offensichtlich, dass sich die Diamantmine hier in der Nähe befinden muss. Ihretwegen geschieht das alles.«

Wir schwiegen. Durch die Wand der engen, heißen Hütte dampfte unablässig der Dunst des endlos prasselnden, klopfenden Regens. Ungeziefer bedeckte uns.

»Wir müssen sofort die Karte verbrennen und alles andere, was Rouban kompromittieren könnte.

Wir verbrannten alle Kopien über dem knisternden Docht. Die kleine Hütte wurde von Rauch erfüllt, der sich in der starren Hitze nicht legen wollte, so dass wir fast erstickten und uns zu Tode husteten.

Generalleutnant De Roubans Ehre hatten wir damit gerettet.

VIERZEHNTES KAPITEL

Ein Irrer kann auch irren

I.

Wir schliefen, soweit es das Ungeziefer erlaubte. Als ein sternhagelvolles Mitglied des Aufsichtsrates hereinkam, um uns abzuholen, wussten wir im ersten Augenblick gar nicht, wo wir waren.

»Kommen Sie bitte«, sagte er glücklich, »wir werden Sie jetzt umbringen … Au …«

Das sagte er schon draußen, nachdem ihm Delle, dieser Morgenmuffel, einen solchen Tritt verpasst hatte, dass er weit wegflog.

»Das sollst du mir büßen.«

Sie führten uns wieder in das große Haus. Lord Peevbrock saß da mit geschlossenen Augen wie ein Götze. Auf seinem Gesicht bildete der Schweiß abstoßende Glanzflecken. Die Mitglieder des Aufsichtsrats stellten sich mit Waffen in der Hand um uns auf. Die Stimme des Lords klang schleppend und jammernd, als käme sie hinter der komischen Nase hervor.

»Was führt Sie in die Hauptstadt der ›Königlichen Peevbrock-Diamanten-AG‹?«

»Wir sind entflohene Soldaten, Herr …«

»Stopp! Ich bin Lord Peevbrock, und als Verkörperung der Statuten von königlichem Rang.«

Aus der dunklen Hütte trat jetzt unerwartet ein stattlicher Europäer hervor. Sein Haar war grau, seine tropische Kleidung tadellos.

»Van … der … Ruffus …«, rief Laméter fassungslos.

Tatsächlich! Der Holländer, den ich im Palais de Danse getroffen hatte, als ich auf dem glatten Parkett ausrutschte.

»Ruhe!«, rief Peevbrock, dessen Augen immer noch geschlossen waren. »In Gegenwart der Statuten darf ohne Genehmigung niemand reden. Ich eröffne die Vollversammlung.« Er trank. »Nächster Programmpunkt: die Eingabe des Notars.«

»Van der Ruffus!«, sagte Laméter hart. »Sind Sie wirklich ein Spitzbube?«

»Ruhe!«, rief Peevbrock. »Erfüllen Sie die rechtmäßige Forderung des Vorstands.« Wieder schloss er die Augen, und sein Kopf neigte sich matt zur Seite.

Es war überaus unglaublich … Van der Ruffus! Der gütige, steinreiche Holländer … Freund des Gouverneurs, großherziger Philanthrop …

»Ich bin kein Spitzbube, Laméter«, sagte er rau. »Sie handeln unrecht, wenn Sie mich beleidigen. Ich möchte Ihr Leben retten, aber ich vermag das nur, wenn Sie sich klug verhalten.«

»Zuerst muss ich wissen, was Sie hier tun. Ich will mein Leben keinem Gauner verdanken müssen.«

»Das ist richtig. Sie sollen die Wahrheit erfahren. Lord Peevbrock und ich sind vor einem Jahr hier auf die Jagd gegangen, und ich entdeckte zwischen dem Senegal und Gambia Diamanten. Wenn ich Meldung davon gemacht hätte, wäre eine schöne Belohnung mein Anteil gewesen. Aber das interessierte uns nicht. Wir wollen die Mine selbst ausbeuten. Nach den französischen Gesetzen steht das Privatpersonen nicht zu. Wir brauchten Experten, Maschinen und Arbeiter, die man unmöglich durch die Kolonie herschaffen kann. Also ließen wir aus dem Kongo halbzivilisierte Schwarze kommen. Dieses Ufer des Senegals ist unbewohnt. Außerdem gilt die Gegend als verflucht. Mit Hilfe der

Schwarzen aus dem Kongo erbauten wir eine genaue Kopie von Tamaragda.«

»Das ist Potemkins Schuld«, unterbrach ihn Alfons Nobody.

»Wo haben Sie diesen Satz gehört?«, fragte der Holländer mit zusammengezogenen Augenbrauen.

Peevbrock lehnte sich nach hinten und schnarchte mit offenem Mund.

»Fahren Sie lieber fort, Mynher«, sagte Laméter kühl.

»Bitte. Da stand es also, das Zwillingstamaragda, und ich verreiste. Bei Peevbrock war schon damals der Größenwahn ausgebrochen. Er hielt sich für den Kaiser der Börse und für das Haupt der Welt-AG. So konnte ich ihn dazu bringen, mir zu helfen. Er war noch nicht ganz dem Wahnsinn verfallen, sondern erweckte lediglich einen exzentrischen Eindruck. Er lud den in Kamerun jagenden, menschenscheuen Hauptmann Mander ein, im Fongi-Land mit ihm zusammen auf die Pirsch zu gehen. Mein Eingeborenenführer und Peevbrock brachten den arglosen Mander hierher, in die falsche Hauptstadt, wo einer der Schwarzen sich als Häuptling der Fongi ausgab, während der Rest als Krieger in Erscheinung trat. Dann gingen die beiden Jäger weiter hinauf, und Peevbrock tat so, als ob er zufällig gerade jetzt auf das Diamantenfeld gestoßen wäre. Sofort kehrten sie nach Gambia zurück. Krank. Aber Mander meldete den Fund unverzüglich. Und gutgläubig schrieb er in seinem Bericht, die Sache hätte sich in Tamaragda ereignet. Denn er hatte keine Ahnung, dass er in Wirklichkeit das ›Ufer der Dämonen‹ besucht hatte.«

»Ich verstehe«, sagte Laméter brüsk. »Die ankommende Expedition ließ man zusammen mit der Ausrüstung hierher statt in das Fongi-Land schaffen, und die Teilnehmer zwingt man, als Minensklaven zu schuften.«

»Nein. Sie wissen heute noch nicht, dass dies hier nicht das Land der Fongi ist und dass sie nicht für den Staat arbeiten. Sie wissen nicht, was sich inzwischen in Oran ereignet hat. Mich halten sie für den Chef der Minengesellschaft. Innerhalb von zwei Monaten haben wir das Diamantenfeld ausgebeutet«, sagte er mit leicht gerötetem Gesicht. »Ein wunderbarer Schatz. Die Diamanten liefern wir nach Gambia, in englisches Territorium also, und jeder, der sich an der Arbeit beteiligt, erhält einen königlichen Lohn. Denn ich persönlich baue ab, was ich finde. Ich will keine Beteiligung: Alles gehört mir! Ich bedauere, Laméter, dass ich dieses Ziel nur über Ihre Offiziersehre erreichen konnte. Wenn ich aber die Diamanten in Sicherheit gebracht habe, werde ich dafür sorgen, dass Sie entschädigt werden …«

»Unwichtig. Sagen Sie mir nur eines. Wie war das mit der Funknachricht, mit der man den Kreuzer abgeschüttelt hat?«

»Darüber darf ich nicht reden … es geht um eine solche Person …«

»Die Gräfin?«, fragte Alfons Nobody.

»Sie unterbrechen mich schon das zweite Mal«, sagte der Holländer. »Ich glaube nicht, dass Sie sich damit einen guten Dienst erweisen …«

»Genug!«, rief Laméter. »Sie halten sich für einen genialen Unternehmer, für einen richtigen Nabob, aber …«

»Warten Sie!«, schnitt ihm Van der Ruffus da Wort ab. »Bevor Sie mich beleidigen, sollten Sie mein Angebot anhören. Sie helfen uns in den verbleibenden Wochen. Dafür bekommen Sie eine Million Francs und diese Leute hier hunderttausend pro Kopf. Aber Sie müssen die Karte und das Tagebuch hergeben …«

»Reden Sie nicht weiter. Wir wissen nichts von einer Karte und einem Tagebuch …«

»Ich zahle jeden Preis für diese Dinge. Roubans Politik entspricht nicht meinen Zielen, und ...«

»Bemühen Sie sich nicht. Wenn sich ein derartiges Dokument in unserem Besitz befunden hätte, dann hätten wir es sicher vernichtet, als wir in Gefangenschaft fielen. Was das Angebot betrifft: Mit Kriminellen schließe ich keinerlei Abmachungen, aber ich würde mich freuen, wenn diese drei braven Männer mit heiler Haut davonkämen.«

Beim Wort »Krimineller« hatte das Gesicht des Holländers gezuckt.

»Ich für meine Person«, sagte Alfons Nobody, »schließe auch mit Kriminellen Abmachungen, aber nicht mit solchen herzlosen, geldgierigen Blutsaugern.«

Er stellte sich ganz vor uns. Sein Gesicht war aschfahl.

»Also ... das ist Ihre Ansicht?« Er wandte sich an uns: »Die Ihre auch?«

Delle Hopkins spuckte ihm ins Gesicht.

Van der Ruffus schrie auf und sprang mit blitzenden Augen nach hinten. Der Irre war erwacht.

»Die ... Frage ... zur Abstimmung ... Generalversammlung ...«

»Die Aktionäre beschlossen«, rief Van der Ruffus, »dass diese vier Männer dem Aufsichtsrat überstellt werden.«

Ohne uns eines weiteren Blickes zu würdigen, ging er aus dem Zelt.

»Der Aufsichtsrat bringt die Frage zur Abstimmung ...«

Der Aufsichtsrat schrie glücklich:

»Verbrennen ... verbrennen ...«

»Keine weiteren Punkte ... Die Vollversammlung ist hiermit beendet.«

Mit schwankendem Oberkörper nahm er ein paar Schluck, dann legte er sich auf den Rücken.

Man führte uns alle hinaus.

»Ein großartiges Spiel«, erzählte der Prokurist. »Wir binden euch an die Säulen, dann entzünden wir viel Holz, das mit Petroleum getränkt ist, und schauen zu, wie ihr brennt.«

Die Leute kicherten mit gespannter Erwartung und trugen Holz zusammen.

»Ich bedaure, Jungs«, sagte Laméter. »Sie haben es sich wohl anders vorgestellt …«

»Nun …«, brummte Hopkins und blickte zu den eifrig arbeitenden Leuten. »Kein so … schöner Tod …«

»Kopf hoch, Hopkins«, sagte Alfons Nobody.

»Solche Unverschämtheiten verbitte ich mir«, brüllte Delle.

»Jungs«, sagte ich, »schütteln wir uns die Hände, weil wir doch bis jetzt alles gut gemacht haben …«

Ich denke, das war ein ganz ausgezeichneter Spruch. Wir reichten uns die gefesselten Hände, so gut es ging.

Der Prokurist, der ein Reisigbündel trug, versuchte, sich zu entschuldigen und uns zu ermutigen, indem er sagte:

»Gleich, gleich, Herren …«

Etwas sauste durch die Luft, und im nächsten Augenblick ragte eine Lanzenspitze aus der Brust des staunenden Schwarzen. Wortlos stürzte er zu Boden. Und im selben Augenblick schienen die Büsche und Bäume lebendig zu werden, denn mit blauen und roten Streifen bemalte Schwarze rannten mit ohrenbetäubendem Kampfgeschrei aus allen Richtungen hervor.

»Die Fongi!«, rief Laméter.

Zum Kampf kam es gar nicht. Ein Orkan von Ohrfeigen und Tritten ging über der Vollversammlung nieder.

Der Prokurist war der einzige Tote. In zwei Minuten war das Lager eingenommen, und alle wurden gefesselt.

Um uns kümmerte sich Mazzea, seit der Angriff begonnen hatte. Er hatte nämlich die Fongi hergeführt.

»Zitronenmensch!«, brüllte ich glücklich, und wir überhäuften ihn trotz seines nussbraunen Rauschebartes mit Umarmungen und Küssen.

Ein stattlicher Schwarzer trat vor Laméter.

»Herr! Dein alter Freund hat seine Krieger sogar zu diesem ›Ufer der Dämonen‹ geführt, nur um dir zu helfen.«

»Danke, Mimbini«, sagte Laméter und umarmte den Häuptling.

»Das ist wirklich eine große Ehre.«

2.

Als Mazzea in Tamaragda angekommen war, ohne den Kapitän vorzufinden, berichtete er dem Häuptling alles, was vorgefallen war, und übergab den Brief. Daraus erfuhr der Häuptling, dass sich des Rätsels Lösung am »Ufer der Dämonen« verbarg, und machte sich mit seinen Kriegern unverzüglich zu ihm auf.

Er kam rechtzeitig an.

Der arme Lord Peevbrock tobte, und man musste ihn anbinden.

»Und jetzt gehen wir zur Mine«, sagte Laméter zum Häuptling.

Nach einigen Wegstunden von der Potemkinschen Hauptstadt kamen wir zu einem kleinen Bach inmitten einer felsigen Landschaft, und da erblickten wir die Mine. Eine Unmenge Schwarzer arbeitete dort mit Spitzhacken, schob Karren, und eine kreiselnde Maschine lärmte in der Mitte.

Von drei Seiten überrannten wir sie gleichzeitig, und der Überfall kam so unerwartet, dass gar kein Widerstand erst versucht wurde. Van der Ruffus wurde von Delle Hopkins – wer weiß woher – unter den Achseln herangeschleppt.

Er warf ihn vor uns auf die Erde. Er bewegte sich kaum noch, denn Hopkins hatte ihn ein wenig vermöbelt. In der Zwischenzeit eroberten die Fongi das Gelände. Zu den Wohnhäusern gingen sie nicht, sondern umzingelten die Mine, damit niemand fliehen konnte.

»Herr«, sagte der Häuptling, »was geschieht mit diesen Niggerhunden?«

Die aus dem Kongo importierten Schwarzen waren zusammengetrieben worden und schwätzten erschrocken in ihrer komischen Sprache.

»Man muss sie fesseln und bewachen, bis die Soldaten sie holen.«

»Wäre es nicht gut, wenn ich sie töte, Herr?«

»Tu das nicht. Es liegt im Interesse der Fongi, dass alles ordentlich untersucht wird.«

»Da hast du Recht.«

»In der Tür einer kleineren Baracke erschienen vorsichtig einige bewaffnete Europäer. Sie wunderten sich, dass sich die Legionäre mit den angreifenden Eingeborenen unterhielten.

»Bitte, kommen Sie ruhig her, man tut Ihnen nichts«, ermutigte der Kapitän die Mitglieder der verschwundenen Expedition.

»Laméter!«, rief Musowski, ein russischer Mineningenieur, als sie näher kamen.

»Meine Herren«, sagte Laméter. »Sie haben es Ihrer Gutgläubigkeit zu verdanken, dass Sie an einer gigantischen Gaunerei teilgenommen haben.«

Staunend blickten Sie auf den Kapitän – und staunten noch mehr, als sich ein heiserer, untersetzter Mann vor ihnen aufbaute.

»Mein Name ist Delle Hopkins, und ich freue mich sehr, Sie zu sehen, und dass ich überhaupt etwas sehe. Heute früh hätte ich es nicht für möglich gehalten.« Und er drückte den verblüfften Forschern die Hand: »Kopf hoch, meine Herren!«

3.

Das schreckliche Klima hatte bereits acht Opfer unter den Mitgliedern der Expedition gefordert. Die anderen befanden sich in einem ganz schlechten Zustand, so dass sie es unendlich verbittert zur Kenntnis nahmen, dass sie hier gar nicht ihrer Pflicht nachgekommen, sondern einem Schwindel aufgesessen waren, im Glauben, sich als staatliche Angestellte in der Nähe von Tamaragda aufzuhalten.

Rund um die Siebmaschine lagen große Haufen von Rohdiamanten. Ein märchenhafter Schatz!

»Sie haben nicht das Recht, mich gefangenzuhalten«, sagte Van der Ruffus arrogant.

»Wir hätten sogar das Recht, Sie aufzuknüpfen!« antwortete Alfons Nobody. »Sie sind schlimmer als ein Hafendieb, der im Elend lebt und ungebildet ist!«

»Aber ... doch nicht jeder«, bemerkte ich mit meiner übertriebenen Bescheidenheit.

Die Mitglieder der Expedition machten keine Vorwürfe, sondern saßen finster da. Sie waren alle abgemagert und krank. Es war entsetzlich, hier zu arbeiten.

»Ich biete Ihnen eine Million Francs«, sagte der Holländer heiser.

»Das Geld hilft nicht«, erwiderte Laméter. »Sie haben den gütigen, großzügigen Herrn gespielt, aber mit der einen Hand teilten Sie freundlich aus und unterschrieben gefällig Wechsel, während Sie mit der anderen Offiziere entehrten, Menschen in den Tod schickten und unschuldige Eingeborene um Haaresbreite zu Hunderttausenden ins Verderben gestürzt hätten. Sagen Sie, Van der Ruffus, wie soll ich Sie dafür bestrafen, was Sie mir angetan haben?!!«

Es folgte eine Stille, eine sehr große.

»Ich glaube«, sagte Alfons Nobody leise, »die französische Militärkommandantur sollte rechtzeitig über die Geschehnisse unterrichtet werden.«

»Richtig. Die Mitglieder der Expedition bleiben hier, nur einer der Herren kommt mit uns«, verfügte Laméter. »Die anderen bewachen zusammen mit den Eingeborenen die Diamanten und die Gefangenen.«

Bevor wir uns auf den Weg machten, stellten wir den so genannten Aufsichtsrat zur Rede. Schnell gestanden sie alles, was sie wussten: Der weiße Herr (Van der Ruffus), der morgens geschrien habe, pflege sich hier nur für kurze Zeit aufzuhalten, er sei unerwartet aus der Luft gekommen, auf dem großen Flussarm, der wie ein kleiner See sei.

»Ein Wasserflugzeug!«, rief Alfons Nobody.

»Ist es noch hier?«, fragte Laméter.

»Nein, Massa. Eine schöne Frau war auch damit angekommen. Sie befahl uns sofort, ans andere Ufer zu gehen, vier Weißen aufzulauern und sie herzuschaffen. Wir haben aber nur einen erwischt. Dich, Massa. Die anderen drei sind von selbst gekommen.«

»Wo ist die Maschine? Das ist die wichtige …«

»Was, Massa?«

»Dieser große, brummende Geist.«

»Er hat die Frau an einen Ort zurückgebracht, wo man zwei Tage auf den weißen Herrn warten wird.«

»Und wo soll das sein?«, fragte Nobody mit ersticktterregter Stimme.

»In einem Haus an der Küste.«

»Gehen wir … Das ist die Mission!«

Zehn Fongikrieger begleiteten uns. Fraser, der Geologe,

kam auch mit uns. Drei Tage waren von der Woche übriggeblieben.

Himmel, wenn wir nur das Haus erreichen! Die Gräfin La Rochelle ist dort.

Aber es gab wenig Hoffnung.

4.

Es kostete vier Tage, den Urwaldstamm zu erreichen, wo wir unterwegs nach Tamaragda rasteten und einen Führer bekamen. Niedergedrückt saßen wir in einer Hütte.

»Seien wir nicht unersättlich«, sagte ich sehr weise. »Im letzten Augenblick erging es uns wie im Kartenspiel, und wir hatten Glück. Aber man kann nicht immer Glück haben.«

»Das ist wahr«, antwortete Delle Hopkins, »aber ich bekomme noch einen Lungenkatarrh, wenn ich den Türkischen Sultan nicht verdreschen kann, dass ihm Hören und Sehen vergeht.«

Und zerstreut begann er, mit Van der Ruffus' Seidentaschentuch Lord Peevbrocks Monokel zu putzen.

»Warum? Glaubst du vielleicht, du kannst einem Angst machen?«, fragte der Türkische Sultan, gegen die Tür gelehnt.

Wir sprangen auf, als ob wir uns in ein Wespennest gesetzt hätten!

»Wir haben dich!«

»Na und? Habe ich mich etwa vor euch verborgen? Glaubt ihr das?«, fragte er herausfordernd und zog ein Küchenmesser hervor.

Es wäre unverzüglich zu einem Gedankenaustausch gekommen, aber der Kapitän und Alfons Nobody stellten sich zwischen uns.

»Jungs«, sagte der Kapitän, »Man muss jeden anhören.«

»Ausgenommen den da«, brüllte Hopkins und zog den langen Krummdolch des Fongihäuptlings aus der Tasche.

Aber der Kapitän hielt ihn fest.

»Audiatur et altera pars!«, sagte er beschwichtigend, und diese wenigen Worte hatten anscheinend eine große Wirkung auf Delle Hopkins.

»Da kann wirklich was dran sein«, sagte er nachdenklich. »Aber ich habe einen Kopfschuss«, fügte er unsicher hinzu und betastete seinen Nacken.

»Rede, Türke«, unterbrach sie Alfons Nobody. »Alle werden ruhig zuhören. Schlimmstenfalls werden wir dich, wenn wir die Erklärung nicht akzeptieren, aufknüpfen.«

Der Türke stieß Nobody gegen die Brust und zog wieder das Küchenmesser aus der Jackentasche.

»Warum. Fürchte ich mich denn vor dir? Bist du auch schon stark?! Hier sind alle Preisboxer!? Schau mal! … Hier wird noch der Alfons Nobody dirigieren!«

Der Kapitän konnte ihn kaum wegzerren. Um jeden Preis wollte er uns alle drei verprügeln.

»Lassen wir das endlich sein«, sagte Mazzea beruhigend.

»Wollen Sie vielleicht auch stark sein? Was? Halten Sie mich für herzkrank?«

Zu dritt hielten wir ihn fest, aber er drohte noch immer.

»Dirigieren ist keine Kunst! Dazu braucht man keinen Verstand … Los doch, heraus mit den Messern.«

Wir waren schon drauf und dran, uns feierlich bei ihm zu entschuldigen, als er sich endlich hinsetzte und eine Zigarette anzündete, aber er schnaufte immer noch.

»Ich habe mich vor euch lange genug verborgen, und bin sogar gerannt, aber nicht deshalb, weil ich mich vor solchen Leuten erschrecke, sondern weil ich unter einem falschen Namen im Umlauf war.«

»Komm schon zur Sache, du Hund«, versuchte ich ihn zu beschwichtigen.

»Dann gebt mir Zigaretten«, sagte er aggressiv, »ich habe gerade die letzte geraucht.«

Hopkins warf ihm verächtlich einige lange Russenzigaretten hin; sie stammten aus dem Besitz des Mineningenieurs Musowski.

»Ich fange dort an«, wandte er sich an mich, wo du und Hopkins aufs Schiff kamt und ich in einer Tischdecke saß.«

»Ja, so begann es«, nickte Hopkins und kaute nervös an seiner Zigarettenspitze.

»Nur Geduld, Hopkins.« Und er fügte mit einer empörenden Unverschämtheit hinzu: »Kopf hoch ...«

Hopkins schloss matt die Augen, sagte aber nichts.

»Als ich auf meinem Schiff saß«, begann der Türke, nachdem er sich eine Zigarette angezündet hatte, »erschien unerwartet ein junger Mann und fragte nach dem Besitzer des Kahns. Ich sagte, er wäre nach Gibraltar gereist, während ich die Ladung bewachte. Da sagte er, er möchte für einige Tage einen Koffer abstellen. Ich sagte, das wäre kostspielig, weil er mir dafür bezahlen müsste. Auf Anhieb versprach er mir fünfhundert Francs. Ich war einverstanden. Nach einer Stunde brachten sie den Koffer und stellten ihn unten ab. Ich bekam als Vorschuss zweihundertfünfzig Francs. Abends besuchte mich ein Kumpel und gewann beim Kartenspiel die ganze Summe. Danach betranken wir uns. Als ich anderntags erwachte, waren meine Kleider gestohlen. Da zog ich die Tischdecke an. Ich wartete auf den Besitzer der Kiste und auf das Geld. Er kam nicht. Da ging ich nach unten und stemmte die Kiste auf. Es war aber nur eine Leiche darin.«

»Wie sah sie aus«, fragte der Kapitän.

»Es war ein dicker, kleiner Mann mit schütterem Haar und einer etwas dicken Stupsnase.«

»Hauptmann Mander«, murmelte der Kapitän.

»Ja, er war es. In der Mitte seiner Stirn steckte eine Kugel. Ich wusste, wenn man mich in Gesellschaft der Leiche findet, gibt es Probleme. Aber ohne Kleidung konnte ich nicht weggehen. Da saß ich in meiner verzweifelten Lage und wartete, dass irgendein Blödmann kommt, der mir seine Kleider leiht. Und das geschah tatsächlich. Es kamen Hopkins und Keule. Dann ging ich in Hopkins' Kleidern fort. Kaum tat ich einige Schritte, als ich meinen Schuldner erblickte. Er saß mit der Frau auf einer Gasthausterrasse. Mit der Gräfin!«

»Wer war dieser Mann?«

»Ein Seeoffizier mit dem Namen Higgins.«

»Higgins«, flüsterte der Kapitän bestürzt.

»Ja … Aber er war in Zivil. Ich trat zu ihm und stellte ihn zur Rede. Er war sehr nett zu mir. Die Gräfin beobachtete mich aufmerksam und sagte schließlich, dass sie einen mutigen Mann gebrauchen könnte. Sie würde mich gut bezahlen, und ich sollte mit ihr gehen. So gelangte ich durch ein hinteres Tor in die vornehme Villa. Ich aß und trank wie ein Herr, und die Gräfin sagte mir zweitausend Francs monatlich zu, solange ich in ihrem Dienst stünde. Dann verabschiedete sie sich, da man sie aus dem anderen Zimmer ans Telefon rief. Ich ging aber nicht weg, sondern schlich zurück, um zu lauschen. Sie verhandelte mit dem Offizier, also mit Higgins. Unter anderem sagte sie Folgendes: ›Gehen Sie aufs Schiff, nachts. Im Außenhafen lassen Sie den Inhalt der Kiste verschwinden … Lassen Sie diesen Mann verschwinden, damit er nicht reden kann.‹ Ich wusste, das war Delle! Sofort lief ich weg, zum Kahn. Niemand war an Deck. Auf dem Kellerboden lag eine Hauptmannsuniform, und Hopkins in der Kiste, anscheinend tot. Dann kamen Keule und Alfons Nobody. Zuerst wolltet ihr mich umbringen, dann gingen wir zusammen zu Kwastitsch. Es störte mich aber ganz entsetzlich, dass Hopkins meinetwegen sterben könnte. Unterwegs blieb ich zurück, ging zum Kahn, gab Delle die Uniform zum Anziehen und schleppte ihn in eine abgelegene Gasse. Von dort rief ich das Militärhospital an, wo ein erschossener Hauptmann läge. Das war die einzige Möglichkeit, um Delle Hopkins zu einer schnellen Verarztung zu verhelfen, und zwar zu einer erstklassigen.«

»Das war sehr intelligent«, sagte Mazzea, und der Kapitän nickte mit dem Kopf.

Hopkins kaute an den Fingernägeln.

»Dann ging ich zur Gräfin zurück, denn Pflicht ist Pflicht. Tatsächlich ging es mir gut. Ich kann Auto fahren, schießen und schlägern. Ununterbrochen folgte ich der Gräfin in einem großen, geschlossenen Wagen, damit sie jederzeit einsteigen konnte. In solchen Fällen fuhr ich sie im Zickzack bei einem Wahnsinnstempo, um ihre Verfolger abzuhängen. Ich war ihr Leibwächter. Ich hatte viel Geld, lebte gut, verkehrte in guter Gesellschaft, und hatte deshalb Angst vor euch. Die Frau dachte, ich hätte euch im Stich gelassen und verraten. Wofür auch der Umstand sprach, dass mich Keule verfolgte. Aber er wusste nicht, dass ich Briefe schrieb, wenn Gefahr drohte. Dieses Rindvieh verdankt mir sein Leben. Ich klärte ihn auf, dass die Frau seinen Schwachsinn ausnützte ...«

»Ist das wahr?«, fragte Alfons.

»Ich vergaß ... damals davon zu erzählen ...« Ich war etwas verlegen. »Aber tatsächlich geschahen solche Dinge ...«

Peinliche Stille.

»Ich für meine Person halte den Türkischen Sultan für einen tüchtigen Kerl«, sagte Laméter und reichte unserem verfolgten Freund die Hand.

»Ich auch«, sagte Mazzea und drückte ihm die Hand.

»Dass er ein tüchtiger Kerl ist, halte ich für eine Übertreibung, aber ich denke, in diesem Fall ist er nicht einmal so ein großes Schwein wie sonst«, beschloss Delle Hopkins die Angelegenheit und reichte auch seine Hand.

5.

Der Morgen dämmerte schon, als wir aufbrachen. Mazzeas seltsam geschnittener nussbrauner Bart glänzte gespenstisch im Mondlicht. Es ist ein Rätsel, dass jemand in der Legion so emsig seinen Bart wachsen lässt.

»Glaubst du, wir finden ihn noch dort?«, fragte Delle Hopkins den Sultan.

»Schon möglich. Sie wartet auf den Holländer. Aber das Flugzeug wartet an der Küste, und die Gräfin ist eine ganz gute Pilotin. Sie kann jeden Augenblick davonfliegen.«

»Warum bist du von ihr weggegangen?«, fragte ich.

»Ich wusste aus einem abgehörten Gespräch, dass man euch wirklich gefangengenommen hat. Ich wollte mich zu den Schwarzen durchschlagen.«

Ein wirklich anständiger Junge.

Fraser, der Geologe, der bei uns war, verstand nichts von alledem. Dafür brach er bei dem entsetzlichen Tempo zusammen. Denn wir marschierten wie die Tollen. Wir ließen ihn mit drei Kriegern der Fongi zurück, um in der Mission auf ihn zu warten, denn vorher gab es keinen Halt!

Als es Abend wurde, erschien hinter den letzten Bäumen das Gebäude … Wir befanden uns ungefähr zweihundert Schritte vom Missionshaus entfernt, als Alfons Nobody aufschrie.

»Da!«

Eines der Fenster war erleuchtet.

Jetzt bewegten wir uns vorsichtiger voran …

»Am klügsten wird es sein«, sagte Alfons Nobody, »wenn der Herr Kapitän mit Keule vorangeht, denn für zwei Männer wird es leichter sein, dem Haus unbemerkt nahezukommen. Wir umzingeln es mit den Eingeborenen.«

»Ist in Ordnung.«

Ich und Laméter schlichen auf Zehenspitzen zum Fenster.

Da war sie! Die Gräfin! Wir hatten sie! Sie rührte in einem Samowar. Wie wunderschön! Ihr jauchzend-betrübtes Engelsgesicht, ihre feine Figur.

Langsam gingen wir zum Eingang. Ein schwarzer Diener stand staunend vor uns. Ich griff so nach seinem Hals, dass er keinen Muckser tat, da nicht ein Hauch Atemluft in seine Kehle dringen konnte. Laméter schlich mit schnellen, lautlosen Schritten ins Haus.

Ich hörte einen leisen Ruf. Jetzt ließ ich den Boy los. Er sank bewusstlos zu Boden. Schnell fesselte ich ihn, dann eilte ich dem Kapitän nach.

Da stand er der Hexe gegenüber. Sie sprachen kein Wort. Die Gräfin lehnte sich mit offenem Mund entsetzt gegen die Wand.

»Sie sind am Ende des Weges angekommen«, sagte der Kapitän.

Jetzt erblickte sie auch mich.

»John …«, flüsterte sie, »John … lass mich nicht …«

»Gräfin«, sagte ich mit männlicher Kälte. »Geben Sie es auf … Einen intelligenten Mann kann man höchstens zweimal übertölpeln.«

»Van der Ruffus ist gefangen, die Expedition ist gefunden, alle Details sind geklärt«, sagte Laméter. Allmählich gewann er seine Ruhe zurück.

»Bitte! Ich bin da. Liefern Sie mich dem Regierungskommissar aus.«

»Nein! Wir machen einen Prozess!«

Erschrocken wandte sie sich zur Tür.

Alfons Nobody stand dort. Die Gräfin taumelte zurück zur Wand und starrte entsetzt auf den Eintretenden.

»Graf… La Rochelle… Graf La Rochelle…«, stammelte sie.

»Ja, Katharina«, sagte Alfons Nobody, dessen Stimme sehr hart klang. »Graf La Rochelle! Aus dem Sie Alfons Nobody gemacht haben. Ich schrieb an alle, die Sie umgarnt haben, anonyme Briefe. Ich war früher Graf La Rochelle, dann wurde ich ein gesuchter Mörder. Aber Sie haben Andrea Mazzea getötet!«

»Das ist nicht wahr…«, begann sie, aber ihre Stimme erstarb… Mit großen Augen stand sie einige Augenblicke lang da, dann schrie sie so entsetzlich, dass es mir noch heute kalt über den Rücken läuft, wenn ich an diesen Schrei denke.

Der gelbgesichtige Mann saß in der Tür.

»Katharina«, sagte Mazzea.

Die Gräfin schmiegte sich an die Wand und blickte wie wahnsinnig auf den Bärtigen.

»An…dre…a… Nein!… Fort mit ihm!… Weg!… Ich kann ihn nicht sehen…«

»Sie werden ein schriftliches Geständnis ablegen«, sagte Alfons Nobody, das heißt… Heiliges Kanonenrohr! Wie komisch: Er ist ja der Graf La Rochelle! Wer hätte das gedacht!

»Alles… will ich tun«, sagte sie beinahe unhörbar, »aber bringen Sie… diesen Mann weg…«

»Ein schriftliches Geständnis!…«

»Ja… ja…« Sie setzte sich hin und blickte nicht zur Tür. »Was soll ich schreiben?«

Nobody legte Papier und einen Bleistift auf den Tisch.

»Schreiben Sie, wer Hauptmann Mander getötet hat, und

wie Sie Kapitän Laméter mit dem Funkspruch getäuscht haben!«

Sie war von wortlosen, ziemlich düsteren Männern umgeben.

»Sein Bruder …«, stammelte sie mit einem Blick auf Mazzea. »Ja … José … aber dieser Bart …«

Plötzlich begann sie zu schreiben. Es dauerte zehn Minuten lang, und sie schrieb schnell wie eine Irrsinnige … Dann übergab sie den Text …

»Hier … ist … alles … Und … jetzt … lassen Sie mich einsperren? … Oder … bringen Sie … mich um?«

Es scheint, inzwischen war ihr klar geworden, dass der bärtige Mazzea nur der jüngere Bruder des toten Mazzea war.

Laméter las das Geständnis, dann faltete er es zusammen, steckte es ein und sagte:

»Ich lasse sie laufen. Ich räche mich an keiner Frau. Ich vergebe ihr, was sie mir angetan hat.«

»Alfons …«, flüsterte die Gräfin zu Nobody. »Ich gehe … in die Mission … als Krankenschwester … Hab Erbarmen …«

Alfons Nobody seufzte.

»Gut. Wenn dich Laméter laufen lässt … Mir hast du auch nicht mehr angetan als ihm. Ich verzeihe dir, Katharina.«

Sie wandte sich zu mir mit ihrem engelgleichen Gesicht. Ach! Was für ein Nichts, was sie mir angetan hat, im Vergleich zu den anderen.

»Ich vergebe«, sagte ich.

»Ich vergebe auch«, sagte Mazzea. »Und fragen Sie Andrea, vielleicht vergibt auch er. Er hatte Sie sehr geliebt.«

Es geschah so schnell, dass uns keine Zeit blieb, es zu verhindern. In Mazzeas Hand blitzte etwas.

Ein Feuerstrahl … ein Knall …

Die jauchzend-betrübt aussehende, teuflisch schöne Gräfin lag mit einem Kopfschuss auf dem Boden.

FÜNFZEHNTES KAPITEL

Epilog (so enden alle großen Balladen)

1.

Inmitten der Regenzeit, wenn das Meer immerzu strahlt und übersät ist mit seltsamen, grünen, kamm- und schaumgekrönten Wellen, legten wir die böseste Frau der Welt in die Erde. Wir begruben sie mit Würde, denn niemandem steht es zu, demjenigen, der tot ist, zu zürnen.

Als Fraser, der Geologe, mit einer Begleitung von Eingeborenen ankam, fand er uns barhäuptig um das Grab versammelt.

»Wen haben Sie begraben?«, fragte er überrascht.

»Einen Menschen, der Schuld auf sich geladen hat.«

Alfons Nobody hatte die folgenden Worte auf ihr Kreuz geschnitzt:

Hier ruht
Katharina Glamarda.
Der Herr sei ihr ein barmherziger Richter!

Mazzea hatte sich deshalb einen Bart wachsen lassen, um als der tote Andrea zu erscheinen. Anderntags rasierte er sich das Gesicht wieder glatt und verschwand.

Wohin ging er in der wilden, verlassenen Landschaft? Ist er gestorben oder lebt er noch? Man kann es nicht wissen, und niemand hat je wieder von ihm gehört.

2.

»Sie hat meinen besten Freund getötet, und trotzdem konnte ich sie nicht verlassen. Eine solche Wirkung hatte sie auf mich. Aus dem Grafen La Rochelle wurde ich zu einem Landstreicher.«

Wir saßen in einem riesigen Boot, da wir den Weg zu Wasser fortsetzten, und Alfons Nobody redete. Er sprach leise, wie zu sich selbst. Die strahlend grünen, durchsichtigen und lebhaften Wellen zogen mit schäumenden Rändern dahin, träge und länglich. Möwen zogen unter dem grauen Himmel ihre niedrigen Kreise. Der Südwestwind strömte schwer, schwül und heiß. Die langen Blätter der Küstenpalmen regten sich zuweilen wie die Fühler sterbender Käfer. Bei solcher Witterung hämmert einem das Herz unruhig in der Brust.

Schirokko …

Wenn der Regen dicht und unablässig fiele, wäre es vielleicht besser … Aber manchmal hört er für einige Stunden auf, und dann kommt aus der Ferne die Südweströmung der feuchten Jahreszeit: Kein Wind kommt auf, und die zitternd-heiße Luft vermag sich kaum voranzuschleppen …

»In Südamerika«, erzählte Alfons Nobody, »traf ich einmal zufällig einen spanischen Musiker aus Katharinas Heimat. Von ihm erfuhr ich, das Mädchen sei schon mit fünfzehn von zu Hause fortgelaufen. Im Dorf wollte man sie steinigen, weil der Lehrer ihretwegen von einem Bauernburschen erstochen worden war. Hernach hat ein Arzt seine Familie verlassen und ist mit ihr auf und davon. Diesen Arzt fand man später in einem Krankenhaus von Barcelona völlig verwahrlost. Er lag im Sterben. Man hatte ihn vergiftet. ›Wer hat ihn vergiftet?‹, fragte ich den Musiker. ›Ich war es. Deshalb musste ich nach Südamerika flüchten.‹ ›Aber warum?‹ ›Wegen Katharina. Sie hatte mich dazu überredet, weil sie den Arzt nicht liebte. Nachdem ich ihn vergiftet hatte, verließ sie mich und nahm mein ganzes Geld mit. Ich hielt mich lange Zeit versteckt, hörte aber öfter, sie habe einen Andrea Mazzea geheiratet ...‹ ›Und warum haben Sie ihn nicht angezeigt?‹ ›Ich liebte sie ...‹ – So war sie«, schloss er seinen Bericht. »Ich verließ sie. Mein restliches Geld – es war nicht viel – war bei ihr geblieben. Und seitdem lebe ich als Alfons Nobody, da man den Grafen La Rochelle wegen der Ermordung Andrea Mazzeas sucht. Ich folgte Katharina durch die ganze Welt, ohne dass sie es merkte. Sobald sie wieder einen Mann betört hatte, ließ ich ihm sofort die Liste ihrer Untaten zukommen.«

»Sie waren das!«, rief der Kapitän.

»Ja. Einmal verschwand sie. Sie reiste nach Madagaskar und wurde die Frau des unglücklichen Mander. Nicht wirklich, denn sie hat sich nie von mir scheiden lassen. Als sie in Oran unerwartet mit Kapitän Laméter erschien, hatte ich die Liste schon fertig. Nachdem der Kapitän sie verließ, war Van der Ruffus an der Reihe. Aber auch der Holländer machte Schluss mit ihr, nachdem er meinen Brief gelesen hatte, hielt aber den ›geschäftlichen‹ Kontakt zu Katharina aufrecht. Van der Ruffus hatte sie ihrem Ziel nahegebracht: dem unermesslichen Anteil an Diamanten und der Rache an Kapitän Laméter ... Higgins, dieser junge, unerfahrene Offizier, erwies sich als leichtes Werkzeug in ihrer Hand ... Um meinen anonymen Brief zu vereiteln, hielt sie diese Beziehung geheim.«

Es begann wieder zu regnen. Vom offenen Meer her rollte der heiße Dunst wie dichter, zu Boden gepresster Rauch auf uns zu.

Ein Orang-Utan trat langsam, schwankend aus den Büschen heraus und bleckte die Zähne.

»Und wen hat sie wirklich geliebt? Unter so vielen Männern muss doch einer gewesen sein, den sie liebte?«, fragte Fraser.

»Ich glaube, sie hat niemanden wirklich geliebt«, sagte Alfons Nobody nachdenklich.

Darin irrte mein Freund. Ich denke, bei mir hat sich die Gräfin schon ein wenig die Finger verbrannt …

3.

Im Morgengrauen kamen wir in die Nähe des Kreuzers. Von dort begannen wir unseren Weg.

»Gott sei Dank, haben wir uns nicht verspätet«, sagte der Kapitän. »Der erste Schuss ist noch nicht abgefeuert. Wenn der Kampf beginnt, wird nämlich der Kreuzer den Urwald beschießen, dort, wo sich die Schwarzen sammeln.«

»Ich weiß«, sagte der Türkische Sultan unerwartet.

»Woher?«

»Die Frau sprach mit jenem Offizier, den man Higgins nennt! Sie sagte, Signal zum Kampf würde ein Funkspruch aus Oran sein: ›En avant!‹«

»Wie niederträchtig, das zu verraten … Schon dafür verdient Higgins, erschossen zu werden!«

»Sie sagte auch, der Befehl werde kommen, sobald genug Männer aus der Sahara zusammengezogen sind. Das ist die Bedeutung von ›En avant!‹ …«

Eine Kanone wurde abgefeuert. Das Projektil flog über uns weg. So wurden wir zur Aufgabe aufgefordert. Wir hörten auf zu rudern. Vom Kreuzer wurde ein Boot zu Wasser gelassen.

4.

Wir waren Gefangene auf dem Kreuzer »Général du Négrier«. Wir standen in einem Zimmer mit nackter Eisenwand. Fraser war auch bei uns. Ungefähr eine halbe Stunde verbrachten wir hier, bis die Tür der Kajüte endlich aufging und Marquis De Surenne eintrat. Er musterte uns.

»Sie sind also mit ihrem bloßen Leben zurückgekehrt, aus dem Urwald«, sagte er. Aber etwas Besseres als die Kugel haben Sie auch hier nicht zu erhoffen! Verräter.«

Laméter trat hervor.

»Wir haben unsere Aufgabe erfüllt. Exzellenz. Wir sind zurück auf dem Kreuzer, wir haben das Blutvergießen verhindert, und wir übergeben die Schuldigen der Justiz!«

Er war verblüfft.

»Was reden Sie da?«

»Dieser Herr«, er zeigte auf Fraser, »ist eines der Mitglieder der verschwundenen Expedition. Der Stamm der Fongi ist unschuldig.«

»Reden Sie.«

Mit keinem Wort unterbrach er den Kapitän. Das eine oder andere Mal musterte er uns mit einem komischen, staunenden Blick. Sein Gesicht wurde mal weiß, mal rot. Schließlich schritt er vom einen zum anderen.

»Tolle Kerle … So etwas aber auch … hm …«

»Exzellenz«, sagte Laméter zum Schluss, »was diese Männer getan haben, ist eine Heldensage aus Mut, Treue und Tapferkeit.«

Der Regierungskommissar saß lange Zeit da und dachte nach. Dann seufzte er tief.

»Tja … Dann hat Rouban doch Recht.« Und wieder musterte er jeden einzelnen von uns. »Aber … das eine muss man Ihnen lassen: Sie sind wahre Männer.« Und er gab uns die Hand.

»Aber ich verstehe immer noch nicht, was jene Funkmeldung war. Laméter! Haben Sie die Meldung, die sich nicht ereignet hat, wirklich gehört?«

»Ja. Eine Frau hat ein schriftliches Geständnis darüber abgelegt. Bitte.« Er übergab, was die Gräfin geschrieben hatte.

»Wo ist diese Frau?«

»Sie ist verunglückt.«

Er blickte uns lange und forschend an, sagte aber nichts. Ich sage ja, dieser Mann hat Verstand wie Sand am Meer. Danach las er aufmerksam das Schreiben. Seine Ohrläppchen zitterten. Sein riesiger Brustkorb bewegte sich in schneller Folge auf und ab. Dann griff er zum Telefon.

»Kapitän Malotte bitte … Verhaften Sie sofort den ersten Offizier Higgins. Er hat Hochverrat begangen. Ich sende den Befehl …«

Aufgeregt zog er seinen Bleistift hervor. Es war ein wunderbarer Bleistift. Pures Gold mit Intarsien, und am Ende ein großer, reiner, blutroter Rubin. Schnell warf er einige Zeilen zu Papier und läutete. Ein Matrose trat ein.

»Bring das dem Kapitän!«

Aber es kam nicht mehr zur Verhaftung von Higgins. Ein Schuss war zu hören.

Der Verräter hatte sich erschossen.

5.

»Kommen Sie!«, sagte der Regierungskommissar.

Wir gingen in die Kajüte des Funkers hinauf.

»Da ist es!«, sagte De Surenne nach kurzer Untersuchung.

An der Kajütenwand war unten in einer Ecke ein kleiner Spalt zu sehen, wie ein Mäuseloch. Man musste nur eine Bodenschraube entfernen, und die Öffnung war frei … Die Nachbarkajüte gehörte Higgins und war von diesem mit einem Verstärker ausgestattet worden, den er mit einem Kabel an den Lautsprecher des Funkgeräts angeschlossen hatte. Danach rief er den kranken Laméter, dem er auch noch Opium in den Cognac getan hatte, und informierte ihn, die Expedition habe sich über Funk gemeldet. Der Offizier sprach aus seiner eigenen Kajüte, und aus dem Lautsprecher in der Nachbarkajüte war Higgins' mit einem Taschentuch verfremdete Stimme zu hören. Laméter jedoch hielt sie für Hauptmann Manders Stimme.

Danach gingen wir in De Surennes Zimmer.

»An so etwas konnte ich nicht denken«, sagte Laméter.

»Trotzdem haben Sie, Laméter, einen Fehler begangen«, antwortete der Regierungskommissar. »Anderntags hätte man Mander bitten müssen, die Meldung zu wiederholen.«

Da sagte Alfons Nobody unerwartet:

»Exzellenz, einen anständigen Menschen kann jeder Gauner übertölpeln.«

»Irren ist menschlich«, bemerkte ich sehr weise.

Der Regierungskommissar lachte:

»Sie sind treue Männer des Kapitäns. Das zeichnet ihn besonders aus. Denn Sie sind eine halbe Armee wert. Aber das Versäumnis können Sie nicht ungeschehen machen. Ruhen Sie jetzt. Laméter bekommt Higgins' Kajüte.«

Wir blieben allein.

»Was bedeutet das?«, fragte Alfons Nobody.

»Meine Ehre ist wiederhergestellt ... Aber nicht mein Rang«, sagte Laméter traurig. »Seine Exzellenz ist der höchste militärische Experte, und er wird alles Vorgefallene mit der Ermangelung pflichtgemäßer Sorgfalt begründen. Seine Exzellenz ist leider ein ausgezeichneter Soldat, der sich noch niemals geirrt hat. Infolgedessen urteilt er streng über die Fehler anderer ... Aber meine Ehre ist wiederhergestellt, Jungs ... Danke ...«

Und er umarmte uns alle, aber mit einem sehr traurigen Gesicht.

»Meiner Ansicht nach«, bemerkte Hopkins, nachdem Laméter hinausgegangen war, »sollte man ihm seinen Rang wiedergeben.«

»Das Schlimme ist«, sagte Alfons, »dass sich dieser Regierungskommissar noch nie geirrt hat.«

Über diesen Punkt beratschlagten wir lange.

6.

Die Meldung wurde abgeschickt. Ein sehr langes Funktelegramm informierte den Generalstab über die Weltsensation. Der Befehl »En avant!« bedeutet kein Signal mehr für den Beginn von Kampfhandlungen.

»Nur wenn dieser Kampf«, sagte Laméter, »lediglich eine Vergeltungsaktion gegen die Schwarzen gewesen wäre. Wenn Rouban endgültig am Ende ist, dann erobern sie jetzt Fongi und nehmen die Entlarvung nicht zur Kenntnis.«

»So viel Blut? ... Für nichts.«

»Ich habe nunmehr Vertrauen«, sagte der Kapitän. »Der Regierungskommissar möchte es auch nicht! Er ist ein tüchtiger Soldat, der die Vergeltung an den Fongi nur wollte, weil er von deren Schuld überzeugt war ...«

In der Abenddämmerung folgte ein Südwind auf den Regen. Eine Hitze von fünfzig Grad saugte das Wasser in üppig dampfenden Wolken aus der Erde zurück. Meterhohe Dampfsäulen stiegen auf und brachten den Sumpfgestank fauler Eier mit. Einen solchen Schirokko habe ich noch nie erlebt ... Der Südwind blies die ganze Zeit, die Augen schmerzten, in unseren Ohren pochte eine Ader wie toll, und die Knochen schienen bersten zu wollen.

De Surenne saß auf dem Sofa seiner Kajüte, rauchte eine

Zigarre und hörte Delle Hopkins zu. Dem Regierungskommissar gefiel die Geschichte der *ehrenamtlichen* Soldaten überaus, obwohl ihm der Kopf furchtbar wehtat.

»Du … bist ein köstlicher Junge … Ich erlaube, dass du rauchst … Ei, wo sind die Zigarren geblieben …?«

Und er suchte nach ihnen.

Aber sie kamen nicht wieder zum Vorschein. Hopkins rauchte noch nach Monaten jeden Sonntag eine von ihnen.

»Nicht schlimm … Trink etwas Whisky …«

Hopkins trank.

»Ein höllischer Abend, mein Sohn«, sagte der Regierungskommissar.

»Kopf hoch, Exzellenz …«

Auch darüber lächelte der Regierungskommissar und wischte sich über die feuchte Stirn.

»Na, nun geh jetzt und … mach's dir gemütlich. Du bekommst eine Sonderration Whisky.«

Und der edle, rubinbesetzte Stift bewegte sich schnell in De Surennes Hand.

Er ließ Whisky und Zigarren an Hopkins ausgeben.

Der Regierungskommissar fand keinen Schlaf. Er trat vier-, fünfmal vor die Kajüte hinaus. Aber der gelbe, stinkende Nebel klebte dicht auf dem Schiff … Alles tropfte … In der heißen Nacht sind die langsamen, großen Dunsttropfen schlimmer als Platzregen …

Auf dem ausgestorbenen Deck waren nur die Schritte der Wache zu hören. Wer nicht aus Eisen gemacht war, musste toll werden. Die Tobsucht kitzelte von innen. Der Wunsch, Amok zu laufen …

Wer eine solche Nacht an der westafrikanischen Küste je erlebt hat, der vergißt sie nie mehr …

Manchmal knirschte eine Kette … Dann klopften die Schritte des Offiziers, der seinen Kontrollgang machte …

Der Admiral hatte eine schlimme Nacht. Sekunden von Schlaf voll wirrer Träume ... Er trank Whisky und stand auf, um sich die Beine zu vertreten ... Aber sein Kopf brummte ... Wie im Sturz sank er wieder auf sein Bett ...

Das Telefon läutete ... Sein schwerer Arm streckte sich nach dem Hörer. Und eine sehr große Traurigkeit bemächtigte sich seiner ... Ja ... Die Bajonettwalze bleibt nicht stehen. Wie aus dem Traum meldete eine dumpfe, aufgeregte Stimme:

»Meldung vom Funker, empfangen um 12 Uhr 5.«

»Ich höre.«

»Oran, Hauptquartier, 12 Uhr 5 Minuten. Dem Kapitän der ›Général du Négrier‹: En avant.« Die Nachricht wurde dreimal wiederholt. »En avant ... en avant ... en avant ... Ja?«

»Ich höre ... Sofortige Meldung an die Festlandtruppen: Alarm, volle Marschbereitschaft, der Spähtrupp bricht unverzüglich auf, Hauptmann Bauvein soll sich binnen zehn Minuten bei mir auf dem Schiff melden ... Ja?«

»Ja. Ich wiederhole ...«

Nachdem er den Hörer aufgelegt hatte, nahm er eine stramme Haltung an und ging auf die Brücke. Nebel und Stille ... Er war unbeugsam und ruhig. Seine Schläfe pochte, und sein Gehirn schmerzte. Aber es war ein Befehl da, und man musste den Schirokko vergessen.

Also »En avant« ... In Blut und Feuer wird nun alles versinken ... Und der Grund ... ist er selbst ... Wenn auch aus Ehrgefühl und Gutgläubigkeit ...

Ein großer Druck lastete auf seinem Herzen ... Tropfen fallen zu Boden, und in großer Ferne hin und wieder ein Schritt ...

Befehl ist Befehl. Man muss angreifen!

Mit harter Stimme sprach er ins Megafon, dann in ein

anderes … Der Ruf eines Offiziers schmettert. Eine Trompete bläst … Alarm …!

In wenigen Augenblicken steht jeder Matrose an seinem Platz … Die Schutzhüllen der Kanonen werden entfernt. Die großen, nassen Lappen zerreißen: Der gelbe Nebel löst sich auf, und im weißen Mondlicht blicken ihnen die starren Palmen der afrikanischen Küste entgegen.

Stille und Ruhe … Und nach wenigen Minuten bersten die Granaten …

Der Panzerturm dreht sich kreischend. Nackte, glänzende Stahlrachen ragen heraus.

Jetzt unterhalten sich zwei Männer neben der Kapitänsbrücke, ziemlich laut, so dass es auch der Regierungskommissar hören kann: Delle Hopkins und ich.

»Ich sage dir, irren ist menschlich! Na! Man kann jeden ehrlichen Menschen hinters Licht führen.«

»Das stimmt nicht! Der Herr Regierungskommissar hätte Hauptmann Mander zurückgerufen. Er hätte sich davon überzeugt, ob man ihn nicht hinters Licht geführt hat … Man kann nicht einfach auf eine Nachricht hin in den Kampf ziehen … Jeder kann funken oder telefonieren.«

»Den muss man zurückrufen …«, wiederholt Delle immer wieder laut.

Die Stimme des Brandmeisters schnarrte:

»Visier auf vierhundert … zwölf …«

»Fixez!«, pfeift die Stimme des Regierungskommissars.

Alle stehen. De Surenne greift auf der Kommandobrücke nervös zum Telefon.

»Telegrafist … lesen Sie die Nachrichten, die während der Nacht eingetroffen sind.«

Und der Telegrafist antwortet:

»In der Nacht habe ich keine Nachrichten empfangen …«

Ein Augenblick … Er rennt von der Brücke, und steht

vor uns. Aus nächster Nähe blickt er uns ins Gesicht. Wir stehen still. Üble Augenblicke.

»Ich weiß nicht, was man tun sollte. Soll ich Sie hängen lassen oder befördern … Einer von Ihnen hat mich angerufen!«

Dann lacht er schmetternd, packt mit zwei Fingern meine Nase und schüttelt sie.

»Was für Gestalten … Auf mein Wort … He! Brandmeister! Blasen Sie die Übung ab! … Rompez.«

Und er geht in seine Kajüte.

7.

Dann folgte als Weltsensation der Strafprozess, und der Vorsitzende stellte die Frage:

»Hat nach Ansicht Eurer Exzellenz Kapitän Laméter seine Pflicht versäumt, als er Hauptmann Manders Nachricht ohne Überprüfung ließ?«

Und der Regierungskommissar antwortete:

»Anzunehmen, die Nachricht sei nicht von Mander, wäre so unbegründet gewesen, dass jeder, auch ich, in einer solchen Situation eine Kontrolle für überflüssig gehalten hätte.«

Der Kapitän wurde glänzend rehabilitiert und außerdem mit dem höchsten Orden ausgezeichnet, für die heldenhafte Anstrengung, mit der er das überflüssige Blutvergießen verhindert hatte. Aber seine größte und schönste Belohnung war, dass er nach so vielen Leiden und Strapazen endlich Lucy de la Rouban heiraten konnte.

Alfons Nobody und ich wurden in die Ehrenlegion aufgenommen und kehrten zudem als Millionäre zu unserer Kompanie zurück. Denn fünfundzwanzig Prozent der Diamanten wurden, nachdem der Kapitän nichts für sich annehmen wollte, unter uns drei aufgeteilt. Das war der Finderlohn. Wir waren Millionäre. Ach ja: Wir verzichteten zugunsten des Türkischen Sultans auf ein Viertel davon. Das Dokument unterschrieben wir überaus gerne. Delle als Erster.

»Hier bitte«, sagte der Notar.

Hopkins zog seinen Bleistift hervor. Es war ein wunderbares Stück. Pures Gold, intarsienverziert, am Ende ein großer, blutroter Rubin …

. o O o .

ISBN 978-3-932245-93-0